Tui T. Sutherland

Wings of Fire
Das verlorene Erbe

Alle Bände von **Wings of Fire**:

Band 1: Die Prophezeiung der Drachen
Band 2: Das verlorene Erbe

TUI T. SUTHERLAND

WINGS OF FIRE

Das verlorene Erbe

Aus dem Amerikanischen übersetzt
von Bea Reiter

FSC
www.fsc.org
MIX
Papier aus verantwortungsvollen Quellen
FSC® C083411

ISBN 978-3-7855-8123-0
1. Auflage 2015

Die Originalausgabe ist 2013 unter dem Titel
Wings of Fire – The Lost Heir erschienen.
Dieses Werk wurde vermittelt
durch die Literarische Agentur Schlück GmbH, 30827 Garbsen.

Aus dem Amerikanischen übersetzt von Bea Reiter
Umschlagillustration: Max Meinzold
Umschlaggestaltung: Franziska Trotzer
Printed in Germany

www.loewe-verlag.de

Für Jonathan und sein
grandioses Meeresflüglerkostüm.

Die Drachen von Pyrrhia

Sandflügler

Aussehen:
blassgoldene oder weiße Schuppen von der Farbe des Wüstensandes, giftige Schwanzspitze, gespaltene schwarze Zunge
Fähigkeiten: können lange ohne Wasser überleben, vergiften Feinde mit ihren Schwanzspitzen wie Skorpione, graben sich zur Tarnung in den Wüstensand ein, speien Feuer
Königin: Seit dem Tod von Königin Oasis ist der Stamm gespalten. Es gibt drei konkurrierende Anwärterinnen auf den Thron: die Schwestern Burn, Blister und Blaze.
Bündnisse: Burn kämpft an der Seite der Himmelsflügler und Erdflügler, Blister hat sich mit den Meeresflüglern verbündet, Blaze wird von den meisten Sandflüglern und den Eisflüglern unterstützt.

Erdflügler

Aussehen: dicke, gepanzerte braune Schuppen, manchmal mit bernsteinfarbenen und goldenen Unterschuppen; große, flache Schädel mit Nüstern auf der Oberseite der Schnauze
Fähigkeiten: können Feuer atmen (wenn ihnen warm genug ist), bis zu einer Stunde lang den Atem anhalten, sich in großen Schlammpfützen verbergen; sind in der Regel sehr stark
Königin: Königin Moorhen
Bündnisse: zurzeit mit Burn und den Himmelsflüglern im großen Krieg verbündet

Himmelsflügler

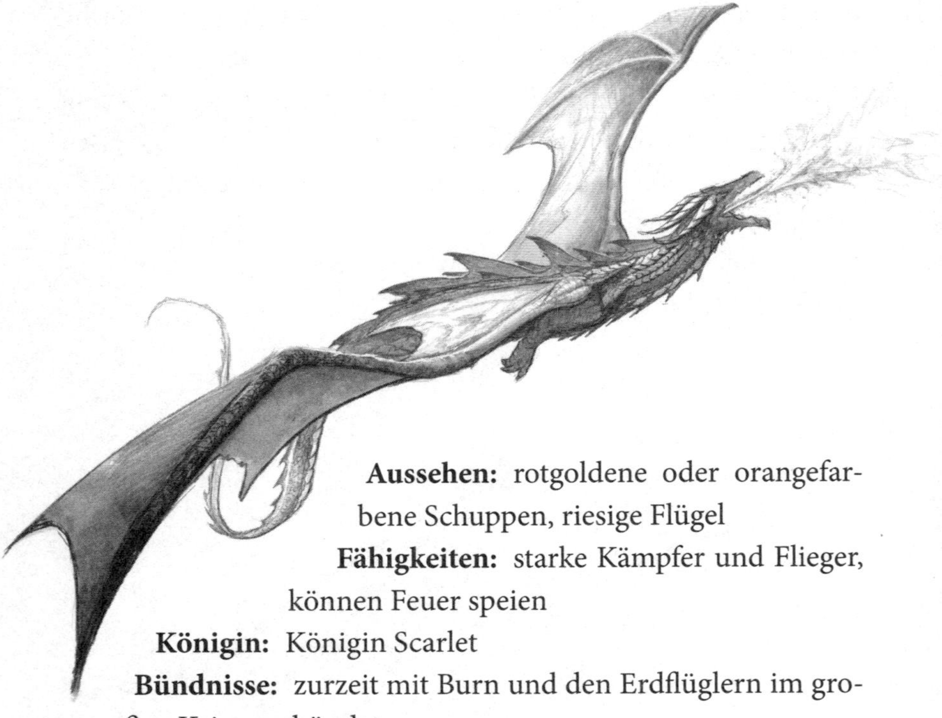

Aussehen: rotgoldene oder orangefarbene Schuppen, riesige Flügel
Fähigkeiten: starke Kämpfer und Flieger, können Feuer speien
Königin: Königin Scarlet
Bündnisse: zurzeit mit Burn und den Erdflüglern im großen Krieg verbündet

Eisflügler

Aussehen: silberfarbene Schuppen wie der Mond oder blassblaue wie Eis; Krallen mit Furchen, um besseren Halt auf dem Eis zu haben; gespaltene blaue Zungen; schmale Schwänze, die in einer dünnen Spitze auslaufen
Fähigkeiten: können Temperaturen unter null und grellem Licht standhalten, atmen einen todbringenden Eisatem aus
Königin: Königin Glacier
Bündnisse: zurzeit mit Blaze und den meisten Sandflüglern im großen Krieg verbündet

REGENFLÜGLER

Aussehen: Schuppen wechseln ständig die Farbe, in der Regel bunt wie Paradiesvögel, in der Regel Greifschwänze
Fähigkeiten: besitzen Tarnschuppen, die mit der Umgebung verschmelzen, benutzen ihre Greifschwänze zum Klettern; keine bekannten natürlichen Waffen
Königin: Königin Dazzling
Bündnisse: nicht am großen Krieg beteiligt

Meeresflügler

Aussehen: blaue, grüne oder grünblaue Schuppen, Schwimmhäute zwischen den Krallen, Kiemen am Hals, Leuchtstreifen auf Schwanz, Schnauze und Bauch
Fähigkeiten: können unter Wasser atmen, im Dunkeln sehen, große Wellen mit einem Schwanzschlag erzeugen; hervorragende Schwimmer
Königin: Königin Coral
Bündnisse: zurzeit mit Blister im großen Krieg verbündet

Nachtflügler

Aussehen: lilaschwarze Schuppen mit vereinzelten silbernen Schuppen auf der Unterseite der Flügel – wie ein Nachthimmel voller Sterne, gespaltene schwarze Zunge
Fähigkeiten: können Feuer speien, in dunklen Schatten verschwinden, Gedanken lesen, die Zukunft voraussagen
Königin: ein streng gehütetes Geheimnis
Bündnisse: zu geheimnisvoll und mächtig, um am Krieg teilzunehmen

Die Prophezeiung der Drachen

Wenn der Krieg getobt hat zwanzig Jahr,
werden die Drachlinge kommen.
Wenn das Land gepeinigt wird von Blut und Gefahr,
werden die Drachlinge kommen.

Die Schwingen des Meeres im Ei vom dunkelsten Blau.
Die Schwingen der Nacht gebracht aus nebligem Grau.
Das größte Ei hoch oben auf dem Berg gelegen,
wird Dir die Schwingen des Himmels geben.
Die Schwingen der Erde haben im Sumpf geruht,
in einem Ei so rot wie Drachenblut.
Und gut versteckt vor den Königinnen im Zwist,
wartet das Ei mit den Schwingen des Sandes dort, wo es ist.

Blister, Blaze und Burn, drei Königinnen gar,
zwei werden sterben und eine wird gewahr,
dass sie erlangt die Schwingen des Feuers,
wenn sie sich fügt einem Schicksal teuer.

Fünf Eier, geschlüpft in der hellsten Nacht,
fünf Drachlinge, geboren zu enden die Schlacht.
Dunkelheit steigt auf und bringt das Licht mit Macht.
Die Drachlinge kommen …

Prolog

Unter Wasser konnte Webs die Schreie der sterbenden Drachen nicht hören.

Unter Wasser war die Schlacht so weit weg wie die drei Monde am Himmel. Kein Feuer konnte ihm etwas anhaben. Keine Krallen konnten ihn entstellen. Das Blut wurde von seinen Klauen gewaschen.

Unter Wasser war er sicher.

Sicher und ein Feigling … immer noch besser als treu, tapfer und tot.

Webs wurde aus seinem unruhigen Schlaf gerissen.

Ein Katzenwels starrte ihn verdutzt an. Die Bartfäden an seinem Maul bewegten sich in der Strömung. *Warum schläft ein Drache auf meinen Flusssteinen?*, schien sein Gesichtsausdruck zu fragen.

Webs fraß den Fisch auf. Danach ging es ihm besser.

Die Klauen des Friedens wissen bestimmt schon, was passiert ist, dachte er. *Sie haben Spione im Palast der Himmelsflügler.*

Es war nicht notwendig, dass er sich vor sie hinstellte und sagte: »Wir haben versagt.«

Aber wohin konnte er gehen? Er versteckte sich bereits vor seinem eigenen Stamm, den Meeresflüglern. Musste er sich jetzt auch noch für den Rest seines Lebens vor den Klauen des Friedens verstecken?

Er schwamm zur Oberfläche des Flusses und steckte vorsichtig den Kopf hinaus. Es war dunkel. Das Wolkengebirge sah aus wie riesige, schemenhafte Zähne und verschluckte den größten Teil des Mondlichts. Webs war tagelang den Fluss hinuntergeschwommen. Das Königreich des Himmels war jetzt weit weg.

Das Königreich des Himmels und die fünf Drachlinge, die zu schützen er geschworen hatte.

Webs hievte seinen langen, schmerzenden Körper aus dem Wasser und war schon drei Schritte auf den Wald zugegangen, bevor er die dunklen Schatten bemerkte, die auf ihn warteten.

Er wirbelte herum, doch aus dem Fluss hinter ihm tauchte ein weiterer Drache auf, der ihm den Rückweg versperrte. Seine grünen Schuppen hatten ein schwarzes, spiralförmiges Muster und seine Zähne schimmerten im Mondlicht.

»Webs«, sprach ihn der andere Meeresflügler freundlich an. »Ich dachte schon, du würdest überhaupt nicht mehr aufwachen.«

Webs zog seine Krallen durch den Schlamm der Uferböschung. »Nautilus«, sagte er und hasste das ängstliche Zittern in seiner Stimme. »Ich habe wichtige Nachrichten für die Klauen.«

»Was du nicht sagst«, erwiderte Nautilus. »Ich nehme an, du hast dich auf dem Weg zum üblichen Treffpunkt verlaufen.«

»Deshalb haben wir uns gedacht, es wäre besser, nach dir zu suchen«, meldete sich eine der dunklen Gestalten, mit einer Stimme, die wie tropfende Eiszapfen klang. *Cirrus,* dachte Webs. Es war nie ein gutes Zeichen, wenn der Eisflügler auftauchte.

»Die Himmelsflügler haben unsere Höhle gefunden«, fuhr Webs fort. *Sag einfach die Wahrheit, es ist nicht deine Schuld.* »Und Königin Scarlet hat die Drachlinge mitgenommen.«

»Ja«, meinte Nautilus trocken. »Das haben wir uns schon gedacht, nachdem sie sich praktisch auf den höchsten Berg gestellt und ›Ich habe die Drachlinge der Vorsehung! Sie gehören alle mir!‹ gebrüllt hat.«

»Erzähl uns alles«, zischte Cirrus. »Wie haben sie euch gefunden?«

»Na ja«, sagte Webs langsam. »Angefangen hat es damit, dass zwei der Drachlinge versucht haben wegzulaufen.« *Vielleicht auch drei.* Er war sich nicht so sicher, wo Glory an dem Abend gewesen war, an dem er nur Starflight und Sunny gefunden hatte. Aber er wusste, dass sie nicht mit Tsunami und Clay zusammen in den Fluss gestiegen sein konnte.

»Warum wollten sie weglaufen?«, fragte Nautilus mit scharfer Stimme. »Was habt ihr mit ihnen gemacht?«

Webs spürte, wie seine Kiemen flatterten. »Wir haben sie am Leben gehalten«, fuhr er den Drachen an. *Und sie unter der Erde eingesperrt. Und Tsunami in Ketten gelegt. Und geplant, Glory zu töten, weil sie nicht Teil der Prophezeiung war. Aber hatten wir denn eine andere Wahl?*

»Ihr habt die Ausreißer doch sicher wieder eingefangen und sicher in die Höhle zurückgebracht«, sagte eine Stimme in den Schatten. Webs erkannte Crocodile, einen weiblichen Erdflügler, der neu bei den Klauen des Friedens war. Hoffnung keimte in ihm auf. Er hatte Crocodile ein paarmal getroffen und sie war ihm sehr sympathisch gewesen. Vielleicht hatte er ja eine Verbündete.

»Ähm … nein«, erwiderte Webs. »Genau genommen nicht. Sie sind sozusagen … aus freien Stücken zurückgekommen. Um die anderen zu holen.« Er räusperte sich. »Damit hatten wir nicht gerechnet.« *Kestrel dachte, sie würden über alle Berge sein, sobald sie in der Luft waren.*

»Das klingt ja, als hätten sie sich wie Gefangene gefühlt«, sagte Nautilus mit einem leisen Zischen.

»*Ihr* habt uns doch befohlen, sie unter der Erde zu behalten«, protestierte Webs. »Das war eine Entscheidung der Klauen!«

»Aber sie sollten artig sein, nicht aufsässig«, wandte Nautilus verärgert ein. »Darum ging es doch bei der ganzen Sache, oder nicht?«

Ein lautes Raunen ging durch den Kreis aus Drachen. Soweit Webs das sagen konnte, waren es sieben. Er fragte sich, ob er an sieben Drachen vorbeikommen würde.

»Es war nicht unsere Schuld«, stammelte er. »Vielleicht stimmt etwas nicht mit ihnen.«

»Und was hat das mit den Himmelsflüglern zu tun?«, zischte Cirrus.

»Die Himmelsflügler sind Clay und Tsunami zur Höhle gefolgt«, erklärte Webs. »Und so hat Königin Scarlet uns gefunden. Wir haben alles versucht, um uns zu wehren, aber sie hat Dune getötet und außer den Drachlingen auch noch Kestrel mitgenommen.«

»Sollen sie in ihrer Arena kämpfen?«, erkundigte sich Crocodile. »Können sie gewinnen?«

»Es sind junge Drachlinge«, knurrte Cirrus. »Die Arena werden sie auf keinen Fall überleben.«

»Zumindest den Himmelsflügler wird sie doch sicher verschonen«, meinte Crocodile.

Webs zuckte zusammen. Er hatte nie den Mut gehabt, den Klauen des Friedens zu gestehen, dass sie ihren Himmelsflügler-

Drachling verloren und durch einen Regenflügler ersetzt hatten. Doch jetzt, wo die Drachlinge nicht mehr unter dem Berg waren, würden es bald alle wissen.

»Du weißt, was Königin Scarlet mit sämtlichen Drachlingen der Himmelsflügler gemacht hat, die in der hellsten Nacht geschlüpft sind«, zischte Cirrus. »Sie ist nicht gerade für Barmherzigkeit bekannt.«

Webs hob den Kopf und starrte in Richtung der Augen, die in der Dunkelheit funkelten. »Können wir sie denn nicht holen?«, fragte er. »Vielleicht, wenn alle Klauen gemeinsam angreifen würden …« Ihm versagte die Stimme. Wem machte er da gerade etwas vor? *Er* würde ganz bestimmt nicht in den Himmelspalast eilen, um sich umbringen zu lassen. Und er stand den Drachlingen näher als die anderen Mitglieder der Klauen, die sie nicht einmal persönlich kannten.

»Alle Klauen?«, zischte Cirrus. »Vierzig Drachen gegen hundert Palastwachen der Himmelsflügler? Ein brillanter Plan. Kein Wunder, dass wir die Drachlinge in deinen fähigen Krallen gelassen haben.« Sein rautenförmiger Kopf schoss nach oben und schnappte sich eine vorbeifliegende Fledermaus. Winzige Knochen wurden zwischen seinen Zähnen zermalmt.

»Ein Selbstmordkommando wird vielleicht nicht notwendig sein«, warf Nautilus ein. »Gestern ist etwas im Himmelspalast passiert. Bis jetzt haben wir noch keine genauen Berichte, aber einer unserer Spione sagte, Königin Scarlet sei wahrscheinlich tot – umgebracht von den Drachlingen.«

Vor Überraschung schlug Webs mit den Flügeln. »Von *meinen* Drachlingen?«, fragte er.

»Vielleicht haben sie ja ein Talent dafür, immer zu entkommen«, meinte Nautilus. »Allerdings meldete ein anderer Spion, dass sie bei diesem Fluchtversuch alle umgekommen sind.«

Webs' Magen fühlte sich an, als wäre er mit giftigen Quallen gefüllt. Die Drachlinge *konnten* nicht tot sein. Nicht, nachdem er alles um der Prophezeiung willen aufgegeben hatte. *Und um meine eigenen Schuppen zu retten,* flüsterte eine leise Stimme in seinem Kopf.

»Falls sie noch am Leben sind, wo sollen wir sie deiner Meinung nach suchen?«, fragte Nautilus. »Aber bitte keine Vorschläge, die vorsehen, dass wir Selbstmord begehen. Zumindest nicht für uns. Dir steht es selbstverständlich frei, dich umbringen zu lassen, wenn es uns etwas nützt.«

»Ich weiß es nicht«, musste Webs zugeben. Er hatte keine Ahnung, wo die Drachlinge hingegangen sein könnten. Er verstand nicht einmal, warum sie auf sich allein gestellt sein *wollten,* völlig ohne den Schutz ihrer Erzieher. Die schlimmste Zeit seines Lebens waren die zehn Tage gewesen, in denen er allein durch Pyrrhia geirrt war, ohne einen Ort, an dem er sich sicher fühlte. Die langen Tage zwischen der Schlacht, in der er seine Königin im Stich gelassen hatte, und dem Moment, in dem die Klauen des Friedens ihn gefunden hatten. Allein auf sich gestellt, ohne einen Stamm, der ihnen half, und ohne die Klauen, die sie beschützen konnten … wie wollten die Drachlinge denn überleben?

»Wenn wir die Drachlinge nicht wiederbekommen«, überlegte Nautilus, »werden wir wohl auf unseren Ersatzplan zurückgreifen müssen.« Er kratzte sich nachdenklich die Kiemen.

»Was für ein Ersatzplan?«, fragte Webs verblüfft.

»Na ja, der, von dem du nichts weißt«, erwiderte Cirrus.

»Aber … aber wir müssen sie wiederbekommen«, protestierte Webs. »Sie sind *die* Drachlinge. Sie sind die Einzigen, die den Krieg beenden können.«

»Vertrau auf die Prophezeiung«, meinte Nautilus.

»Ja, mach dir keine Sorgen«, beschwichtigte Crocodile ebenfalls. »Die Klauen des Friedens würden doch nicht alle Eier in einen Korb legen. Es ist ein guter Ersatzplan.«

Webs' Blick ging von einer der schemenhaften Schnauzen zur anderen. Crocodiles Augen waren die einzigen, in denen etwas Freundlichkeit zu erkennen war.

»Das verstehe ich nicht«, sagte er schließlich. Gab es vielleicht noch eine Prophezeiung, von der er nichts wusste?

»Allerdings wärst du dann ein Problem für uns«, meinte Nautilus.

Webs hatte kaum Zeit, um »Was?« zu fragen, als ihm auch schon Cirrus auf den Rücken sprang und ihn zu Boden warf. Die Wunden, die die Soldaten der Himmelsflügler ihm zugefügt hatten, rissen erneut auf und begannen wieder zu bluten. Einer seiner Flügel wurde nach hinten gerissen, und er spürte, wie sich die gefurchten Krallen des Eisflüglers in seine Schuppen gruben.

»Was tut ihr da?«, jaulte Webs. »Ich bin doch einer von euch! Ich bin seit sieben Jahren bei den Klauen des Friedens!«

»Und du hast versagt«, zischte Cirrus.

»Na, na …«, sagte Nautilus, dann schwieg er kurz. »Nein, stimmt schon.«

»Ich werde dir das Herz rausreißen und es an die Fische verfüttern«, knurrte Cirrus.

Oh welche Ironie des Schicksals, dachte Webs angesichts des Fisches, den er gerade gefressen hatte. »Aber wir sind doch die

Drachen des Friedens«, stieß er zwischen zusammengebissenen Zähnen hervor. »Wenn wir uns gegenseitig töten, sind wir dann nicht genauso böse wie Burn, Blister und Blaze?«

»Tut mir leid, Webs«, sagte Nautilus. »Der Frieden ist wichtiger als ein einzelner Drache. Und du würdest unseren Ersatzplan nur gefährden. Wir tun das zu deinem Besten. Für die Prophezeiung. Für den Frieden.«

Webs hörte das grauenhafte Echo seiner eigenen Worte – genau das hatte er immer zu den Drachlingen gesagt, wenn diese sich über das Leben unter dem Berg beschwert hatten. *Es ist zu eurem Besten. Der Frieden ist das Wichtigste.* Als er es gesagt hatte, hatte er es geglaubt. Nautilus glaubte es zweifellos auch.

Nautilus gab mit der Klaue ein Zeichen. »Cirrus, reiß ihm das Herz raus.«

Cirrus riss das Maul auf und rollte Webs auf den Rücken. Seine scharfen Krallen öffneten und schlossen sich, bereit, Webs den Bauch aufzuschlitzen.

Plötzlich warf sich Crocodile auf Cirrus und stieß ihn in das Unterholz.

Webs zögerte nicht. Er rappelte sich auf und schoss in den Himmel, so schnell seine Flügel ihn tragen konnten. Unter sich hörte er gellende Schreie, als Crocodile die Drachen um sie herum angriff. Webs bekam Gewissensbisse. Sollte er bleiben und ihr zu Hilfe eilen?

Aber warum sollte er zurückfliegen, um sich töten zu lassen, wenn er die Chance bekam weiterzuleben?

Als er Flügelschläge hinter sich hörte, erhöhte er das Tempo. Er befürchtete, dass Cirrus ihm auf den Klauen war oder Nautilus laut zischend näher kam.

Doch es war Crocodiles Stimme, die nach ihm rief.

»Flieg, Webs!«, schrie sie. »Ich habe sie außer Gefecht gesetzt – damit haben sie nicht gerechnet. Ha!«

»Danke«, rief Webs zurück. Als er sich umdrehte, sah er ihren schweren braunen Körper hinter sich in die Höhe steigen.

»Wo wirst du dich verstecken?«, fragte sie.

Er schüttelte den Kopf. »Ich weiß es nicht. Ich habe gehört, dass es im Jadeberg einen Drachen gibt, der –«

»Du solltest nach Hause gehen.« Crocodile kippte ihre Flügel und flog direkt unter ihn. »Soviel ich gehört habe, ist Königin Coral zurzeit in sehr gnädiger Stimmung.«

Die freudige Erregung, die Webs von den Hörnern bis zum Schwanz erfasste, raubte ihm fast den Atem. *Nach Hause? Zurück ins Meer, nach all den Jahren? War das möglich?*

»Sie wird mir nie vergeben, nicht nach dem, was ich getan habe«, sagte er. »Es geht nicht nur darum, dass ich sie in einer Schlacht im Stich gelassen habe. Sie muss wissen, dass ich ihr Ei gestohlen habe.«

»Vielleicht überrascht sie dich«, erwiderte Crocodile. »Ist sie denn nicht angeblich eine der bedeutendsten und gutmütigsten Königinnen aller Zeiten? Das steht jedenfalls in allen Schriftrollen der Meeresflügler. Vielleicht wird sie dir vergeben. Warum gehst du das Risiko nicht ein, wenn es bedeutet, dass du wieder nach Hause kannst?«

Webs schwieg. Einer der Monde ging gerade auf und warf sein bleiches Licht auf die blaugrünen Schuppen des Meeresflüglers. Von hier oben aus konnte er in der Ferne das Meer sehen, doch es schien genauso unerreichbar zu sein wie der Mond.

»Es liegt an dir«, sagte Crocodile, während sie abdrehte. »Ich sage dir nur, was ich gehört habe. Jedenfalls wünsche ich dir viel Glück, egal, wie du dich entscheidest.«

»Auch dir viel Glück«, rief Webs ihr nach, als sie zwischen den Bäumen verschwand, und fragte sich, wohin sie jetzt gehen würde.

Er vermisste das Meer mit jeder Schuppe seines Körpers. Er vermisste die Paläste, die Strömungen, die Walgesänge, die Festmahle, die Gärten … die anderen Meeresflügler.

Wenn ich den Klauen des Friedens abschwöre … wenn ich ihr verspreche, dass ich ihr dieses Mal treu bleiben werde …

Vielleicht kann ich dann wieder nach Hause.

1. Teil:

Am Rand des Meeres

1. Kapitel

Eine Welle donnerte an den Strand und umspülte Tsunamis Klauen. Ihre Krallen versanken trotz der Schwimmhäute zwischen ihnen im nassen Sand. Ihre blauen Flügel bauschten sich im Wind.

Sie hob den Kopf und atmete die wilde Seeluft ein.

Dies war der Ort, an dem sie sein sollte. Hier war das Meer.

»Lass mich raten«, erklang Glorys spöttische Stimme hinter ihr. »Hey, *Leute*, das ist der Geruch der *Freiheit.*«

»Die Freiheit stinkt aber ziemlich nach Fisch«, bemerkte Starflight. »Was, um es mal ganz deutlich zu sagen, mir den Atem verschlägt.«

»Ich liebe diesen Geruch«, sagte Tsunami. Die Klauen des Friedens hatten ihn ihr vorenthalten. Sie hatten sie ihr ganzes Leben lang in der muffigen, modrigen Luft unter dem Berg gefangen gehalten, wo sie doch eigentlich hier draußen hätte sein sollen, damit sie wie ein richtiger Meeresflügler fliegen, schwimmen und leben konnte.

Starflight warf einen Blick nach oben in den Himmel und verzog sich dann wieder in den Schatten der Bäume, die den Strand säumten. »Sollten wir nicht besser unter den Bäumen bleiben? Was ist, wenn uns eine Patrouille entdeckt? Ich meine –« Er brach ab und holte tief Luft. »Wir *müssen* unter den Bäumen bleiben. Ja, genau. Alle wieder unter die Bäume. Jetzt. Sofort.«

Alle ignorierten ihn, allerdings warf ihm Sunny einen mitleidigen Blick zu.

Tsunami senkte den Kopf, um sich die Wellen anzusehen, die um ihre Klauen spülten. Durch das seichte Wasser schossen kleine Fische, silbern, grün und gelb. Das Meer roch viel lebendiger als der Fluss in der Höhle.

War es wirklich erst eine Woche her, seit sie vor ihren Erziehern davongelaufen waren? Es fiel ihr schwer, sich daran zu erinnern, wie lange die Himmelsflügler sie danach gefangen gehalten hatten.

Aber an eines konnte sich Tsunami noch sehr deutlich erinnern: das Geräusch, mit dem Knochen unter ihren Klauen gebrochen waren.

Sie bohrte mit der Kralle ein Loch in den Sand. *Ich musste den Meeresflügler töten. Königin Scarlet hat uns gezwungen zu kämpfen. Es hat keine andere Möglichkeit gegeben, wieder aus der Arena herauszukommen. Er war verrückt. Entweder er oder ich.*

Tsunami schwirrten immer wieder die gleichen Gedanken im Kopf herum. Sie schüttelte sich und breitete die Flügel aus. Das war doch lächerlich. War sie ein Drache oder ein Zweibeiner? Drachen waren dazu geboren, wilde Krieger zu sein. Was bedeutete da schon der Tod eines einzelnen Drachen?

Außerdem hatte Glory mit ihrem tödlichen Gift viel Schlimmeres angerichtet, was sie jedoch nicht zu stören schien.

»Weißt du, was ich liebe?«, sagte Clay traurig. »Fische. Jede Menge Fische. Große Fische, die ich fressen kann, nicht diese kleinen Appetithäppchen da.« Der Erdflügler setzte sich in den Sand neben Tsunami. Sein Magen grummelte so laut, dass es alle hören konnten.

Sunny kicherte. »Clay, es ist erst einen Tag her, seit du dieses riesige Schwein für uns gefangen hast.«

»So riesig war es nicht«, erwiderte Clay. Er seufzte und ließ die Flügel hängen. »Das war das kleinste Schwein der *ganzen Welt.*«

»Du hättest meine Karotten fressen sollen.« Sunny kletterte auf seinen Rücken und starrte auf das Meer hinaus. Die aufgehende Sonne warf glitzernde Lichtstrahlen auf das Wasser und färbte den Himmel in alle Rottöne. Zwei der Monde, die jetzt nur noch Sicheln so dünn wie Krallen waren, verschwanden hinter den Bergen.

»Hey, das habe ich ernst gemeint«, meldete sich Starflight. »Draußen auf dem Strand ist es nicht sicher, wenn sämtliche Erdflügler und Himmelsflügler nach uns suchen.« Der Nachtflügler stand in gebührendem Abstand zu den Wellen da und versuchte, den Sand aus seinen Krallen zu schütteln.

Was Tsunami anging, hatten sie bereits einen Tag damit verschwendet, südlich des Diamantenflussdeltas zu fliegen, weil Starflight sich Sorgen gemacht und darauf bestanden hatte. Ja, die Himmelsflügler waren hinter ihnen her. Ja, sie waren vermutlich stinksauer, weil die Drachlinge aus ihrem Gefängnis entkommen waren. Und sie waren ganz bestimmt stocksauer angesichts der Tatsache, dass Glory auf dem Weg in die Freiheit vielleicht ihre Königin getötet hatte.

Aber Tsunami wollte nicht mehr weglaufen. Sie wollte ihre Familie finden. Wenn sie erst einmal wussten, wer sie war, würden die Meeresflügler sie und ihre Freunde bestimmt beschützen.

Und vor allem wollte sie, dass Starflight endlich damit aufhörte, Angst zu haben, ständig zu nörgeln und alle herumzukommandieren. Es machte die anderen nervös. Fast wünschte sie, die Nachtflügler hätten ihn behalten.

»Warum machst *du* dir eigentlich solche Sorgen?«, fragte ihn Tsunami. »Wenn sie uns tatsächlich wieder einfangen, fallen doch bestimmt wieder deine Nachtflügler-Freunde aus dem Himmel, um dich zu retten.«

Starflight flatterte entrüstet mit den Flügeln. »Ich mache mir doch keine Sorgen um *mich*«, erwiderte er. »Ich versuche nur, auf uns alle aufzupassen.«

»Ich schaffe das sehr gut allein!«, protestierte Tsunami. »Habe ich uns schon jemals in die Irre geführt?«

»Na ja«, gab Glory zu bedenken, »einmal sind wir von den Himmelsflüglern gefangen genommen worden, und dann hätte ihre Königin uns fast getötet …«

Tsunami ließ ihren Schwanz auf das Wasser klatschen und Glory wurde kalt geduscht. Der Regenflügler zischte und sprang vom Meer weg.

»Hört auf!«, rief Sunny. »Hört auf, euch zu streiten. Clay, jetzt tu doch was.« Sie gab ihm einen Klaps auf den Kopf, um seine Aufmerksamkeit von den winzigen Fischen loszureißen, die um seine Füße schwammen.

»Oh ja, lasst uns hören, was unser Leitflügler zu sagen hat«, spottete Glory. Ihre Schuppen waren an diesem Morgen so golden wie Sunnys, aber an einigen Stellen mit ozeanblauen Tupfern versehen. Sie setzte sich hin und gähnte Tsunami an, wobei sie ihre Gift spuckenden Zähne zeigte.

»Hey«, sagte Clay, während er Tsunamis Schwanz mit seinem anstupste. »Es ist schon in Ordnung, wenn Starflight sich Sorgen macht. Wir wissen nicht mal, ob Königin Scarlet tot ist oder nicht. Aber«, fügte er dann noch hinzu, »ich weiß, dass du die Meeresflügler so schnell wie möglich finden willst. Wir sollten also lieber mit der Suche beginnen, anstatt uns zu streiten. Dann sind wir auch eher in Sicherheit.«

Tsunami sah Starflight noch einmal scharf an und drehte sich wieder zum Meer hin. Clay hatte recht; das Wichtigste war jetzt, ihre Familie zu finden und einen sicheren Ort, an dem sie sich alle verstecken konnten.

»Oooh«, warf Glory ein. »So groß und so weise.«

»Das ist er auch«, sagte Sunny, die ihre Vorderklauen um Clays Hals schlang. Starflight setzte sich hin und rollte missmutig den Schwanz um die Klauen.

Glory rückte ihre von der Sonne farbig gewordenen Flügel zurecht. »Und was jetzt? Sollen wir etwa brüllen ›Hey, Meeresflügler, wir haben eure verlorene Prinzessin!‹ und darauf warten, dass ein paar Drachen aus dem Meer springen?«

»Ein Festmahl!«, rief Clay und schreckte damit eine Möwe auf, die laut kreischend davonflog. »Am Ende der Geschichte gab es ein Festmahl! Wenn die vermisste Prinzessin der Meeresflügler nach Hause kommt, sind ihre Eltern so glücklich, dass sie ein Festmahl veranstalten. Ich kann mich noch ganz genau an das Festmahl erinnern. Sie haben einen kompletten Wal gefressen. Das war ein gutes Festmahl. Ich wette, *ich* könnte auch einen Wal fressen. Glaubst du, dass es für uns auch ein Festmahl gibt?«

»*Die verlorene Prinzessin* war doch nur eine Geschichte in einer Schriftrolle«, sagte Starflight. »Wir haben keine Ahnung, was uns im Königreich des Meeres erwartet.«

»Das stimmt.« Clay ließ die Flügel hängen. »Es ist vielleicht nicht das, was du dir erhoffst, Tsunami. Vielleicht geht es dir so wie mir, als ich herausgefunden habe, dass meine Mutter mich gegen eine Kuh getauscht hat.«

»Hey«, warf Glory ein. »Es waren mindestens *zwei* Kühe.«

»Hm. Das tröstet mich jetzt aber«, meinte Clay.

Für Tsunami würde es nicht so sein. Sie war sich ganz sicher. Zugegeben, Clays Träume von seiner Familie hatten sich als Albtraum entpuppt, aber ihre würden wahr werden. Vor allem jetzt, wo sie wusste, dass ihr Ei aus der königlichen Bruthöhle der Meeresflügler gestohlen worden war.

Sie war die Tochter der Königin.

Und das war noch nicht alles. Starflight zufolge hatte es außer ihr kein weiblicher Drachling der Königin geschafft, erwachsen zu werden. Tsunami war also die einzige lebende Erbin des Königreichs der Meeresflügler. Eines Tages würde sie Königin des Stammes sein.

Was allerdings auch bedeutete, dass sie eines Tages ihre Mutter zu einem Kampf auf Leben und Tod herausfordern musste, um den Thron zu bekommen. Aber dieser Tag war so weit weg, wie sie wollte. Darüber brauchte sie jetzt nicht nachzudenken.

Tsunami breitete ihre Flügel aus und atmete noch einmal in tiefen Zügen die salzige Luft ein. Aus den Augenwinkeln heraus sah sie, wie winzige Kreaturen aus dem gefleckten Sand hüpften und dann wieder verschwanden.

»Ich könnte einfach ins Meer tauchen und nach dem Palast der Meeresflügler suchen«, schlug sie vor.

»Da draußen?« Starflight klang beunruhigt. Er breitete die Flügel aus und schüttelte Sand herunter, während er besorgt blinzelte.

»Wo soll ich die Meeresflügler denn sonst finden? Hast du eine bessere Idee?«, fragte sie.

»Im Meer zu schwimmen, ist etwas ganz anderes, als in einem Höhlenfluss unterwegs zu sein«, wurde sie von Starflight belehrt. »Es gibt starke Strömungen und unberechenbare Wellen und große Kreaturen mit Zähnen –«

»Ich bin auch eine große Kreatur mit Zähnen.« Tsunami grinste ihn an.

Starflight lachte nicht. »Das Meer ist gefährlich«, fuhr er fort. »Was sollen wir denn machen, wenn du dort verloren gehst?« Am liebsten hätte Tsunami seine vor lauter Sorgen schon ganz zerknitterte Schnauze mit ihrer schärfsten Kralle angestupst.

»Kopf hoch, Starflight!«, warf Sunny ein. »Tsunami schafft alles. Und wie soll sie überhaupt nach Hause zu ihrer Familie kommen, wenn sie nicht ins Meer kann?«

»Oh nein!« Clay stemmte sich hoch, wobei er mit Sand um sich warf und um ein Haar Sunny abgeworfen hätte, die sich mit einem erschreckten Jaulen an seinen Hals klammerte. Sand, Muscheln und winzige überraschte Krabben flogen durch die Luft, als sein Schwanz hin- und herpeitschte.

»Hey! Hör sofort auf damit!«, befahl Glory und hielt sich die Klauen vor die Augen.

»Und was ist mit uns?« Clay schlug mit seinen großen braunen Flügeln. »Daran habe ich gar nicht gedacht! Tsunami, wir können nicht mit dir zum Palast der Meeresflügler gehen. Wir können da unten nicht atmen! Wie sollen wir zusammenbleiben, wenn du unter Wasser bist?« Er schlug mit den Krallen auf das Wasser und hinterließ tiefe Furchen im nassen Sand. »Was sollen wir tun?«

Tsunami fand es irgendwie süß, wenn Clay sich so aufregte. Und sie fand es auch süß, dass er einen ganzen Tag gebraucht hatte, bis ihm aufgefallen war, dass das Königreich der Meeresflügler unter Wasser lag.

»Echt jetzt?«, sagte Glory zu Clay. »So viele Erdkundestunden und es ist absolut nichts hängen geblieben?«

Verwirrt drehte sich Clay zu ihr um. Krabben suchten eilig das Weite, als er seine riesigen Klauen auf den Sand setzte. »Was meinst du denn?«

»Die Meeresflügler haben auch einen Palast über dem Wasser«, erklärte Starflight in seiner Du-hättest-besser-aufpassen-sollen-Stimme. »Damit sie Gäste empfangen können, beispielsweise Blister, ihre Verbündete von den Sandflüglern. Er steht auf einer Insel irgendwo in der Bucht der tausend Schuppen.«

»Oh.« Clay seufzte und setzte sich wieder hin.

Sunny tätschelte ihm die Schulter. »Ich konnte mich auch nicht mehr daran erinnern«, tröstete sie ihn. »Dann gehen wir also dorthin, ja?«

»Das ist nicht so einfach«, erwiderte Starflight. »Beide Paläste der Meeresflügler – unter Wasser und an Land – sind gut versteckt. Deshalb haben sie auch so lange in diesem Krieg überlebt, obwohl sie kein Feuer einsetzen können wie die anderen Stämme. Niemand kann sie finden und ihre Behausungen angreifen.«

»Klingt ja wie die Nachtflügler«, spottete Sunny.

»Das ist etwas ganz anderes als bei den Nachtflüglern!«, rief Tsunami. »Meeresflügler versuchen nicht die ganze Zeit, geheimnisvoll und überheblich zu wirken. Sie sind einfach so vernünftig, ihr Zuhause zu beschützen.«

»Wir müssten über tausend Inseln durchsuchen, aber vermutlich ist das immer noch –« Starflight brach mitten im Satz ab und starrte wieder in den Himmel. »Riecht noch jemand Feuer?«

»Heilige drei Monde, Starflight. Ich werde doch nicht jedes Mal, wenn dich irgendetwas erschreckt, zwischen die Bäume rennen«, fuhr Tsunami ihn an.

»Ich glaube, er hat recht.« Sunny hob den Kopf. »Ich höre Flügel schlagen.«

»Ich auch«, sagte Starflight, dessen Knochenkamm sich aufgerichtet hatte. So schnell er konnte, rannte er auf die Bäume zu.

»Von so weit weg?«, sagte Tsunami skeptisch. »Ich sehe gar nichts.« Doch in dem Moment entdeckte sie mehrere rote Flecken, die wie Blutstropfen am Himmel hingen und immer größer wurden.

Eine Patrouille der Himmelsflügler kam auf sie zu.

2. Kapitel

»Schnell, ins Wasser«, befahl Tsunami. Das Meer war näher als die Bäume und würde sie genauso gut verbergen.

»Auf keinen Fall«, protestierte Glory. Sie warf sich zu Boden, breitete die Flügel aus und wechselte die Farbe. Ihre Schuppen verschmolzen mit dem Sandstrand, bis sie nicht mehr zu sehen war. Es geschah so schnell, dass Tsunami nicht mehr genau wusste, wo der Regenflügler war. Glory wurde immer besser darin.

»Wie du willst. Komm mit, Sunny.« Tsunami griff nach dem kleinen Sandflügler.

»Lieber nicht«, quiekte Sunny. »Ich schaff es schon bis zu den Bäumen. Ich werde richtig schnell fliegen.« Sie sprang von Clays Rücken und flatterte Starflight hinterher.

Tsunami stampfte mit der Hinterklaue auf und verteilte Meerwasser auf dem Sand. Glory brummte verärgert.

»Im Meer wäre es sicherer«, schnaubte Tsunami trotzig. Sie warf einen besorgten Blick in den Himmel. Die Flecken wurden schnell größer – vielleicht schneller, als Sunny sich verstecken konnte. Aber jetzt war es zu spät, um sie zurückzuholen. Tsunami drehte sich um und sprang ins Meer.

Clay war schon dabei, sich im seichten Wasser einzugraben, wobei er Flundern im Schlamm aufschreckte und ganze Schwärme kleiner Fische zusammenzucken ließ. Im Gegensatz zu den anderen hatte der Erdflügler kein Problem mit Wasser, da er bis zu einer Stunde lang die Luft anhalten konnte.

Als Tsunami einatmete, strömte Salzwasser durch ihre Kiemen. Es überraschte sie, wie beißend es sich anfühlte. Es war ganz anders an als das kristallklare Wasser in der unterirdischen Höhle. Dazu kam noch, dass die Strömung versuchte, sie an den Strand zurückzudrängen, nur um sie gleich darauf wieder mit sich ins offene Meer zu ziehen.

Doch Tsunami kämpfte sich weiter, an Clay vorbei, und schlug mit den Flügeln, als das Wasser tiefer wurde. Schwärme winziger purpurfarbener Fische stoben auseinander, als würden Sterne explodieren. Der Meeresboden war mit Seegras bewachsen und die dunkelgrünen Tentakel schwankten und reckten sich nach oben, um Tsunamis Bauch zu streifen.

Sie warf einen Blick auf den Himmel über sich – immer noch leer – und beschloss, das Risiko einzugehen und aufzutauchen. Sie musste sich davon überzeugen, dass Sunny sich rechtzeitig versteckt hatte.

Das Geräusch von schlagenden Flügeln drang zu ihr, als sie den Kopf aus dem Wasser steckte und sich zum Strand umdrehte. Der kleine Sandflügler war fast schon in Sicherheit. Starflight stand bereits zwischen den Bäumen und streckte seine Vorderklauen aus, um Sunny zu sich zu ziehen.

Am Himmel schoss eine orangefarbene Gestalt mit voller Himmelsflüglergeschwindigkeit vorbei – schneller, als jeder andere Stamm fliegen konnte. Dicht hinter dem ersten Drachen kam ein roter Drache, dann folgten noch drei weitere. Ihre riesigen Flügel verdeckten die Sonne fast völlig, als sie über den Köpfen der Drachlinge vorbeizogen.

Tsunami ließ sich tiefer ins Wasser sinken, doch es schien, als würde die Patrouille zu schnell fliegen, um einen einzelnen Drachen im Meer zu bemerken. Vielleicht suchten diese Soldaten ja gar nicht nach den entflohenen Gefangenen.

Dann sah sie den letzten Himmelsflügler – orange wie ein Sonnenuntergang, mit flammenumspielten Nüstern und einem großen Riss an der linken Flügelspitze. Er flog langsamer als die anderen und bildete die Nachhut. Seine dunklen Augen suchten den Boden unter ihm ab.

Tsunami hielt den Atem an. Die Schnauze des Drachen richtete sich auf die Bäume, in dem Moment, in dem Sunnys Schwanz außer Sicht gezerrt wurde.

Er hielt an und schlug mit den Flügeln nach hinten, um für einen Moment in der Luft stehen zu bleiben.

Starrte er auf die Bäume?

Hatte er Sunny gesehen?

Und wenn er nun die anderen rief? Seine Kameraden waren inzwischen schon mehrere Flügelschläge weitergezogen, aber ein Schrei würde genügen, um sie blitzschnell zurückzubringen. Sunny und Starflight waren sechs ausgewachsenen Soldaten der Himmelsflügler nicht gewachsen.

Genau genommen waren sie nicht einmal *einem* Soldaten der Himmelsflügler gewachsen. Die beiden würden wohl nicht einmal eine schläfrige Fledermaus überwältigen können.

Aus der Nase des Himmelsflüglers stieg Rauch auf, dann öffnete er das Maul. Tsunami musste ihn zum Schweigen bringen, wenn sie eine Chance haben wollte, ihre Freunde zu retten.

Mit einem Riesensatz sprang sie aus dem Meer und ließ ihren Schwanz hinter sich auf das Wasser klatschen, um noch schneller zu werden. Mit kräftigen Flügelschlägen schoss sie nach oben und rammte die Unterseite des Himmelsflüglers.

Er stieß eine glühend heiße Rauchwolke aus und hielt sich den Bauch, während er nach Atem rang. Tsunami hatte nur ein paar Sekunden, bevor er sich wieder so weit erholt haben würde, dass er um Hilfe rufen konnte. Sie duckte sich weg, schlug ihm ihren Schwanz gegen den Kopf und warf sich dann mit ihrem ganzen Gewicht auf seinen Rücken.

Um ein Haar wäre der Himmelsflügler ins Wasser gefallen, doch er kämpfte sich in die Luft zurück. Tsunami schlug mit den Klauen auf seine Flügel ein und rutschte ein Stück auf seinen Schwanz zu, um ihn mit ihrem Gewicht nach unten zu drücken. Aber er war zu groß und zu stark für sie. Sie war ihm nur deshalb für einen Moment überlegen gewesen, weil sie ihn überrascht hatte. Wenn sie eine Chance gegen ihn haben wollte, musste sie ihn ins Wasser bekommen.

Der orangefarbene Drache fauchte und wand sich heftig, dann schoss ein Flammenstoß aus seiner Schnauze, der sie nur knapp verfehlte. Tsunami zerrte ihn nach unten zum Wasser, doch seine riesigen Flügel schlugen immer schneller. Es fühlte sich an, als würde ihr ein Orkan um die Ohren pfeifen. Sie spürte, dass er Höhe gewann, und gleich würde er die anderen Soldaten zurückrufen.

Du bekommst meine Freunde nicht!, dachte Tsunami wütend. Sie fand die empfindliche Stelle an seinem Schwanz und schlug ihre Zähne hinein. Er krümmte sich vor Schmerz und hätte sie beinahe abgeworfen. Dann spuckte er noch einmal Feuer unter seinem Flügel hervor.

Zuerst dachte Tsunami, er hätte sie wieder nicht erwischt.

Doch dann spürte sie, wie sich ein brennender Schmerz an ihrem Hals ausbreitete. Es fühlte sich an, als würde jemand versuchen, mit einem glühend heißen Draht ihre Schuppen durchzusägen.

Sie schloss die Augen und biss die Zähne zusammen, fest entschlossen, nicht loszulassen, obwohl ihr schwindlig war.

Plötzlich taumelte der Drache nach unten auf das Meer zu. Tsunami riss die Augen auf.

Clay hatte sich zwischen sie und den Drachen geworfen und seine feuerfesten Flügel ausgebreitet. Dann klammerte er sich mit seinen Klauen an den Rücken des Himmelsflüglers und das zusätzliche Gewicht drückte den Soldaten nach unten.

Mit vereinten Kräften zerrten Clay und Tsunami am Himmelsflügler. Er wehrte sich heftig, doch seine Flammen vermochten Clays feuerfesten Schuppen nichts anzuhaben und unter Wasser würden ihm auch seine riesigen Flügel nichts mehr nützen.

Als er auf dem Meer aufschlug, schwamm Tsunami zum Kopf des Himmelsflüglers und drückte ihn so lange unter Wasser, bis er zu zappeln aufhörte.

Als sie ihn losließ, folgte Clay ihrem Beispiel. Der Körper des Drachen sank langsam auf den Meeresgrund.

Tsunami lief ein Schauer über die Schuppen. *Er oder ich.*

Es fühlte sich falsch an.

Warum konnte sie nicht wild und *gefühllos* sein?

Sie schwamm dem Drachen nach und packte einen seiner Flügel, dann sah sie nach oben zu Clay. Ihre Blicke trafen sich, und zu ihrer Erleichterung zögerte er nicht einmal, bevor er zu dem anderen Flügel schwamm.

Sie schleppten den Himmelsflügler auf den Strand. Die Strömung hatte sie weiter abgetrieben, als Tsunami gedacht hatte, und es war mehr als mühsam, wieder ans Ufer zu schwimmen. Vor allem mit einem ausgewachsenen Drachen im Schlepptau, der mit seinem ganzen Gewicht an ihnen hing.

Tsunami biss die Zähne zusammen und ignorierte, dass sie erschöpft war und die Brandwunde an ihrem Hals schmerzte. Sie war ein Meeresflügler. Hier sollte sie in ihrem Element sein. Sie beherrschte das Meer, nicht andersherum.

Als sie den Strand erreichten, war der Rest der Patrouille nicht mehr zu sehen. Sie fragte sich, wie lange es dauern würde, bis ihnen auffiel, dass einer von ihnen fehlte, und sie wiederkamen, um nach ihm zu suchen.

Tsunami brach neben dem Himmelsflügler zusammen und sank auf den Sand. Clay warf einen Blick in die Schnauze des Drachen und fing an, mit der geballten Klaue auf seine Brust zu schlagen.

»Was ist denn mit *dir* los?«, fuhr Glory Tsunami an. Sie tauchte aus dem sandigen Hintergrund auf und änderte die Farbe ihrer Schuppen zu einem dunkleren Braunton, damit sie sie sehen konnten. Sie starrte sie wütend an. »Warum hast du das getan?«

»Oh, gern geschehen«, erwiderte Tsunami. »Ich habe euch nur das Leben gerettet, wie immer.«

»Indem du einfach so einen Drachen angreifst?«, rief Glory. »Einen Augenblick später wären sie alle weg gewesen! Und was machst *du* da eigentlich?« Sie stieß Clay einen ihrer Flügel in die Seite.

»Ähm«, murmelte Clay. »Ihn wiederbeleben.« Er fuhr fort, auf die Brust des Himmelsflüglers zu schlagen.

»Wie bitte?«, kreischte Glory. »Du kannst ihn doch nicht *leben* lassen!« Sie versuchte, eine von Clays Klauen zu packen, aber Tsunami stieß sie weg.

»Wir brauchen ihn doch nicht zu töten«, sagte Tsunami. »Wir werden ihn fesseln und hierlassen.«

»Na großartig«, erwiderte Glory. »Wie wär's denn noch mit einer Spur aus Kuhteilen? Und einer Landkarte, auf der eingezeichnet ist, wo wir hinfliegen? Oder vielleicht könnten wir diesen Teil des Waldes in Brand setzen, nur um auch ganz *sicher* zu sein, dass jeder weiß, wo wir zu finden sind. Soll ich ›DIE DRACHLINGE WAREN HIER‹ aus Steinen legen?«

»Also gut«, meinte Tsunami. »Da liegt er. *Du* bringst ihn um.«

Glory sah auf den bewusstlosen Drachen hinunter und zögerte. »Ich töte keine Drachen, die sich nicht wehren können«, sagte sie schließlich.

»Warum nicht?«, fragte Tsunami. »Spuck ihm doch einfach ein bisschen Gift auf die Schnauze und lass ihn zerfließen, wenn das so einfach für dich ist.«

Glory grub ihre Krallen in den Sand und machte ein finsteres Gesicht. Auf ihren Schuppen breiteten sich dunkelrote Kreise aus.

Sunny und Starflight landeten neben ihnen auf dem Strand. Sunny starrte den Himmelsflügler entsetzt an, und Tsunami fiel wieder ein, dass sie während der Kämpfe in der Arena in einem anderen Teil des Palastes gefangen gehalten worden war. Der kleine Sandflügler hatte seine Freunde nie gegen einen anderen Drachen kämpfen sehen.

»Geht es ihm gut?«, fragte Sunny Clay.

»Versuch das mal«, schlug Starflight vor, der herüberkam, um zu helfen. Clay trat beiseite, dann rollten sie den Drachen auf den Bauch.

»Warum hast du ihn angegriffen?«, fragte Sunny an Tsunami gerichtet. Der harmlose Schwanz des kleinen Sandflüglers zuckte nervös hin und her.

»Um euch zu retten!«, erwiderte Tsunami betroffen.

»Aber er hat doch gar nichts gemacht«, protestierte Sunny. »Er ist nur an uns vorbeigeflogen.«

Alle vier sahen zu Tsunami, als wäre sie einer von den Drachen, die sich unter einem Felsen versteckten und unschuldige Passanten nur so zum Spaß bissen. Sie wölbte empört den Hals.

»Ich dachte, er hätte dich gesehen«, knurrte sie. »Er wollte gerade die anderen rufen. Ich habe gesehen, wie er das Maul aufgemacht hat!«

»Ich auch«, warf Glory ein. »Aber ich bin ziemlich sicher, dass er nur gegähnt hat.«

»*Ziemlich* sicher?«, empörte sich Tsunami. »Würdest du unser Leben für *ziemlich sicher* riskieren?«

Hat er tatsächlich gegähnt? Habe ich ihn für nichts und wieder nichts angegriffen? Das kann nicht stimmen. Ich habe eine Gefahr gesehen und entsprechend reagiert. Oder?

»Wenn du vielleicht für eine Sekunde *nachgedacht* hättest –«, sagte Starflight.

»Oder auch für immer? So wie du? Immer nur denken, denken, denken und nichts tun?«, rief Tsunami.

Plötzlich hustete der Himmelsflügler. Wasser floss aus seiner Schnauze. Mit einem zufriedenen Gesichtsausdruck rückte Clay seine Flügel zurecht.

»Oh, großartig. Unser Feind wird es überleben. Gut gemacht.

Wir müssen hier weg«, sagte Glory. Sie ging einen Schritt zurück und starrte zu der Stelle am Himmel, an der die übrigen Soldaten verschwunden waren. »Und was machen wir jetzt mit ihm, oh du weise Anführerin?«

Tsunami hatte keine Ahnung. Sie sah sich hektisch um. Vielleicht fanden sie ja irgendwo ein paar Kletterpflanzen, mit denen sie ihn fesseln konnten …

»Da ist ein Baum«, sagte Starflight, während er aufsprang. »Im Wald.«

»Im *Ernst*?«, sagte Glory. »Ein *Baum*? Im *Wald*?«

»Sarkasmus hilft uns jetzt nicht weiter!«, fuhr Tsunami sie an.

»Ich meine, ein umgestürzter Baum«, erklärte Starflight. »Den können wir benutzen. Glory, du bleibst hier und bewachst ihn; Clay und Tsunami, ihr kommt mit. Schnell.«

Clay rannte ihm nach. Tsunami zögerte einen Moment – es gefiel ihr nicht, den Soldaten einfach so liegen zu lassen, auch wenn er noch nicht ganz wach war. Und es gefiel ihr erst recht nicht, sich von Starflight herumkommandieren zu lassen.

»Jetzt geh schon. Beeil dich.« Sunny stupste sie mit einem Flügel an.

Dicht am Rand des Waldes war ein riesiger Baum umgestürzt, dessen oberste Äste den Sand berührten. Clay und Tsunami schoben und rollten ihn auf den Strand und zerrten ihn dann zu dem Himmelsflügler, während Starflight um sie herumflatterte und Anweisungen gab. *Als ob man uns sagen müsste, wie man einen Baum bewegt,* dachte Tsunami mürrisch.

Die Augen des Soldaten öffneten sich blinzelnd, als sie ihn erreichten. Er hustete mehrmals, dann hob er den Kopf und starrte die Drachlinge benommen an.

»Und was machen wir jetzt mit dem Baum?«, fragte Tsunami.

»Wir legen ihn auf den Himmelsflügler drauf«, erklärte Starflight. »Dann ist er darunter gefangen. Jedenfalls so lange, bis wir weg sind.«

Tsunami gab es zwar nicht gern zu, aber es war eine gute Idee. Sie half Clay dabei, den schweren Baum auf Rücken und Flügel des Drachen zu ziehen. Der Himmelsflügler versuchte, sich hochzustemmen, doch er war noch zu schwach, und der Baum drückte ihn in den Sand.

»Und wenn er jetzt für immer hier festsitzt?«, fragte Sunny besorgt. Sie streckte die Klaue aus und wischte ein bisschen Sand von der Schnauze des Himmelsflüglers. Als er eine Rauchwolke aus den Nüstern blies, riss Clay sie zurück. »Vielleicht sollten wir ihn einfach gehen lassen.«

»Das können wir nicht machen«, erwiderte Tsunami.

»Ich wünschte, du hättest ihn nicht angegriffen«, sagte Sunny, während sie den Kopf einzog.

»Ich auch«, meinte Glory.

»Es war nicht die klügste Entscheidung«, stimmte Starflight ihr zu.

Tsunamis Kiemen flatterten, dann breitete sie die Flügel aus. »Das könnt ihr doch gar nicht wissen!«, protestierte sie. »Vielleicht habe ich uns ja gerettet! Schon wieder!« Sie sah Clay an, doch der zuckte nur mit den Flügeln, als wäre er sich nicht sicher. *Danke für eure Unterstützung, Leute,* dachte Tsunami wütend. *Dabei versuche ich doch nur zu verhindern, dass euch etwas passiert.*

»Mach dir keine Sorgen, Sunny«, sagte Clay, während er dem kleinen Sandflügler über den Kopf strich. »Irgendwann kommen seine Freunde zurück und suchen nach ihm.«

»Irgendwann oder sehr bald«, meinte Glory. »Und daher, wie ich schon sagte, sollten wir machen, dass wir von hier wegkommen.«

»Wartet«, krächzte der Himmelsflügler. Seine tiefe Stimme war ganz heiser. Er wand sich unter dem Baum und schlug mit dem Schwanz auf den Sand. »Ihr könnt mich doch nicht so liegen lassen.«

Starflight stellte sich vor den Himmelsflügler hin, damit dieser ihn sehen konnte, und starrte auf ihn herunter. »Vergiss nicht, dass wir dich hätten töten können«, sagte er. »Vergiss nicht, dass die Drachen der Vorsehung gnädig waren. Wir wollen Frieden, nicht noch mehr Tod. Wir sind gekommen, um Pyrrhia zu retten.«

»Ach du meine Güte«, stöhnte Tsunami, während Glory die Augen verdrehte. »So schnell lassen wir dich nicht mehr zu den Nachtflüglern.«

»Ich fand es ganz nett«, meinte Sunny. Starflight warf ihr einen dankbaren Blick zu.

»Sunny, jetzt ermutige ihn nicht auch noch«, warnte Glory.

Starflight nahm ein paar große Blätter und legte sie sorgfältig auf den Kopf des Drachen, damit er nicht sehen konnte, wohin sie flogen. Dann deutete er auf den Wald und formte lautlos mit den Lippen: »Nur zur Sicherheit.«

Tsunami seufzte. Jetzt mussten sie schon wieder in die falsche Richtung fliegen. Sie wollte endlich *nach Hause.* Nach Hause ins Meer, zu den Meeresflüglern und zu ihren königlichen Eltern.

Aber da der Himmelsflügler ihnen zuhörte, konnte sie jetzt nicht darüber diskutieren, außerdem nickten die anderen bereits. Schon wieder waren alle bereit, dem ängstlichen, übervorsichtigen Starflight zu folgen. Und keiner von ihnen dachte, dass sie das Richtige getan hatte, als sie den Himmelsflügler angegriffen hatte. Dabei hatte sie ihnen damit doch ihre dummen Schuppen gerettet.

Als sie sich in die Luft erhoben, warf Tsunami einen langen, sehnsüchtigen Blick hinunter aufs Meer.

Bald, dachte sie. *Bald werde ich bei meinen eigenen Drachen sein.*

3. Kapitel

Die Bucht der tausend Schuppen war weiter weg, als Tsunami gedacht hatte. Sie hatte die Landkarte von Pyrrhia schon als ganz kleiner Drachling studiert, aber es war schwer, das Bild in ihrem Kopf mit der riesigen Welt unter ihr in Einklang zu bringen. Sie ging immer noch davon aus, kleine Spiralen aus Inseln zu finden, die in die Handflächen ihrer Klauen passten. Stattdessen flog sie jetzt über ein endlos weites Meer, aus dem nur hin und wieder ein einsamer Fels herausragte.

Nachdem sie einen langen Umweg ins Landesinnere gemacht hatten, um den Himmelsflügler glauben zu machen, dass sie in entgegengesetzter Richtung unterwegs waren, hatten sie wieder Richtung Süden gedreht und waren auf das offene Meer hinausgeflogen. Nach Einbruch der Dunkelheit hatten sie es gerade noch geschafft, eine kleine Felseninsel zu erreichen, aber Starflight zufolge war die Bucht der tausend Schuppen immer noch weit weg. Er hatte die Entfernung und ihre Geschwindigkeit berechnet und einen langen, langweiligen Vortrag begonnen, mit dem er ihnen alles erklären wollte. Allerdings war der Rest von ihnen nach kurzer Zeit eingeschlafen, weshalb der Nachtflügler den ganzen nächsten Tag lang geschmollt hatte.

Aber Tsunami musste zugeben – allerdings nur sich selbst gegenüber –, dass es ganz nützlich war, jemanden dabeizuhaben, der die Flugrouten im Kopf hatte. Ein paar Tage lang hielten sie immer dann an, wenn sie eine Insel sahen, fraßen eine Möwe oder einen Fisch und flogen dann weiter. Tsunami versuchte mehrmals, im Meer zu tauchen, und stellte enttäuscht fest, dass sie nicht so schnell schwimmen wie fliegen konnte. Das einzig Gute war, dass das Salzwasser die Brandwunde an ihrem Hals heilte.

Am vierten Morgen wachte Tsunami schließlich auf einer Insel auf, die ganz offiziell zur Bucht der tausend Schuppen gehörte.

Sie wurde aus einem Traum gerissen, in dem ihre Höhle eingestürzt war und sie langsam zu Tode gequetscht wurde, und stellte fest, dass Clay mitten in der Nacht mit seinem ganzen Körper auf sie gerollt war. Grummelnd wand sie sich unter ihm hervor und ließ seinen Schwanz auf Starflights Kopf fallen.

Die fünf Drachlinge hatten sich alle zusammen in eine kleine Höhle gezwängt, die mitten in einer hohen Klippe lag. Sie war eng und unbequem und roch nach Möwenkot. Clay hatte Mühe gehabt, seine Flügel so eng anzulegen, dass er hineinkriechen konnte.

Und warum schliefen sie eigentlich an diesem grauenhaften Ort, anstatt auf dem schönen weißen Sandstrand unter ihnen?

Tsunami setzte sich in den Eingang der Höhle und warf Starflight einen finsteren Blick zu, was allerdings nicht sehr befriedigend war, da die anderen alle noch kräftig schnarchten. Clay hatte sich gegen die hintere Höhlenwand gedrückt, mit Sunny zwischen den Vorderklauen und einem zusammengerollten Starflight neben ihm. Selbst Glory hatte ihren Schwanz über Clays gelegt. Im Licht der aufgehenden Sonne schimmerten ihre Schuppen orange und golden, mit Anflügen von Rot, wenn sie sich im Schlaf bewegte.

Starflight hatte sich sehr eigenartig benommen, seit die Nachtflügler ihn zurückgegeben hatten. Es kam ihr so vor, als würde er ganz plötzlich über *alles* mit ihr streiten wollen. Als sie gesagt hatte: »Lasst uns am Strand schlafen! Das wird bestimmt lustig!«, hatte er gesagt: »Nein, nein, wir müssen in einer versteckten Höhle schlafen, dort sind wir in Sicherheit.« In Sicherheit! Als müssten sie sich hier draußen, mitten in der Nacht, Gedanken um ihre Sicherheit machen.

Aber da die anderen noch böse auf sie waren, weil sie den Soldaten angegriffen hatte, waren sie alle seiner Meinung gewesen.

Und das gefiel ihr überhaupt nicht.

Tsunami beobachtete die anderen einen Moment beim Schlafen. Es war so schwer, die Gruppe richtig zu führen, wenn alle an einem zweifelten und sich über alles beschwerten. Sie wollte doch nur das Beste für sie alle. Wussten sie das denn nicht? Sie hatte sich immer vorgestellt, dass sie, wenn es sein musste, auch gegen hundert Himmelsflügler kämpfen würde, um die anderen zu beschützen.

Aber vielleicht soll ich das ja gar nicht. Vielleicht wollen meine Freunde gar nicht von mir beschützt werden.

Vielleicht wollten sie stattdessen Starflight als ihren Anführer haben. Obwohl er noch nie eine einzige Schuppe auf seinem Körper für sie riskiert hatte.

Tsunami starrte nach unten auf das blau schimmernde Meer. Irgendwo in seinen Tiefen war ihre Familie – ihre Eltern, ihr Königreich, alles, was rechtmäßig ihr gehört hätte, wenn die Klauen des Friedens nicht ihr Ei gestohlen und ihr Leben zerstört hätten.

Vielleicht kam das Problem mit ihren Freunden daher, dass sie alle aus verschiedenen Stämmen und zudem noch verwirrt waren, anstatt so vernünftig wie Meeresflügler. Vielleicht verstand ihre eigene Art sie einfach besser. Sie würden Tsunami schätzen, anstatt sie die ganze Zeit anzubrüllen.

Aber sie musste ja nicht die ganze Zeit hier sitzen und darauf warten, dass die anderen aufwachten. Und bei der Suche nach ihrer Familie würden sie auch keine große Hilfe sein.

Tsunami streckte die Flügel aus und ließ sich nach vorn fallen. Der Wind pfiff an ihrer Schnauze vorbei und riss an ihrem Schwanz, als sie sich im Sturzflug nach unten bewegte. Im letzten Moment klappte sie ihre Flügel auf und segelte über das Wasser, während ihre Krallen es flüchtig berührten. Eine unbändige Freude ließ jede einzelne ihrer Schuppen erzittern. Dann kippte sie nach vorn und tauchte in das Wasser ein.

Das Meer war hier wärmer, mit einem vielfältigen Unterwasserleben. Beim Eintauchen schienen Tausende Fische von ihr wegzuhuschen, und mehrere von ihnen verschwanden in einem Korallenriff, das wie ein versteinerter Wald aus dem Sand ragte. Ein dicker dunkelblauer Krake starrte sie aus den Zweigen heraus an. Aus den Augenwinkeln sah Tsunami immer wieder kräftiges Gelb und Silber aufblitzen, als Fische vor ihren Klauen flohen.

Doch nirgendwo wartete ein Empfangskomitee aus überglücklichen Meeresflüglern auf sie.

Keine leuchtenden Quallen wiesen ihr den Weg zu Königin Corals Schloss. Kein Zug nickender Seepferdchen und scherenklappernder Hummer ging ihr voran.

Was jetzt nicht heißen sollte, dass sie sich die Heimkehrszene aus *Die verlorene Prinzessin* oder so etwas in der Art vorgestellt hatte.

Tsunami schwamm an dem Korallenriff entlang und sah sich die Kreaturen an, die sich in den Nischen und Löchern versteckten. Eine abgrundhässliche Kreatur, die sie für einen Aal hielt, starrte zurück. Kleine orangefarbene und weiße Fische schmiegten sich an die im Wasser schwankenden lavendelfarbenen Anemonen.

Sie war es immer noch nicht gewohnt, im Meer zu schwimmen, und das frustrierte sie. Plötzliche Strömungen brachten sie ständig aus dem Gleichgewicht. Das Salzwasser fühlte sich an, als wollte es ihre Kiemen abschleifen. Wo waren ihre angeborenen Instinkte als Meeresflügler? Ihre Welt hätte sie stärker, schneller, zäher machen sollen, aber jetzt war ihr nur noch zum Heulen zumute.

Sie schwamm den ganzen Weg bis zur nächsten Insel, obwohl sie ständig gegen die Strömung ankämpfen musste. Hier gab es noch mehr der rosafarbenen Korallenriffe, die mit schwankenden grünen Fächern und feinen blau-roten Farnen gesprenkelt waren. Ihre Flügel schmerzten und waren müde, daher breitete sie sie aus und ließ sich dicht unter der Wasseroberfläche treiben.

Plötzlich bewegte sich etwas unter ihr, tief in den Schatten des Korallenriffs.

Etwas sehr Großes.

Tsunami musste an die vielen großen, mit riesigen Zähnen bewaffneten Lebewesen denken, die hier vielleicht lebten, aber das verdrängte sie sofort wieder. Wenn es ein Hai war, würde sie ihn töten und den anderen zum Frühstück mitbringen – vor allem, um den Ausdruck auf Starflights Schnauze zu sehen.

Sie ruderte mit dem Schwanz und schwamm näher heran.

Es war ein anderer Meeresflügler.

Als sie ihn sah, lief ihr ein Schauer über die Schuppen, und ein Teil von ihr wollte sofort umdrehen und zu ihren Freunden zurückschwimmen.

Jetzt sei doch nicht so ein Feuerschlucker, schimpfte sie mit sich selbst. *Darauf hast du doch gehofft – ein Drache aus deinem eigenen Stamm.*

Sie holte tief Luft. Der fremde Meeresflügler hatte dunkelblaue Hörner und himmelblaue Schuppen, die erheblich heller waren als ihre. Er paddelte neben dem Riff und änderte den Kurs, indem er Klauen und Flügel leicht bewegte. Sein Kopf drehte sich wachsam hin und her.

Es kann nicht schaden, ihm erst einmal eine Weile zu folgen, sagte sich Tsunami. Sie kroch am oberen Ende des Riffs entlang und lugte über den Rand, bis sie ihn sah. Ihre Krallen verfingen sich in den kleinen Spalten zwischen den Korallen. Sie stieß versehentlich gegen einen großen, entrüsteten Hummer, der mit steil aufgerichteten Fühlern aus seinem Schlupfloch kam und mit seinen Scheren nach ihr schnappte. Nach einem kurzen Blick auf sie kroch er sofort wieder in sein Versteck zurück.

Auf der Oberseite war das Riff von einer Schicht grüner, moosähnlicher Algen bedeckt. Tsunami kam an zwei großen Meeresschildkröten vorbei, die langsam an ihr vorüberschwammen. Ein riesiges, mit Fangarmen versehenes Etwas, das wie eine Asselspinne aussah, knabberte an den Algen. Die Spitzen seiner acht dunkelroten Beine und seine Augen schimmerten orangegelb.

Plötzlich blieb der Meeresflügler unter ihr stehen und sah sich um. Tsunami legte sich flach auf das Riff. Der raue Kalkstein stach ihr in den Bauch. Durch eines der Löcher konnte sie den anderen Drachen beobachten.

Er drehte sich langsam um die eigene Achse und starrte in die Tiefen des Meeres. Hatte er sie bemerkt?

Aber er sah nicht nach oben. Der Drache blickte sich noch einmal um, dann aktivierte er die Leuchtstreifen an seinen Flügeln.

Unmittelbar darauf schwamm ein anderer Drache aus einer Höhle im Korallenriff.

Hm, dachte Tsunami. *Der sieht bei Weitem nicht so gut aus.* Seine grünen Schuppen waren völlig in Ordnung, aber das schwarze, spiralförmige Muster darauf gefiel ihr nicht. Ein solches Muster hatte sie noch nie bei einem Drachen gesehen. Und seine Schnauze wirkte überhaupt nicht so attraktiv und freundlich wie bei dem ersten Drachen, allerdings konnte das auch an der dicken blauen Beule über seinem linken Auge liegen.

Sie fragte sich, ob es Wachen waren, die sich gerade ablösten. Falls ja, benahmen sie sich ziemlich merkwürdig.

Die beiden Drachen schwebten auf der Stelle und starrten einander für eine halbe Ewigkeit an. Gelegentlich leuchteten die Streifen bei dem einen Meeresflügler auf, dann bei dem anderen. Sie bewegten ihre Klauen, als würden sie Fische verscheuchen, obwohl überhaupt kein Fisch in ihrer Nähe war.

Und dann zog sich der Drache mit dem Spiralmuster wieder in die Höhle zurück, und der blaue Drache schwamm weiter.

Ist das so etwas wie ein Wachwechsel der Meeresflügler?, fragte sich Tsunami. *Vermutlich muss ich so etwas lernen, wenn ich Königin werden will.* Als sie die Flügel hob, um dem ersten Drachen nachzuschwimmen, schossen zwei gelb gestreifte Fische unter ihr hervor und suchten das Weite.

Der himmelblaue Drache schwamm den gleichen Weg zurück, den er gekommen war, hinaus auf das offene Meer und direkt auf Tsunami zu.

Jetzt oder nie, dachte Tsunami. Sie wollte lieber diesen Drachen als den anderen kennenlernen, und falls möglich, wenn er allein war. Das schien einfacher zu sein als der Versuch, einem ganzen Haufen Drachen zu erklären, wer sie war.

Sie schlug mit den Flügeln, um ihn einzuholen, hechtete über den Rand des Riffs und schwamm vor ihn.

Der Meeresflügler wich erschrocken zurück und wirbelte das Wasser auf. Er blinzelte überrascht, als er sie ansah. Seine blauen Augen waren so dunkel, das sie fast schwarz wirkten.

Tsunami deutete zur Oberfläche. *Komm mit nach oben, damit wir reden können,* versuchte sie zu gestikulieren. Hoffentlich verstand er, was sie meinte.

Zu ihrer Überraschung drehte er sich um und flüchtete. Sein Schwanz drückte ihr eine Wasserwelle ins Gesicht.

Das ist aber nicht nett, dachte sie. Sie schwamm ihm nach und bewegte den Schwanz hin und her, um schneller voranzukommen. Der Drache warf einen Blick über die Schulter und erhöhte sein Tempo, als er sah, dass sie ihn verfolgte.

Warum rannte er denn weg? Und wie konnte er *so schnell* schwimmen?

»Stopp!«, versuchte sie durch das Wasser zu schreien. »Ich will doch nur mit dir reden!«

Was natürlich nicht funktionierte.

Aber dann sah er sich wieder nach Tsunami um, weshalb er auch nicht bemerkte, dass vor ihm plötzlich ein Wal aus der Tiefe des Meeres auftauchte.

Tsunami winkte mit den Klauen und deutete hektisch auf den Wal. »Pass auf!«, versuchte sie zu brüllen.

Der Meeresflügler prallte seitlich gegen den Wal und wurde nach hinten geschleudert. Der Wal war nur ein bisschen größer als der Drache, mit tiefen Furchen auf seinem gesamten Rücken, und einem platt gedrückten, gutmütigen Gesicht. Er gab ein seltsam quiekendes Stöhnen von sich und blinzelte den Meeresflügler verwirrt an.

Der Drache war noch dabei, benommen den Kopf zu schütteln, als Tsunami ihn erreichte. Sie packte ihn am Schwanz und drückte ihn in den Sand.

Der Wal blinzelte noch einmal und schwamm weiter. Ein heftiger Strudel riss an den beiden Drachen, als er durch das Wasser pflügte.

Und was mache ich jetzt?, dachte Tsunami. *Ich muss ihn nach oben bringen, damit ich mit ihm reden kann, aber wenn ich ihn loslasse, haut er vielleicht wieder ab.*

Sie starrte den Drachen mit gerunzelter Stirn an. Wenigstens wehrte er sich jetzt nicht mehr. Er lag im Sand unter ihren Klauen und beobachtete sie mit einem beinahe neugierigen Ausdruck auf der Schnauze.

Tsunami deutete wieder zur Oberfläche. Über ihnen blitzten Sonnenstrahlen auf, wie goldene Glasscherben, die auf dem Wasser trieben.

Der andere Drache legte den Kopf schief. An seinen Flügeln leuchteten schimmernde Streifen auf, die zuerst schnell, dann langsam blinkten.

Na schön, dachte Tsunami. *Das kann ich auch. Vielleicht will er mich ja testen.*

Sie aktivierte ihre eigenen Leuchtstreifen, zuerst an der Schnauze, dann am Schwanz und schließlich an den Flügeln. *Siehst du? Meine Streifen blinken auch. Ich bin ein Meeresflügler. Und jetzt schwimmen wir nach oben und reden.*

Tsunami breitete langsam die Flügel aus und bewegte sich ein Stück nach oben. Sie war jederzeit bereit, ihn zu packen, falls er wieder flüchten wollte. Er stellte sich aufrecht hin, blieb aber bei ihr. Davon ermutigt schwamm Tsunami noch weiter aufwärts.

Seine Streifen blinkten wieder, dieses Mal am Hals und am Schwanz.

Tsunami, die langsam die Geduld verlor, ließ ihre Streifen wieder aufleuchten, an den gleichen Stellen wie er.

Die Flügel des anderen Drachen öffneten sich so plötzlich, dass sämtliche Fische in der Nähe erschraken und Zuflucht im Riff suchten. Blitzschnell machte er einen Satz auf Tsunami zu und streckte die Vorderklauen nach ihr aus.

Tsunami brüllte auf, was einen Strudel aus Luftblasen in Richtung seines Auges schickte, und hieb ihm ihre Krallen auf die Schnauze. Sie hatte keine Ahnung, warum er sie angriff. Vielleicht war er ein Verräter. Vielleicht bewachte er sein Revier oder einen Schatz. Vielleicht hielt er sie für einen Eindringling. Allerdings war er kein guter Wächter, wenn der erste Instinkt darin bestand wegzulaufen, und der zweite, ohne jeden Grund anzugreifen.

Das wird ihm noch leidtun, wenn er herausfindet, wer ich bin!, dachte sie wütend.

Sie trat ihm mit den Hinterklauen in den Bauch. Er hustete einen Strom aus Luftblasen und kippte nach hinten. Tsunami breitete die Flügel aus, knurrte ihn noch einmal an und schoss zur Oberfläche.

Als sie das Wasser durchbrach, schlug sie weiter mit den Flügeln und erhob sich in die Luft. In einiger Entfernung konnte sie die Höhle sehen, aus deren Eingang ihr die besorgten Schnauzen ihrer Freunde entgegenstarrten.

Dann hörte sie ein gewaltiges Platschen hinter sich. Der andere Meeresflügler stieg aus dem Meer. Als er sich in die Luft erhob, klatschte sein gewaltiger Schwanz zweimal auf das Wasser, was riesige Wellen in alle Richtungen schickte.

In der Luft sah er sogar noch größer aus. Seine scharfen, gekrümmten Krallen blitzten im Sonnenlicht. Seine dunkelblauen Augen waren starr auf ihre Flügel gerichtet.

Er war der erste richtige Bürger ihres Königreichs, den sie kennenlernte. Und er wollte sie töten.

4. Kapitel

Tsunami flog auf die Insel zu, auf der ihre Freunde warteten. Der Meeresflügler war dicht hinter ihr. Er brüllte etwas, aber der Wind trug die Worte aus seinem Maul davon, sodass sie nichts verstand.

Sie sah, wie Clay sich aus der Höhle zwängte und von der Klippe stürzte. Genau das brauchte sie jetzt – Verstärkung. Sie wendete und flog auf den weißen Sandstrand zu, auf dem sie am Abend zuvor hatte übernachten wollen. Die anderen drei konnten in der Sicherheit der Höhle bleiben. Sie und Clay würden schon mit dem Meeresflügler fertigwerden.

Hoffte sie jedenfalls.

»Warte!«, schrie ihr Verfolger, dieses Mal so laut, dass sie es hören konnte. »Wo willst du denn hin? Was ist denn los?«

Tsunamis Flügel setzten für einen Schlag aus und um ein Haar wäre sie ins Meer gestürzt. Sie drehte sich um und schwebte zwischen der Klippe und dem Strand über dem Wasser. Aus den Augenwinkeln heraus sah sie, wie Clay abdrehte und eine weite Schleife in der Luft begann. Er wollte abwarten, was sie tun würde.

Der andere Meeresflügler blieb ebenfalls in der Luft stehen und hielt zwei Drachenlängen Abstand zwischen ihnen. Die Kratzer auf seiner Nase bluteten.

»Was los ist?«, rief Tsunami entrüstet. »Hast du mich nicht gerade angegriffen?«

»Das habe ich mit Sicherheit nicht getan!«, protestierte er. An seiner Schnauze begannen Leuchtstreifen zu blinken. »Ich dachte, du … das ist das normale …« Irgendetwas schien ihm peinlich zu sein. »*Du* hast doch gesagt, dass du mich magst!«, platzte er schließlich heraus.

»Ich habe nichts dergleichen gesagt«, erwiderte Tsunami entrüstet.

Der Meeresflügler runzelte die Stirn. »Du hast ganz deutlich gesagt, dass du mich magst und mir den ganzen Weg bis hierher gefolgt bist, weil du um mich werben wolltest.«

Tsunami wäre fast vom Himmel gefallen. »Du Tintenfischhirn! Das bildest du dir doch nur ein!«, schrie sie ihn an.

»Na ja, das war jetzt vielleicht nicht der genaue Wortlaut«, räumte er ein. »Okay, es war ein bisschen verwirrend. Genau genommen war es sehr verwirrend. Aber es war klar, was du gemeint hast. Warum bist du mir sonst nachgejagt?«

»Wann genau soll ich das alles denn gesagt haben?«, wollte Tsunami wissen. »Vielleicht kurz nachdem du mich angegriffen hast?«

Der andere Drache berührte vorsichtig seine Schnauze und zuckte zusammen. »Du warst die Einzige, die hier jemanden angegriffen hat«, sagte er. »*Ich* war doch nur nett, nachdem *du* das gesagt hattest.«

»Moment mal«, meinte Tsunami. Vielleicht hatte sie ja etwas falsch verstanden. Vielleicht war das Ganze ja so eine Art Begrüßungsritual unter Meeresflüglern gewesen, das sie nicht kannte. In dem Fall … seine arme Schnauze. Schuldbewusst verzog sie das Gesicht. Vielleicht hätte sie sich nicht gleich so heftig wehren sollen. »Sag mir ganz genau, was ich deiner Meinung nach gesagt habe.«

Er seufzte. »Ich habe gesagt: ›Was machst du denn hier draußen?‹, woraufhin du gesagt hast …« Er brach ab und rieb sich mit der Vorderklaue den Kopf. »Du hast gesagt: ›Hallo, du funkelnder Zahn, ich finde drei von deinen Klauen ganz toll, aber nicht die anderen, und ich wünschte, deine Nase wäre ein Hering, damit ich sie fressen kann, und außerdem klingen deine Flügel wie schnarchende Haie.‹«

Tsunami brach in schallendes Gelächter aus.

»Okay, jetzt versteh ich's«, sagte sie, obwohl sie eigentlich gar nichts verstand. Hatten alle Meeresflügler so einen merkwürdigen Humor? Musste sie den gleichen Humor entwickeln? »Das hast du dir ausgedacht.«

Er starrte sie an. »Willst du jetzt im Ernst so tun, als hättest du das gar nicht gesagt?«

»Natürlich habe ich das nicht gesagt«, erwiderte Tsunami. Aber vielleicht machte er ja gar keinen Witz. Vielleicht war er nicht ganz richtig im Kopf. »Ich habe gar nichts gesagt – wir waren unter Wasser, schon vergessen?«

Der fremde Drache schwebte mehrere Flügelschläge lang in der Luft und aktivierte die Leuchtstreifen an seinen blauen Schuppen. Während er sie anstarrte, veränderte sich der Ausdruck auf seiner Schnauze, von verwirrt zu wütend.

»Wer bist du?«, wollte er wissen.

»Ich bin ein Meeresflügler«, erwiderte sie entrüstet. »Genau wie du. Du hast keinen Grund, so feindselig zu sein.«

»Ein Meeresflügler, der kein Aquatisch spricht?«, fauchte er. »Unwahrscheinlich. Wer bist du wirklich? Und wie hast du es geschafft, wie ein Meeresflügler auszusehen?«

Tsunami wurde schwer ums Herz. Aquatisch?

Meeresflügler haben eine eigene Sprache?

Natürlich haben sie eine eigene Sprache, wurde ihr klar. Es fühlte sich an, als würde etwas aus ihr herausfließen und eine große Leere hinterlassen. *Und natürlich hat sich niemand die Mühe gemacht, mir diese Sprache beizubringen. Da haben die Klauen noch eine kreative Möglichkeit gefunden, um mein Leben zu ruinieren.*

Warum war ihr das bis jetzt nicht aufgefallen? Heilige drei Monde, sie war ja genauso begriffsstutzig wie Clay. Die Drachen des Meeres hatten einen ganzen Palast unter Wasser – natürlich brauchten sie da eine Möglichkeit, um dort unten miteinander zu kommunizieren. Schließlich konnten sie ja nicht jedes Mal, wenn sie sich unterhalten wollten, an die Oberfläche schwimmen.

Als sie auf die Schwimmhäute an ihren Klauen starrte, musste sie daran denken, wie die beiden Meeresflügler mit blinkenden Leuchtstreifen gestikuliert hatten. Klauensignale und Leuchtstreifen – sie musste diesen ganzen Unsinn mit ihren Streifen gesagt haben, ohne dass sie es bemerkt hatte.

Aber wie kann ich Königin der Meeresflügler sein, wenn ich nicht einmal ihre Sprache spreche?

Und warum hat mir das nie jemand gesagt?

Clay hatte noch nie einen Drachen seines eigenen Stammes getroffen. Und deshalb hatte er auch nichts über Erdflügler gewusst. Aber Tsunami hatte diese Entschuldigung nicht: Einer der Erzieher, von denen sie großgezogen worden waren, war ein Meeresflügler gewesen.

Also warum, *warum* hatte Webs ihr die Sprache der Meeresflügler nicht beigebracht? Warum hatte er ihr nicht einmal etwas davon gesagt, dass es so eine Sprache gab?

Die vielen Schriftrollen über Meeresflügler … jetzt, wo sie darüber nachdachte, fiel ihr ein, dass es in den Unterwasserszenen jede Menge Dialoge gab, wie etwa in *Die verlorene Prinzessin*, als die vermisste Tochter ihre Eltern wiedergefunden hatte. Tsunami war immer davon ausgegangen, dass es eine Erzähltechnik und keine tatsächlich existierende Unterwassersprache war.

Sie sah auf und begegnete dem Blick aus den dunkelblauen Augen des Meeresflüglers. Er hatte neugierig den Kopf schief gelegt.

»Du siehst gar nicht schuldbewusst aus«, stellte er fest. »Du siehst traurig aus. Und ich glaube, es wäre ziemlich schwierig, die da zu fälschen.« Er zeigte auf die Schwimmhäute zwischen ihren Krallen. »Also: Woher kommst du und was stimmt mit dir nicht?«

Tsunami reagierte gereizt. »Mit mir ist alles in Ordnung«, fuhr sie ihn an. »Ich bin nur zufällig von Idioten großgezogen –«

Plötzlich ging sein Blick zu etwas, das sich hinter ihr befand. »Pass auf!«, brüllte er. Sein Schwanz schoss herum, traf sie und fegte sie aus dem Weg. Überrascht und benommen stürzte sie auf das Wasser zu. Ihre Flügel streiften schon das Meer, als es ihr gelang, sich aufzurichten und sich umzudrehen.

Der fremde Meeresflügler und Clay kämpften miteinander.

Tsunami stockte der Atem. Der Meeresflügler war ausgewachsen und größer als Clay, und er hatte keine Hemmungen, Zähne, Schwanz und Krallen einzusetzen. Aber es war klar, dass Clay sich zurückhielt, weil er Angst davor hatte, einen möglichen Verbündeten zu verletzen. Er zog den Kopf schützend zwischen die Vorderklauen und versuchte wegzukommen, aber der Meeresflügler packte Clays Schwanz und hieb seine Krallen in die Schuppen des Erdflüglers. Vor Schmerz heulte Clay laut auf.

Der fremde Drache fing an, Clay nach unten zum Wasser zu zerren, wo er als Meeresflügler im Vorteil war.

»Clay!«, quiekte Sunny. Dann warf sie sich von der Klippe.

Tsunami erreichte die beiden zuerst. Sie klatschte dem Meeresflügler ihren Schwanz gegen den Kopf, packte einen seiner Flügel und zog ihn von Clay weg. Überrascht wandte sich der Meeresflügler um und versuchte, sich umzudrehen, um wieder zu seinem Gegner zu kommen, aber sie blockte ihn mit ihren Flügeln ab und schlug mit den Krallen nach seiner Schnauze. Er wich zurück, was Clay genug Zeit verschaffte, um außer Reichweite zu kommen.

»Was machst du da?«, schrie der Meeresflügler. »Ich will dich vor dem Erdflügler retten!«

»Lass es!«, schrie Tsunami zurück. »Er ist mein Freund!«

»Aber –«

Sunny prallte gegen den Rücken des Meeresflüglers. Sie krabbelte zwischen seine Flügel und schlang die Klauen um seinen Hals. »Lass ihn in Ruhe!«, keuchte sie.

Der Meeresflügler sah eher erstaunt als beunruhigt aus. Er zappelte mit den Schultern und reckte den Hals nach hinten, um herauszufinden, was da auf seinem Rücken saß. Als Sunny nach seinem Flügel trat, jaulte er laut auf.

»Das ist noch einer meiner Freunde«, sagte Tsunami. »Sunny, tu ihm nicht allzu weh. Wir brauchen seine Hilfe.«

»Ich glaube kaum, dass diese Mücke mich verletzen kann«, knurrte der Meeresflügler.

Sunny trat ihn noch einmal. »Versprich mir, dass du Clay nicht angreifen wirst«, verlangte sie.

Der Blick des Meeresflüglers ging zu dem braunen Drachen

über ihnen, der weite Kreise am Himmel zog. Clay kratzte sich besorgt den Kopf, als wüsste er nicht so genau, ob er zu ihnen fliegen und den Kampf fortsetzen sollte oder nicht.

»Die Erdflügler sind unsere Feinde«, schnauzte der Meeresflügler Tsunami an. »Wenn du das nicht weißt, solltest du die Bucht der tausend Schuppen besser ganz schnell wieder verlassen, bevor Königin Corals Armee dich findet und das mit dir macht, was sie mit allen Verrätern macht.«

»Ich bin kein Verräter«, widersprach Tsunami. »Und Clay ist nicht dein Feind.« Ihr Blick ging nach oben zu Clay, dann sah sie wieder den Meeresflügler an. »Du solltest etwas mehr Respekt zeigen, Tintenfischhirn. Wir sind die Drachlinge der Vorsehung.«

5. Kapitel

»Riptide«, sagte Sunny noch einmal. »Das ist ein komischer Name.«

»Mir gefällt er«, meinte Tsunami. »Kämpferisch und furchterregend, so wie meiner.«

Riptide ging am Strand auf und ab. Dabei zog er seinen wild zuckenden Schwanz hinter sich her, was eine breite Spur in dem aufgewühlten Sand hinterließ. Seine himmelblauen Schuppen glänzten metallisch im Morgenlicht. Er hatte Narben von Klauenhieben an seinem hellen Bauch und eine an seinem Schwanz, die wie eine alte Bissverletzung aussah. Tsunami war ziemlich sicher, dass er nur ein paar Jahre älter war als sie. Die Kratzer auf seiner Nase, die sie ihm verpasst hatte, hatten aufgehört zu bluten. Sie hoffte, dass sie nicht auch Narben hinterließen – er hatte eine sehr hübsche Schnauze, wenn sie nicht gerade von Schrammen verunstaltet wurde.

»Also schön«, meinte er. »Dann gibt es die Klauen des Friedens also wirklich.«

»Leider«, murmelte Glory.

Als Riptide den Regenflügler ansah, spürte Tsunami ein Prickeln auf ihren Schuppen, das sich wie Eifersucht anfühlte. Glory hockte auf einem großen Felsbrocken und reckte ihre Flügel der Sonne entgegen. Ihre Schuppen schimmerten silbern und rosa.

»Ich dachte, die Klauen des Friedens kennt jeder«, warf Sunny ein.

»Nur Gerüchte und Geflüster«, erwiderte Riptide. »Keine der Stammesköniginnen wäre erfreut darüber, ein Mitglied der Friedensbewegung in ihrer Mitte zu haben. Mit anderen Stämmen zusammenarbeiten? Eier stehlen?« Er schüttelte den Kopf. »Königin Coral würde jeden Drachen töten, der mit den Klauen zusammenarbeitet.« Er warf Tsunami einen durchdringenden Blick zu, den sie nicht verstand.

Clay saß auf dem Sand und hatte seinen Schwanz ins Wasser gesteckt. Auf die Stelle, an der Riptide ihn mit seinen Krallen erwischt hatte, hatte er nassen Sand gepackt. Sunny, die sich neben ihn gehockt hatte, warf Riptide finstere Blicke zu, wenn er es wagte, Clay zu nahe zu kommen.

»Und ihr seid *die* Drachlinge der Vorsehung. Die aus der Prophezeiung. Euch gibt es wirklich.« Riptide blieb stehen, holte tief Luft und atmete sie mit einem heftigen Schnauben wieder aus. »Und ihr seid hier. Im Gebiet der Meeresflügler. Einfach so …« Er starrte noch einmal Tsunami an und setzte sich dann wieder in Bewegung.

»Ich weiß, das ist furchtbar aufregend«, sagte Tsunami. »Aber eigentlich suchen wir nach einem Ort, an dem wir in Sicherheit sind. Die Klauen des Friedens haben uns ganz schrecklich behandelt, und ich dachte, die Meeresflügler würden uns willkommen heißen und uns beschützen.«

»Ich nehme es an«, sagte Riptide, aber es klang nicht gerade zuversichtlich. »Dann wurdet ihr also alle in einer Höhle großgezogen?« Er blieb vor Tsunami stehen und sah ihr in die Augen. »Ohne Meer? Nie? Du bist nie im Meer gewesen?«

Das war der Teil, den er einfach nicht glauben konnte. »Erst als wir geflohen sind«, gab Tsunami wieder Auskunft.

»Das ist ja *furchtbar*«, stöhnte Riptide.

»*Vielen Dank* auch.« Tsunami rückte ihre Flügel zurecht. »Ich weiß, dass es furchtbar war. Ich habe immer gesagt, dass unser Leben erbärmlich ist, aber die anderen haben mir ständig widersprochen.«

»Ich nicht«, warf Glory ein.

»Ich kann einfach nicht glauben, dass die Klauen dir das angetan haben.« Riptide schlug mit den Krallen auf den Sand.

»Wem sagst du das«, erwiderte Tsunami. »Sie sind wirklich schlimm.«

»Sogar Webs – Webs hat dich kein einziges Mal zum Meer gebracht?«, fragte Riptide.

»Du weißt von Webs?«, fragte Sunny erstaunt.

Riptide zog den Kopf ein und bedachte seine Klauen mit einem finsteren Blick. »Er ist bei unserem Stamm ziemlich in Verruf geraten. Alle wissen, dass er während einer Schlacht desertiert ist, und später ist er dann zurückgekommen und hat eines der königlichen Eier gestohlen. Jedenfalls ist sich Königin Coral sicher, dass er es war. Aber niemand wusste, ob er es für die Klauen des Friedens oder aus einem anderen Grund gestohlen hat. Und eigentlich dürfen wir gar nicht über die Gerüchte reden, die die Klauen des Friedens betreffen.«

»Haben denn nicht alle gedacht, er würde das Ei stehlen, damit es Teil der Prophezeiung wird?«, fragte Starflight.

Riptide nickte. »Einige von uns schon. Aber niemand hat darüber geredet. Königin Blister ist nicht gut auf die Prophezeiung zu sprechen, daher ist dieses Thema bei uns auch verboten.«

Tsunami rümpfte die Schnauze. »Blister entscheidet, worüber die Meeresflügler reden dürfen?«

Riptide, dem anzumerken war, wie unangenehm ihm das Ganze war, hob eine große Muschel auf. »Wenn du vor ihr stehst, solltest du sie besser Königin Blister nennen«, riet er.

»Erst wenn wir entscheiden, dass *sie* Königin sein sollte«, antwortete Tsunami energisch. »Das hängt nämlich von uns ab, schon vergessen?«

Für einen Moment sah es so aus, als würde Riptide sich ein Lächeln verkneifen.

»Na ja«, stammelte Starflight, »sie ist ziemlich gut … ich meine, sie ist die Klügste von ihnen … Ich glaube, wir werden wahrscheinlich –«

Tsunami sah den Nachtflügler scharf an. Was faselte er denn da? Er klappte das Maul zu und beschäftigte sich wieder damit, Sand aus seinen Schuppen zu klopfen.

»Hast du Webs gekannt?«, fragte Clay den Meeresflügler.

Riptide senkte den Blick. »Nein, eigentlich nicht. Ich war erst zwei Jahre alt, als er weggelaufen ist. Aber ich habe mein ganzes Leben lang Geschichten über seinen Verrat gehört.« Er seufzte. »Ich kann wirklich nicht glauben, dass er dich in der ganzen Zeit nie ans Meer gebracht hat.«

»Es stimmt«, erwiderte Tsunami. »*Und* er hat mir auch kein Aquatisch beigebracht. Ich wünschte, sämtliche Mitglieder der Klauen des Friedens wären hier. Dann würde ich sie nämlich kräftig verhauen.«

»Fairerweise muss man sagen, dass die Klauen uns beschützen wollten«, warf Sunny ein. »Wir mussten überleben, um die Prophezeiung erfüllen zu können.«

Als Tsunami genervt schnaubte, warf Sunny ihr einen beleidigten Blick zu.

»Aber die Prophezeiung ...« Riptide deutete auf Glory. »In der Prophezeiung steht, dass einer der Drachlinge ein Himmelsflügler sein muss. Sie ist kein Himmelsflügler.«

»Ähm, ja, das ist ein bisschen kompliziert«, sagte Tsunami, während ein Hauch von Meergrün über Glorys Schuppen wanderte. »Jedenfalls bin ich mir nicht so sicher, ob wir die Prophezeiung ernst nehmen sollen oder nicht. Wichtig ist jetzt nur, unsere Familien zu finden, denen wir gestohlen wurden.«

»Mir ist die Prophezeiung nicht egal!«, protestierte Sunny. Sie stupste Clay an, der auch prompt nickte.

Starflight räusperte sich, aber Tsunami redete schnell weiter, bevor er zu einem seiner endlosen Vorträge ansetzen konnte. *Sein* Ei war nicht gestohlen worden; die Nachtflügler hatten es den Klauen bereitwillig übergeben. Daher war es für ihn vielleicht nicht so wichtig, nach Hause zu kommen, aber sie brannte darauf.

»Vor ein paar Tagen habe ich herausgefunden, dass ich aus der königlichen Bruthöhle gestohlen wurde«, fuhr Tsunami fort. »Und daher ... daher dachte ich, dass meine Eltern vielleicht nach mir suchen. Wie in *Die verlorene Prinzessin*? Kennst du die Schriftrolle?«

Dieses Mal musste Riptide eindeutig lächeln. »Klar kenne ich die«, meinte er. »Sie ist Pflichtlektüre in der Schule.«

»Schule«, flüsterte Starflight in dem sehnsüchtigen Ton, in dem Clay immer über Essen sprach.

»Pflichtlektüre?«, wiederholte Tsunami. Das war merkwürdig. Es war doch kein historisches Dokument, sondern nur ein Märchen. Und nicht einmal die am besten geschriebene Schriftrolle, die sie jemals gelesen hatte, obwohl sie trotzdem zu ihren Lieblingsgeschichten zählte.

»Aber ich kann euch nicht zum Palast bringen«, sagte Riptide jetzt resolut. »Nicht, wenn er dabei ist.« Er wies mit dem Kopf auf Clay.

»Hast du denn nicht zugehört?«, rief Tsunami genervt. »Er ist kein normaler Erdflügler. Und er ist ganz bestimmt kein Verbündeter von Burn oder den Himmelsflüglern. Du kannst ihm vertrauen.«

»Vielleicht solltet ihr besser hierbleiben«, schlug Riptide vor, »und ich bringe Königin Coral zu euch.« Er sah über das Wasser zu der anderen Insel, wo er den grünen Drachen mit dem schwarzen Spiralmuster besucht hatte. Tsunami fragte sich, ob er gerade darüber nachdachte, Verstärkung zu holen.

»Auf keinen Fall«, erwiderte sie. »Wir kommen alle mit dir mit.«

»Ich habe sowieso schon genug Ärger mit Königin Coral«, protestierte Riptide. »Deshalb muss ich auch hier draußen Wache schieben. Wenn ich einen Erdflügler in den Palast bringe, kann ich mir gleich selbst die Zähne rausreißen.«

»Iiiiih!«, rief Sunny entsetzt. »Das ist doch nicht wirklich eine Strafe, oder?«

Tsunami wollte die Antwort darauf lieber nicht wissen. Sie wollte ihre Mutter kennenlernen, ohne dabei an grauenhafte Foltermethoden denken zu müssen. »Sieh's mal so«, sagte sie schnell. »Was passiert, wenn Königin Coral herausfindet, dass du ihre verloren geglaubte Tochter gefunden und sie *nicht* in den Palast gebracht hast?«

Riptide wand sich und verzog die Schnauze. »Wie wäre es, wenn ich dich mitnehme, und die anderen bleiben erst mal hier?«, fragte er. »Wenigstens so lange, bis Königin Coral ihre Erlaubnis gibt?«

»Nein«, beharrte sie. »Wir gehen alle zusammen. Sie wird es schon verstehen, wenn ihr klar wird, dass wir die Drachlinge der Vorsehung sind.«

Riptide seufzte. »Also gut. Aber ich muss ihm die Augen verbinden.« Er sah die anderen drei an und rieb sich das Kinn. »Es wäre besser, wenn ich ihnen allen die Augen verbinden würde.«

»Was soll *ich* denn Böses tun?«, fragte Glory. »Ein paar furchterregende Regenflügler holen, damit sie auf dem Dach eures Palastes schlafen? Ich dachte, vor meinem Stamm hätte niemand Angst.«

»Haben wir auch nicht«, widersprach Riptide. »Wir haben keine Angst vor Regenflüglern. Pah! Wie kann man so etwas überhaupt sagen.«

Auf Glorys Schuppen tauchten noch mehr grüne Streifen auf. »Sehr schön«, meinte sie. »Dann brauche ich ja keine Augenbinde.« Sie reckte die Schnauze in die Höhe und drehte sich wieder zum Meer hin.

Riptide warf einen skeptischen Blick auf Starflight und Sunny.

»Die Nachtflügler wissen alles«, behauptete Starflight mit einem arroganten Unterton in der Stimme. »Es bringt nichts, ihnen etwas verheimlichen zu wollen. Ich brauche nur meine besonderen Fähigkeiten zu nutzen, und schon weiß ich, wo euer Palast ist.«

Tsunami verdrehte die Augen. Soviel die Drachlinge wussten, hatte Starflight überhaupt keine besonderen Fähigkeiten. Aber wenn die Meeresflügler glaubten, dass er welche besaß, konnte ihnen das vielleicht nützlich sein.

»Fang bloß keine Diskussion mit ihm an«, sagte Tsunami zu Riptide. »Wenn er erst einmal mit einer seiner Lobeshymnen auf die Nachtflügler loslegt, hört er so schnell nicht wieder auf.«

Empört schlug Starflight mit den Flügeln. Riptide murmelte etwas Unverständliches und fing an, im seichten Wasser unter den Felsen herumzustochern.

»Du kannst mir ruhig die Augen verbinden«, schlug Sunny vor. »Ich habe nichts dagegen.«

»Wenn du das tust, kann sie auf meinem Rücken reiten«, schlug Tsunami vor. Sie vermisste es, dass der kleine Sandflügler zu ihr kam und sich vertrauensvoll an sie schmiegte. Sunny verhielt sich ihr gegenüber immer noch schreckhaft und nervös, vier ganze Tage nach dem Kampf mit dem Himmelsflügler, ganz so, als würde Tsunami aus heiterem Himmel ohne Grund jeden angreifen.

»Oder auf meinem Rücken«, warf Starflight schnell ein. Tsunami runzelte die Stirn. Warum gab er sich so viel Mühe, ihren Platz einzunehmen?

»Glaubst du, du bist stark genug?«, forderte sie ihn heraus.

»Aber natürlich«, meinte Sunny. »Ich werde auf seinen Rücken steigen und du kannst Clay führen.«

Riptide kam aus dem Wasser, mit mehreren dicken Strängen schwarzen Seetangs in den Klauen. Sofort verzog Sunny die Schnauze, als würde sie ihr Angebot schon bereuen. Aber sie ließ zu, dass der große Meeresflügler den Seetang fest um ihren Kopf wickelte und damit ihre Augen bedeckte.

»Igitt!« Sunny schüttelte sich. »Das ist so nass und schleimig.«

»Ich mag nass und schleimig«, sagte Clay. Er senkte den Kopf, damit Riptide es einfacher hatte, ihm die Augen zu verbinden.

»Das sieht ziemlich merkwürdig aus, Clay«, meinte Glory.

Riptide konzentrierte sich darauf, Seetang auf Clays breiten Kopf zu klatschen. Als er fertig war, sah das Ganze nicht wie eine Augenbinde aus, sondern eher wie ein Tintenfisch, der versuchte, Clays Gehirn zu fressen. Aber Clay beschwerte sich nicht. Er beschwerte sich nie über etwas, nur darüber, dass er Hunger hatte. Das liebte Tsunami so an ihm.

Tsunami half Sunny dabei, auf Starflights Rücken zu klettern und in der schmalen Lücke zwischen seinen Flügeln das Gleichgewicht zu finden. Der Sandflügler war zwar klein, aber Starflight war nicht so kräftig wie Clay oder Tsunami.

»Wenn du es nicht schaffst, gib Bescheid. Dann nehme ich sie«, sagte Tsunami zu ihm.

Starflight nickte schwer atmend. Seine Flügel rollten sich ein, und er zitterte vor Anstrengung, als Sunny sich auf ihn legte, den Kopf an seinen Hals schmiegte und sich mit den Vorderklauen an seine Schultern klammerte.

Tsunami drehte sich zu Clay und berührte seine Flügelspitze mit ihrer.

»Spürst du das?«, fragte sie. »Wenn wir das machen, während wir in der Luft sind, kannst du mir dann folgen?«

»Ich glaube, ja«, erwiderte Clay etwas skeptisch.

»Ich werde auf deiner anderen Seite fliegen«, sagte Glory, die von ihrem Felsen herunterhopste. Sie streckte sich und berührte seinen anderen Flügel. »Dann können wir dich zusammen lenken.«

Als Clay behutsam den Kopf schüttelte, klatschte ein loser

Streifen Seetang mit einem leisen *Flopp* gegen seinen Hals. »Das ist wirklich komisch«, sagte er. »Es ist so dunkel wie der unterirdische Fluss. Aber ich kann atmen, also ist es besser. Ich bin für atmen. Das ist eindeutig besser als nicht atmen.«

»Flieg nicht so schnell. Und tu, was ich dir sage«, befahl Tsunami.

»Was *wir* dir sagen«, warf Glory ein. »Dann versprechen wir, dich nicht zu ersäufen.« Sie warf Tsunami einen verschmitzten Blick zu.

»Alles klar. Los geht's«, sagte Tsunami zu Riptide.

Als sie über die Bucht flogen, vergaß Tsunami, auf Glory und Starflight wütend zu sein. Grüne und weiße Inseln schimmerten wie verstreute Edelsteine unter ihnen im Meer. Mehrere von ihnen hatten die Form von Krallen und zogen sich in einem weiten Bogen durch das Wasser. Aus den Wolken heraus konnte sie einen Teil des spiralförmigen Musters der Inselgruppe erkennen. Und als sie tiefer flogen, sah sie Delfine, die aus dem klaren Wasser sprangen.

Glory erzählte Clay von den Delfinen. Sofort schoss sein Kopf nach oben. »Können wir sie fressen?«, fragte er.

»Nein«, rief Riptide über seine Schulter. »Königin Coral hat es verboten. Sie glaubt, es könnten entfernte Verwandte von uns sein.«

Tsunami starrte nach unten auf die schlanken Körper, die durch das Wasser schossen. Mit Drachen verwandt? Was für ein komischer Gedanke. Das passte gar nicht zu der Mutter, die sie sich immer vorgestellt hatte.

Bald kann ich damit aufhören, sie mir nur vorzustellen, dachte sie.

Sie hatte keine Ahnung, wie es den Meeresflüglern gelungen war, auf einer dieser Inseln einen Palast zu verstecken. Aus der Luft schien man alles sehen zu können – den weißen Sand unter dem azurblauen Wasser um die Inseln, jedes Loch in den gewundenen Felsformationen, sämtliche Palmen, Kormorannester und struppigen Büsche auf den Klippen. Es gab eine Menge kleiner Inseln, aber nach achtzehn Jahren Krieg hatte der Feind doch sicher jede einzelne davon abgesucht.

»Da kommt unser Empfangskomitee«, sagte Riptide gerade so laut, dass Tsunami es hören konnte.

Sie entdeckte eine Formation aus blauen und grünen Drachen, die auf sie zuflogen – fünfzehn oder mehr, mit riesigen Flügeln und gebleckten Zähnen. Und selbst von Weitem war zu hören, dass sie zischten.

»Oh-oh«, murmelte Riptide.

»Clay, anhalten und auf der Stelle schweben«, wies Tsunami den Erdflügler an. Er blieb in der Luft stehen, Glory dicht neben sich.

»Was ist denn los?«, fragte Sunny, die den Kopf von Starflights Schulter hob, als er die anderen eingeholt hatte. Der Nachtflügler sagte zur Abwechslung einmal gar nichts. Er hatte die Zähne zusammengebissen, und es sah ganz danach aus, als würde er all seine Kräfte brauchen, um sich mit Sunny zusammen in der Luft zu halten.

»Das Vorauskommando«, erklärte Riptide. Er flog langsam um die Gruppe herum und blieb dann vor ihnen in der Luft stehen, sodass er den herankommenden Drachen entgegenblicken konnte. »Die Wachen sorgen dafür, dass niemand in die Nähe des Sommerpalastes kommt.«

Kurze Zeit später waren sie umzingelt. Die Flügelschläge der Drachen dröhnten in ihren Ohren und wirbelten die Luftströmungen durcheinander.

»Rrrriptide«, knurrte der Drache an der Spitze der Formation. Seine Schuppen waren so mattgrün, dass sie fast grau aussahen, wie Steine, von denen man das Moos abgekratzt hatte. Er hatte kleine elfenbeinfarbene Augen, die unter der knubbeligen, vorstehenden Stirn kein einziges Mal zu blinken schienen, und seine Hörner strebten auf seltsame Weise aufeinander zu. Tsunami fiel auf, dass der neue Drache im Gegensatz zu Riptide keine Kampfnarben hatte. Was entweder bedeutete, dass er sich aus sämtlichen Schlachten heraushielt oder ein sehr geschickter Kämpfer war.

»Was schleppst du denn jetzt wieder an?«, schnauzte er Riptide an.

Der sah ihm fest in die Augen. »Ich habe die verlorene Prinzessin gefunden.«

So hätte ich *das jetzt nicht gesagt,* dachte Tsunami. *Schließlich war* ich *ja diejenige, die* dich *gefunden hat.*

Die anderen Meeresflügler sahen aus, als hätte sie der Schlag getroffen. Als die Wachen Tsunami anstarrten, hatte sie das Gefühl, als würden Insekten unter ihre Schuppen kriechen. Sie streckte die Schnauze in die Höhe und versuchte, möglichst königlich und imponierend auszusehen.

»Ach, wirklich?«, spottete der Anführer. »Du, Riptide? Ausgerechnet du? Was für ein ungewöhnlicher Zufall.« Sein nervöser Blick musterte Tsunami von den Flügelspitzen bis zu den Krallen, als wäre sie ein toter Aal, den jemand halb aufgefressen am Strand hatte liegen lassen. Tsunami hätte ihm am liebsten den skeptischen, arroganten Ausdruck von der Schnauze geprügelt.

»Und wer bist du?«, wollte sie wissen.

Riptide zuckte zusammen. »Das ist Shark«, erklärte er. »Kommandant der Palastwache und Bruder der Königin.«

»Ach, *wirklich*?«, sagte Tsunami in einem Ton, der noch beleidigender und herausfordernder war als der Sharks. Sie wollte ihr Leben bei den Meeresflüglern nicht damit beginnen, vor jedem x-beliebigen Drachensoldaten zu katzbuckeln. Selbst wenn er ihr Onkel war.

Shark kniff die Augen zusammen, bis sie fast in seinen Schuppen verschwanden. »Wie kommst du zu der Annahme, dass dieser Knirps von Drache aus dem gestohlenen Ei der Königin geschlüpft ist?«, fragte er Riptide.

»Verliert ihr etwa eine Menge Eier?«, warf Tsunami ein. »Das liegt vielleicht daran, dass der für die Verteidigung zuständige Drache seine Sache nicht so gut macht. Oh, Moment mal, das bist ja du, stimmt's?«

»Ihre Geschichte klingt einleuchtend«, sagte Riptide verzweifelt. »Sie wusste, wer … wer Webs ist. Er hat sie großgezogen. Und sieh dir doch mal die Leuchtmuster unter ihren Flügeln an.«

Sämtliche Wachen reckten die Hälse, um Tsunamis Flügel anzustarren. Sie schnappte nach zwei Drachen, die ihr etwas zu nahe kamen, und hob dann die Flügel, um herauszufinden, was sie gesehen hatten.

Wenn sie die Leuchtsignale an ihren Flügeln aktivierte, bildeten die schimmernden Streifen am äußeren Rand Spiralen. Die Linien in der Mitte verzweigten sich zu Strahlenkränzen, die wie

Abdrücke von Klauen mit Schwimmhäuten aussahen. War das etwas Besonderes? Sie musterte die anderen Meeresflügler. Die meisten von ihnen hatten kleinere Strahlenkränze und keine Spiralen. Nur Sharks Muster glich ihrem.

Weil wir beide von königlichem Blut sind. Sie hob den Kopf und begegnete triumphierend seinem Blick. *Aber eines Tages werde* ich *Königin sein, und du wirst für immer ein gewöhnlicher Soldat bleiben.*

Shark stieß zischend die Luft aus. »Na schön«, sagte er. »Tötet die anderen vier und nehmt sie mit.«

6. Kapitel

»Fasst sie nicht an!«, brüllte Tsunami. Sie wirbelte herum und schlug einer der Wachen ihre Flügel um die Ohren, als diese Clay ergreifen wollte. Starflight hatte sich bereits hinter Clays gewaltige Flügel geduckt. Glory riss den Kopf nach hinten und zeigte ihre Zähne.

»Ich bin die Tochter der Königin, und ich befehle euch, diese Drachlinge in Ruhe zu lassen!«, rief Tsunami.

Die Wachen blickten unsicher von ihr zu Shark. Seine Augen sahen aus wie reflektierende Wasserbecken und ließen nicht erkennen, was er gerade dachte. Langsam hob er eine Klaue und machte damit eine sonderbare, kreisförmige Bewegung – ein Zeichen in der Sprache der Meeresflügler, vermutete Tsunami. Was immer es auch war, es funktionierte. Zu Tsunamis Erleichterung wichen die Wachen zurück.

Doch als sie einen Blick auf Riptide warf, fiel ihr auf, dass er immer noch nervös und beunruhigt aussah.

Vielleicht hat er ja einfach nur Angst vor Shark, dachte sie.

»Sehr schön«, sagte sie, während sie versuchte, so zu klingen, als hätte sie das Kommando. »Und jetzt bringt uns zu meiner Mutter.«

»Die Königin hält sich zurzeit im Versunkenen Palast auf«, erwiderte Shark mit monotoner Stimme. »Wir werden dich zum Sommerpalast bringen, wo du auf sie warten kannst.« Er machte wieder ein Klauensignal, und zwei der Wachen lösten sich von der Gruppe und flogen über das Wasser davon. *Sie benachrichtigen meine Mutter,* dachte Tsunami, die vor Freude ihre Flügel ausbreitete. Sie waren so nah dran an allem, was sie sich je vorgestellt hatte. *Ich werde heute noch meine Eltern kennenlernen.*

Inseln zogen unter ihnen vorbei, als sie unter strenger Bewachung durch die Meeresflügler weiterflogen. Einige davon waren nur kleine Hügel aus Sand, andere dagegen waren riesige, zerklüftete Felsformationen, die steil aus dem Wasser ragten. Vor ihnen entdeckte Tsunami ein Stück Land, das wie ein riesiges Drachenskelett aussah.

Die Nase des Steinskeletts zeigte auf eine von spitzen Felsen umringte Insel mit steil abfallenden, hohen Klippen. Sie war mit dichtem Urwald bewachsen und dicke grüne Kletterpflanzen und Bäume standen so eng nebeneinander, dass es keine einzige freie Stelle gab, an der man hätte landen können.

Erstaunt bemerkte Tsunami, dass Shark plötzlich abdrehte und auf den Fuß einer Klippe zusteuerte. Er stürzte sich zwischen zwei spiralförmige Felsen, die aussahen wie zwei Drachenhörner, und verschwand in dem azurblauen Wasser.

Tsunami blinzelte. Wo war er hin? Das Wasser war so klar, dass sie große schwarze Schildkröten sehen konnte, die auf dem Meeresgrund über den Sand liefen.

Dann tauchte die Hälfte der Wachen einer nach dem anderen an derselben Stelle ins Wasser, und alle verschwanden auf die gleiche Art – sie waren weg, noch bevor die Luftblasen ihres Eintauchens geplatzt waren.

»Clay, halt an«, sagte Tsunami, während sie seinen Flügel berührte. »Riptide?«

»Das ist der Eingang zum Sommerpalast«, erklärte Riptide. »Es gibt keinen anderen Weg hinein. Ihr werdet alle schwimmen müssen.«

Sunny seufzte. Sie wurde nur ungern nass. »Wie weit ist es?«, fragte sie Riptide.

»Ihr müsst immer nur für ein kurzes Stück tauchen«, antwortete er. »Die Passage wurde umgebaut, damit auch Königin Blister zu Besuch kommen kann.«

»Und sie hasst Wasser«, meinte Sunny hoffnungsvoll. »Sie ist nämlich auch ein Sandflügler.«

»Ist sie … ähm … ist sie gerade da?«, fragte Starflight.

Riptide schüttelte den Kopf. »Sie schwimmt nicht so gern, und obwohl wir so viel für sie geändert haben, kommt sie nur selten her.«

Tsunami war insgeheim erleichtert, das zu hören. Nachdem sie Burn kennengelernt hatte, war sie nicht sehr erpicht darauf, den beiden anderen rivalisierenden Schwestern der Sandflügler zu begegnen. Was, wenn sie alle so gefährlich, durchgeknallt und herrisch waren?

Aber irgendwann würden die Drachlinge entscheiden müssen, wer von den dreien den Krieg gewinnen sollte. Und um fair zu sein, mussten sie wohl oder übel auch noch Blister und Blaze kennenlernen.

Andererseits mochte Tsunamis Mutter Blister – und zwar so sehr, dass sie ihren Palast für sie umbaute –, was sicher für Blister sprach, oder nicht? Vielleicht brauchten sie Blaze gar nicht mehr kennenzulernen. Vielleicht war es das Richtige, die Meeresflügler und Blister zu unterstützen.

»Haltet euch dicht hinter mir«, sagte Riptide. »Ich werde meine Leuchtstreifen aktivieren, damit ihr mir folgen könnt, und wenn sie blinken, haben wir die Stellen erreicht, an denen ihr auftauchen und Luft holen könnt.«

»Ähm …«, meldete sich Clay. »Du weißt schon … die Augenbinde … wäre es vielleicht möglich –«

»Sobald wir im Tunnel sind«, versprach Riptide. Er drehte sich um und steuerte im Sturzflug auf die Drachenhornfelsen zu.

Tsunami steckte ihren Schwanz zwischen Clays Vorderklauen und flog Riptide nach, mit Clay im Schlepptau. Ihre Schuppen kribbelten vor Aufregung.

»Tief Luft holen, Clay«, rief sie.

Tsunami war nicht weit von Riptide entfernt, als sie ins Wasser tauchte, und trotzdem hätte sie ihn in dem Strudel aus Luftblasen vor ihren Augen beinahe verloren. Sie blinzelte hektisch und suchte nach einem Loch oder dem Eingang zu einem Tunnel.

Aus dem sandigen Boden wuchsen lange Ranken von Seetang, die dort golden schimmerten, wo das Sonnenlicht den Meeresgrund noch erreichte. Die Ranken standen dicht gedrängt am Fuß einer Klippe und schwankten hin und her wie ein Wald aus Krakenarmen, die so hoch waren wie alle fünf Drachlinge zusammen.

Das Loch in der Klippe musste irgendwo zwischen den Ranken sein. Aber wo?

Dann sah Tsunami, wie Riptides leuchtender Schwanz den goldenen Rankenvorhang zur Seite schob. Sofort steuerte sie auf ihn zu. Es war schwer, schnell zu schwimmen, da Clay an ihrem Schwanz hing. Sie spürte, dass er ihr helfen wollte, indem er mit den Flügeln schlug und die Hinterklauen bewegte, aber immer wieder prallte er gegen Felsbrocken auf dem Meeresgrund und bremste sie beide aus.

Als sie den Kopf in den Rankenwald steckte, spürte sie, wie der Tang über ihre Schnauze kroch. Aus der Nähe konnte sie erkennen, dass kleine, durchsichtige Kügelchen darauf wuchsen. Sie waren erstaunlich klebrig, während der Rest der Ranke glatt und glitschig war.

Sie folgte Riptides leuchtendem Schwanz und musste durch eine besonders dicht bewachsene Stelle schwimmen, bevor sie den Fuß einer Klippe erreichte. Plötzlich wichen die Ranken zurück und katapultierten sie in einen dunklen Unterwassertunnel.

Es war nicht völlig dunkel – Riptide schwamm direkt vor ihr und hatte sämtliche Leuchtstreifen eingeschaltet. Er griff an ihr vorbei, zog Clay in den Tunnel und wickelte die Augenbinde von seinem Kopf herunter. Clay blinzelte und rieb sich die Augen, dann drehte er sofort in Richtung des schwachen Sonnenlichts um und suchte nach den anderen.

Als Nächste kam Glory herein, die angewidert die Schnauze verzog und Seetang von ihren Flügeln herunterwischte. Tsunami fiel auf, dass das Silber ihrer Schuppen von orangegoldenen Wellen durchzogen war. Sie fragte sich, ob Glory das bewusst getan hatte oder ob ihre Schuppen automatisch versuchten, sich an die Umgebung anzupassen.

Nach einer langen Pause schwamm Starflight herein, begleitet von einem Strudel aus Luftblasen. Er schaute panisch und hatte sein Maul so weit aufgepustet, dass sein Kopf aussah, als würde er gleich explodieren. Sunny auf seinem Rücken zitterte heftig.

Riptide blinkte mit den Leuchtstreifen an seinem Schwanz und schoss nach oben zu einem Loch in der Decke des Tunnels. Tsunami folgte ihm und war überrascht, als sie fast sofort Luft an ihrem Kopf spürte.

Es war nicht viel Luft – eine winzige Höhle, nur schwach beleuchtet durch einen Sonnenstrahl, der durch einen langen, engen Felskamin hereindrang. Die Körper der Drachen befanden sich immer noch in dem mit Wasser gefüllten Tunnel darunter. In der Höhle selbst war nur Platz für ihre Köpfe, die sie nach oben reckten, während sie sich aneinanderdrückten. Tsunami genügte ein Blick, um zu erkennen, dass man von hier aus nicht nach oben klettern konnte. Hier konnte man nur Pause machen und atmen, mehr nicht.

Sunny und Starflight rangen nach Luft, als hätten sie seit Monaten nicht mehr geatmet. Clay tastete im Halbdunkel nach Sunnys Kopf und zog ihre Augenbinde herunter.

»Gut, dass es hier ein Atemloch gibt«, sagte Clay zu Riptide. »Ich meine, so nah beim Eingang.«

Riptide senkte den Kopf, was wohl ein Nicken sein sollte. »Königin Blister hat darauf bestanden.«

Tsunami spürte eine Bewegung im Wasser, als mehrere Wachen der Meeresflügler unter ihr vorbeischwammen. Sie bildeten die Nachhut, um sicherzustellen, dass keiner der Drachlinge weglaufen und verraten konnte, wo der Sommerpalast war.

Tsunami schaffte es einfach nicht, ihre Flügel still zu halten. Sie summten wie gefangene Libellen, die sich unbedingt bewegen wollten. Sie war *so nah dran.* Das war ihr Palast! Ihre Drachen waren nur noch ein paar Flügelschläge entfernt! Sechs Jahre lang hatte sie sich vorgestellt, wie es sein würde, und jetzt konnte sie keine Minute mehr warten.

»Lasst uns gehen«, sagte sie, während sie den Schwanz hin- und herbewegte und die anderen mit Wasser bespritzte.

»Du meine Güte«, sagte Glory kopfschüttelnd. »Du führst

dich auf, als wärst du von Sunny oder etwas Ähnlichem besessen.«

»Jetzt macht schon. Wir sind fast da.« Als Tsunami vor lauter Freude ihre Streifen blinken ließ, verdrehten die anderen Drachlinge die Augen.

»Von hier aus kann ich allein schwimmen«, sagte Sunny zu Starflight. »Oder ich halte mich an Clay fest, wenn ihr zu schnell werdet.«

Starflight sah enttäuscht, gleichzeitig aber auch erleichtert aus.

Als Riptide den Kopf wieder unter Wasser steckte, tauchte ihm Tsunami sofort nach. Sie war viel zu aufgeregt, um auf die anderen zu warten.

Jetzt war es ganz einfach, Riptides leuchtenden Schuppen zu folgen. Der Tunnel führte nach oben und nach unten und um Ecken herum, mit vielen Stellen wie der ersten, an denen man Luft holen konnte. Zu vielen für Tsunamis Geschmack. Nach dem vierten Atemloch hörte sie auf zu zählen, aber es mussten mindestens zehn gewesen sein. Wie lang war dieser Tunnel bloß?

Dann, ganz plötzlich, sah sie Licht vor sich – richtiges Licht, keine leuchtenden Schuppen. Einen Moment später schwammen sie aus dem Felsentunnel heraus in einen offenen See, steckten die Köpfe aus dem Wasser und atmeten tief ein. Zuerst wurde Tsunami von grünlichem Sonnenlicht geblendet, aber als sich ihre Augen daran gewöhnt hatten, sah sie Drachen.

Sie waren von über hundert blauen und grünen Drachen umgeben, die Tsunami erwartungsvoll anstarrten.

Ihr Stamm. Ihre Drachen. Ihre zukünftigen Untertanen.

Sie hatten den Sommerpalast der Meeresflügler erreicht, der mitten im Königreich des Meeres lag.

2. Teil:

In der Tiefe

7. Kapitel

Überwältigt breitete Tsunami die Flügel aus, ließ sich auf dem Wasser treiben und blickte sich um.

Sie befanden sich im Innern der Insel, die auf allen Seiten von hohen Klippen umgeben war. Hoch über ihnen drang gedämpftes Sonnenlicht durch ein dichtes grünes Blätterdach – die Kletterpflanzen und Baumwipfel, die sie aus der Luft gesehen hatte. Alles war so dicht miteinander verwoben, dass es von oben wie ein Dschungel aussah. Das Blätterdach lag wie ein smaragdgrüner Schirm über der Insel und schützte den Sommerpalast vor Blicken aus der Luft. Dem Licht verlieh es eine meergrüne Färbung, die Tsunami das Gefühl gab, immer noch unter Wasser zu sein.

Aus mehreren Löchern in den Felswänden stürzten Wasserfälle in die Tiefe, die sich in schimmernde Gischt auflösten, wenn sie den See erreichten. Der einzige Ausgang, den Tsunami erkennen konnte, war der Tunnel hinter ihr.

Vier Pfeiler aus bläulichem weißem Stein ragten spiralförmig aus dem Wasser und strebten aufeinander zu, bis sie in der Mitte des Sees einen gewaltigen Pavillon bildeten. Der Pavillon bestand aus zwölf Ebenen, die alle kreisförmig waren und zur Spitze hin immer kleiner wurden. Wände gab es nur wenige, die meisten davon sehr niedrig, und das gesamte Gebilde war mit einer Art Gitter aus geschwungenen Formen, Löchern und kleinen, flachen Wasserbecken versehen. Es sah nicht aus, als wäre es gebaut worden, sondern als wäre es so gewachsen, obwohl Tsunami ziemlich sicher war, dass das unmöglich war.

An den Rändern des Pavillons, auf Felsvorsprüngen an den Klippen und auf dem Wasser – überall drängten sich Drachen. Tsunami hatte noch nie derart viele Schnauzen gesehen, die ihrer eigenen so ähnlich waren. Aus dem Meer von dunkelblauen und blassgrünen Drachenkörpern starrten sie unzählige Augenpaare an.

Bis auf das Rauschen der Wasserfälle, das gedämpfte Prusten atmender Drachen und das leise Geplätscher der Wellen an den Stränden rund um den See war es völlig still.

Einen Moment später entdeckte Starflight die am nächsten gelegene Sandbank und schwamm so hektisch darauf zu, dass die Stille von seinem lauten Paddeln durchbrochen wurde. Sunny, Clay und Glory folgten ihm.

Tsunami blieb, wo sie war, und ignorierte die Müdigkeit, die durch ihre Schuppen strömte. Sie wollte auf die Drachen ihres Königreichs einen guten Eindruck machen. Viele von ihnen trieben wie sie im See, doch unzählige andere hockten auf Felsen oder in den Eingängen von Höhlen in den Klippen und einige standen im seichten Wasser der Strände. Tsunami fragte sich, womit sie beschäftigt gewesen waren, bevor sie die Aufmerksamkeit aller auf sich gezogen hatte.

Sie entdeckte Shark, der sich auf einem der am nächsten stehenden Pfeiler des Pavillons postiert hatte. Eigentlich dachte sie ja, es wäre an ihm, so eine Art Willkommensrede zu halten, aber er starrte sie nur unverwandt aus seinen kleinen hellen Augen an.

In der Geschichte waren die Eltern der verlorenen Prinzessin an der Spitze einer von einem kompletten Orchester begleiteten Parade marschiert, um sie zu begrüßen. Aber Tsunamis Eltern waren noch nicht hier, und jetzt, wo sie darüber nachdachte, fand sie harfenspielende Delfine dann doch etwas merkwürdig.

Jedenfalls war sie die zukünftige Königin und deshalb würde sie sich von einer Horde glotzender Drachen auch nicht einschüchtern lassen. Sie schüttelte den Kopf und streckte den Hals aus dem Wasser.

»Hallo, liebe Meeresflügler«, rief sie, verstummte aber sofort wieder, als ihre Stimme viel lauter von den Felsen widerhallte, als sie erwartet hatte. »Ich heiße Tsunami, und … ähm … ich bin sehr glücklich, endlich wieder zu Hause zu sein, und … ähm … ich freue mich darauf, jeden Einzelnen von euch kennenzulernen.«

Heilige drei Monde, war das jetzt die schlechteste Rede in der Geschichte Pyrrhias gewesen? Was diese stummen, starren Gesichter jetzt wohl dachten? Konnten die Drachen Tsunamis königliche Abstammung erkennen? Waren sie begeistert davon, dass sie eines Tages ihre Königin sein würde?

Als Tsunami sich an ihre königlichen Streifenmuster erinnerte, hob sie die Flügel aus dem Wasser, damit alle sie sehen konnten. Um sicherzustellen, dass sie gut zu erkennen waren, aktivierte sie die Beleuchtung. Doch dann fiel ihr siedend heiß ein, was sie versehentlich zu Riptide gesagt hatte. Sie hoffte inständig, dass sie ihren zukünftigen Untertanen nicht gerade gesagt hatte, dass sie alle leckeren Fischatem oder so etwas hatten.

Ein Raunen ging durch die versammelten Drachen, doch Tsunami konnte nicht beurteilen, ob es ein gutes oder ein schlechtes

Raunen war. Sie drehte sich zu Riptide um, der Shark mit einem finsteren Ausdruck auf der Schnauze beobachtete.

»Ich glaube, du solltest mich irgendwohin bringen, wo ich auf meine Mutter warten kann«, schlug Tsunami leise vor – jedenfalls dachte sie, leise gesprochen zu haben, doch das Echo kam trotzdem über das Wasser zu ihr zurück. Und jetzt wurde das Raunen noch lauter. Tsunami wünschte, sie könnte wie die Nachtflügler Gedanken lesen.

»Da oben«, erwiderte Riptide, während er mit dem Kopf auf die Spitze des Pavillons deutete. Er sah wieder zu Shark hin. »Und deine Freunde solltest du mitnehmen.«

Die anderen Drachlinge lagen auf den weißen Kieselsteinen des Strandes, vor einer großen Höhle, deren Eingang mit Sand bestreut war. Sie hatten die Flügel weit ausgebreitet und keuchten alle ziemlich würdelos. Alle, bis auf Glory, die in der Nähe der Höhle saß und ins Innere lugte. Ihre silbernen Schuppen waren mit azurblauen Punkten gesprenkelt. Sämtliche Meeresflügler, die nicht auf Tsunami starrten, starrten auf den Regenflügler.

Tsunami ließ ihren Schwanz auf das Wasser klatschen, um die anderen auf sich aufmerksam zu machen. Als Clay schließlich zu ihr hinübersah, deutete sie zum Pavillon. Er nickte und sie erhob sich in die Luft. Als sie aus dem Wasser stieg, fühlten sich ihre Flügel schwerer an als sonst, und sie brauchte ein paar Schläge, bis sie ihr Gleichgewicht gefunden hatte. Sie wünschte, die Meeresflügler würden endlich mit dem weitermachen, was sie vor ihrer Ankunft getan hatten.

Neben ihr erhob sich Riptide in die Luft. Ihm schienen die prüfenden Blicke der Meeresflügler genauso unangenehm zu sein wie ihr.

»Erzähl mir was über den Sommerpalast«, bat Tsunami, um sie beide abzulenken.

Er wies mit dem Schwanz auf die Klippen. »Die Gästezimmer sind in den Höhlen untergebracht. Königin Blister übernachtet immer in der Höhle, die dem Tunnel am nächsten ist. Wir haben zusätzlichen Sand hergebracht, um den Boden damit zu bestreuen, und es ist auch die einzige Höhle, in der Feuer erlaubt ist.« Seine Schnauze drehte sich in Richtung des Pavillons, als sie höher flogen. »Königin Coral empfängt sie auf der zweiten Ebene von oben, die für die Besuche von Königinnen reserviert ist. Jede Ebene ist für einen anderen Zweck vorgesehen – es gibt eine Etage für die Besuche von Drachlingsschulen, eine für Feiern und eine für Kriegsplanung. Wenn sich der Rat hier versammelt, anstatt im Versunkenen Palast, finden die Sitzungen auf der Ebene in der Mitte des Pavillons statt.«

Er hielt an und schlug mit den Flügeln auf der Stelle, damit Tsunami sich die mittlere Ebene ansehen konnte. Dort waren zwölf drachengroße Wasserbecken in einem Kreis angeordnet, mit schmalen Kanälen, die von einem zum anderen liefen und sich in der Mitte kreuzten. In den Fußboden waren glitzernde, fischeiergroße Smaragde eingelassen, die vor jedem Becken Worte bildeten. Eines der Becken war mit »Schatzamt« beschriftet, ein anderes mit »Verteidigungsministerium« und ein drittes mit »Geheimnisse & Spione«. Bevor sie weiterlesen konnte, drehte Riptide sich um und flog höher.

»Der Rat?«, fragte Tsunami, als sie ihn einholte.

»Die Mitglieder des Rates ziehen es vor, im Versunkenen Palast zu bleiben, genau wie die Königin«, erklärte Riptide. »Zurzeit sind nur Shark und Lagoon hier.«

Tsunami hatte keine Ahnung, worüber er sprach, aber sie wollte nicht zugeben, dass sie so gut wie nichts über die Politik der Meeresflügler wusste. Sie fragte sich, ob in Starflights Lieblingsschriftrollen etwas über einen Rat zu finden war.

»Und welche Ebene ist für verlorene Prinzessinnen?«, scherzte sie.

»Ich glaube, dafür ist die oberste Ebene am besten geeignet«, erwiderte Riptide. »Dort werden neue Besucher empfangen, von denen es allerdings kaum welche gibt. Königin Blister war vermutlich unser letzter Gast – oh, nein, das war ja dieser Nachtflügler.« Geschickt landete er auf der obersten Ebene des Pavillons und schlug die Krallen in die tiefen Furchen des blau-weißen Steinfußbodens.

»Was für ein Nachtflügler?«, wollte Tsunami wissen, als sie ihn erreichte. Die Ebene war größer, als sie erwartet hatte. In den Fußboden war ein spiralförmiges Muster aus den Abdrücken von Schwimmklauen eingelassen, das mit glitzerndem Wasser gefüllt und am Boden mit winzigen Perlen ausgelegt war. Tsunami fiel auf, dass es das gleiche Muster wie auf ihren Flügeln war.

»Keine Ahnung«, antwortete Riptide. »Er hat nur mit Ihrer Majestät und Königin Blister gesprochen, und alles, was ich gehört habe, war, dass er nicht durch den Tunnel, sondern durch das Blätterdach hinausfliegen wollte – was ihm natürlich nicht erlaubt wurde. Er sah groß und schlecht gelaunt aus.«

»Das klingt wie Morrowseer«, murmelte Tsunami, obwohl sie nicht so viele andere Nachtflügler kannte, um vergleichen zu können. Aber Morrowseer schien aufdringlicher als der Rest von ihnen zu sein. Während sich der größte Teil des Stammes an einem geheimen Ort versteckte und damit beschäftigt war, geheimnisvoll und mächtig, aber wenig hilfreich zu sein, tauchte Morrowseer ständig auf … er hatte die Prophezeiung ausgesprochen, die Drachlinge inspiziert, versucht, Glory töten zu lassen, Starflight (aber nur ihn) vor den Himmelsflüglern gerettet und ihn dann zurückgebracht, nachdem allen die Flucht gelungen war. Tsunami konnte sich gut vorstellen, dass er auch hier seine Klauen im Spiel hatte, allerdings hatte sie keine Ahnung, warum.

Riptide starrte nach unten auf die Drachen, einschließlich Shark, der immer noch an derselben Stelle auf dem Pfeiler hockte. »Ich kann einfach nicht glauben, dass du so mit Shark gesprochen hast«, flüsterte er. »Ich habe noch nie erlebt, dass jemand so frech zu ihm gewesen ist, abgesehen von unserer Königin und Königin Blister.«

»Er hatte es verdient«, erwiderte Tsunami, während sie ihre Flügel zurechtrückte. »Was für ein arroganter Kugelfischkopf. Wenn ich Königin bin, werde ich ihn dazu verdonnern, in einer Lagune zu sitzen und Seegras zu züchten.«

Riptide hustete heftig, um ein Lachen zu verbergen. »Sag so was nicht!«, flüsterte er. »Weißt du denn nicht, was der Unterschied zwischen mutig und leichtsinnig ist? Shark wird dich und deine Freunde zum Mittag fressen, wenn er glaubt, dass ihr eine Gefahr für ihn seid.«

»Pft«, meinte Tsunami. »Er kann's ja mal versuchen.« Sie verdrängte den Gedanken an Sharks starren, boshaften Blick.

»Bei allen Monden, du machst mich ganz schön nervös«, stöhnte Riptide.

Ein Ende des obersten Stockwerks ging in eine erhöhte Plattform über, auf der ein prächtiger, mit Smaragden und Saphiren besetzter Thron stand, der mit goldenen, wellenförmigen Linien verziert war. Ein wenig tiefer, aber direkt daneben befand sich ein zweiter, kleinerer Thron mit den gleichen Mustern, allerdings aus nicht ganz so großen Edelsteinen.

Tsunami legte den Kopf schief und musterte den zweiten Thron. Für einen König schien er zu klein zu sein. War er vielleicht für sie gedacht? Hatte Königin Coral einen Thron für ihre vermisste Tochter bauen lassen, der all die Jahre darauf gewartet hatte, dass sie zurückkam?

Sie machte einen Schritt darauf zu, während ihr Herz vor Aufregung wie wild klopfte. Ein eigener Thron! Jetzt schon!

Die Ankunft ihrer Freunde ließ sie innehalten, denn jetzt flogen die vier Drachlinge von allen Seiten auf den Rand der Ebene zu. Sunny legte eine elegante Landung hin und ging dabei den mit Wasser gefüllten Kanälen aus dem Weg. Clay stolperte, als seine Klauen den Fußboden berührten, überschlug sich und wäre beinahe auf der anderen Seite in die Tiefe gestürzt. Mit einem Riesensatz warf sich Glory vor ihn und richtete ihn wieder auf, dann flog sie noch eine Runde und landete in der Nähe des Throns. Ihre grünen Augen musterten ihn eingehend; fast sah es so aus, als würde sie ihn selbst gern besteigen.

Starflight kam als Letzter. Er krallte sich an der Kante der Plattform fest und warf sich nach vorn, als wären seine Flügel kaum stark genug, ihn zu tragen. Dann lag er für einen Moment wie eine große schwarze Pfütze da und rang keuchend nach Luft. Als Sunny über einen nassen Klauenabdruck hopste und sachte seinen Flügel anstupste, richtete er sich auf und setzte sich hin.

Tsunami schaffte es gerade noch, nicht die Augen zu verdrehen, aber das war wirklich zu viel. Konnten sie denn nicht wenigstens *versuchen*, sich ein *bisschen* würdevoller zu benehmen?

»Das ist ja ein Riesending!«, sagte Clay zu Riptide. Dabei spritzte er versehentlich Glory nass, aber sie war viel zu sehr damit beschäftigt, den Thron zu inspizieren, um nach ihm zu schnappen. »Ich meine das Ding hier, auf dem wir stehen. Wie nennt ihr das? Das ist richtig hoch – ich glaube, noch höher als unsere Gefängnistürme im Königreich des Himmels.« Er lugte über den Rand der Plattform und bekam daher nicht mit, dass Riptide ihn scharf ansah. Tsunami wurde bewusst, dass sie ihm nichts von ihrer Gefangennahme durch Königin Scarlet und die Himmelsflügler erzählt hatten.

»Mir gefällt es«, fuhr Clay fort, während er sich hinsetzte und Glory schon wieder nass spritzte. »Es ist natürlich viel schöner, so weit oben zu sein, wenn man dabei keine gefesselten Flügel hat. Aber wenigstens haben uns die Himmelsflügler ab und zu ein Schwein vorbeigebracht. Gibt es bei euch Schweine? Wenn ihr keine Schweine habt, tut es auch ein Krake. Oder ein Tintenfisch. Oder Seekühe. Eine Seekuh könnte ich jetzt schon vertragen. Oder einen Wal. Was ich damit sagen will – was Essen angeht, bin ich nicht wählerisch. Wie habt ihr dieses große Ding eigentlich gemacht? Hat das nicht eine Ewigkeit gedauert, bis es fertig war?«

Riptide blinzelte einen Moment, während er versuchte, Clays Gedankengang zu folgen. »Der Pavillon? Den hat vor vielen Generationen ein Animare-Drache der Meeresflügler entworfen und dann den Stein verzaubert, damit er so wächst«, erklärte Riptide. »Es dauerte fast zehn Jahre, bis er diese Form erreicht hatte.«

»Wow«, meinte Clay. Auch Tsunami war schwer beeindruckt. Sie hatte gar nicht gewusst, dass Animare-Drachen so etwas konnten. Webs hatte ihnen im Unterricht erzählt, dass Animare-Drachen Schachfiguren verzauberten, die dann von selbst spielten. Manchmal belegten sie ihre Edelsteine mit einem Fluch, damit sie jeden, der sie stahl, vergifteten. Aber einen ganzen Pavillon aus Stein wachsen zu lassen – das kam ihr wie große Zauberkunst vor, mächtiger als alles, was die Nachtflügler konnten.

Starflight war an seiner missbilligend gerunzelten Schnauze anzusehen, dass er eindeutig das Gleiche dachte. Hastig begann Tsunami zu reden, damit er nicht mit einem seiner Vorträge anfangen konnte.

»Auf der obersten Ebene empfängt Königin Coral fremde Besucher wie uns«, informierte sie ihre Freunde wichtigtuerisch. »Und wenn sie kommt, benehmt ihr euch *bitte* alle wie Drachlinge der Vorsehung und nicht wie halbersoffene Möwen.«

Sunny sah aus, als wäre sie beleidigt, und Starflight schniefte laut, während Glory ihre Schnauze in die Höhe reckte, als würde sie von Tsunami keine Befehle entgegennehmen. Clay schob die Nase über den Rand und starrte mit zusammengekniffenen Augen auf die niedrigeren Etagen des Pavillons.

»Auf welcher Ebene finden die Festmahle statt?«, fragte er. »Bei euch gibt's doch Festmahle, oder nicht?« Seine großen braunen Augen richteten sich auf Riptide. »Ich frage nur so. Kein besonderer Grund.«

»Ja, klar, manchmal findet schon ein Festmahl statt«, erwiderte Riptide. »Vor allem, wenn Königin Blister gerade –«

Er wurde durch laute Rufe am Fuß des Pavillons unterbrochen. Tsunami rannte zum Rand der Plattform und starrte auf den See hinunter.

Ein riesiger blauer Meeresflügler, der genau die gleiche Farbe wie Tsunamis Schuppen hatte, brach aus dem Tunnel hervor. Um Hörner, Hals und Flügel des Drachen waren Perlenschnüre geschlungen und am Ende seines Schwanzes war ein gedrehtes weißes Horn mit einer gefährlich aussehenden Spitze befestigt. Trotz der sonderbaren schwarzen Flecken auf den Klauen war er der schönste Drache, den Tsunami je gesehen hatte.

Überall im Palast gingen Drachen auf die Knie und verneigten sich bis zum Boden.

Das musste ihre Mutter sein – die Königin der Meeresflügler. Tsunami beugte sich vor, um Riptides Klaue zu packen, weil ihr plötzlich ganz schwindlig vor Glück war.

Doch als Königin Coral aus dem Wasser schoss, sah Tsunami, dass sie ein leichtes, netzartiges Geschirr mit einer langen Leine trug … das zum Geschirr eines anderen Drachen führte, der dicht hinter ihr flog.

Der zweite Drache war viel kleiner als die Königin – ein Drachling, der etwa ein Jahr alt sein musste. Er flatterte hektisch mit den Flügeln, um nicht den Anschluss zu verlieren. Entsetzt stellte Tsunami fest, dass auf der Unterseite seiner Flügel das königliche Streifenmuster prangte.

»Wer ist das?«, zischte sie Riptide zu. Er ging rückwärts zum Rand der Plattform, so weit wie möglich vom Thron entfernt.

»Anemone«, sagte er, während er überrascht blinzelte. »Deine Schwester.«

8. Kapitel

Tsunami brauchte eine Weile, bis sie begriff, was Riptide gesagt hatte. Ihre Schuppen kribbelten, als sie verstand, was dieser Name für sie bedeutete.

Anemone. Tsunamis Schwester. Noch eine Erbin für den Thron.

Das war's dann wohl damit, etwas Besonderes zu sein. Ihr Königreich war gerade in weite Ferne gerückt.

»Oh-oh«, sagte Glory, als hätte sie ihre Gedanken gelesen. »Sieht so aus, als hättest du gerade Konkurrenz bekommen. Vielleicht bist du ja doch nicht dazu ausersehen, Königin zu werden.«

Mit flatternden Kiemen drehte sich Tsunami zu Starflight um. »Du hast gesagt, ich sei die Einzige«, rief sie. »Du hast gesagt, keine andere hätte überlebt.«

»Das habe ich gelesen«, protestierte der Nachtflügler. Er spreizte abwehrend die Krallen. »Beschwer dich bei den Klauen des Friedens, nicht bei mir. Unsere Schriftrollen waren alt und überholt. *Die königliche Abstammungslinie der Meeresflügler, vom Großen Brand bis heute* muss geschrieben worden sein, bevor der hier geschlüpft ist.« Er wies auf den kleinen Drachen, der hinter der Königin herflatterte.

Anemone war hellblau, fast schon so weiß wie ein Eisflügler, mit einem Hauch von Rosa an Flügeln, Ohren und Hörnern. Sie sah ein bisschen aus wie die Delfine, die sie vorhin gesehen hatten, und Tsunami fragte sich missmutig, ob das der wahre Grund dafür war, warum Königin Coral den Meeresflüglern verboten hatte, sie zu fressen – weil sie Angst hatte, dass einer aus Versehen einmal Anemone erwischte. Der kleine Drachling hatte große blaue Augen, und um Hals und Schwanz waren kleine Perlenketten geschlungen, als würde er so aussehen wollen wie seine Mutter.

Das hätte ich sein können, dachte Tsunami. *Ich hätte die mit den Perlenketten und dem Thron und einer mich liebenden Mutter sein können, wenn die Klauen des Friedens mein Ei nicht gestohlen hätten.*

Sie bekam keine Gelegenheit mehr, sich noch mehr zu bemitleiden, denn nachdem Königin Coral gelandet war, kam sie sofort auf sie zugestürmt.

»Mein Baby!«, rief Coral. Riesige blaue Flügel legten sich um Tsunami und zogen sie in eine Umarmung, die nach Meerluft und Seesternen roch. Perlen drückten sich in Tsunamis Gesicht, während Coral sie liebkoste. Ihre nassen Schuppen waren warm, ihre Klauen sanft und zärtlich, als sie Tsunami über Kopf, Rücken und Flügel strich.

»Ich wusste, dass du zu mir zurückkommst«, sagte sie. »Ich wusste, dass du irgendwo da draußen bist und versuchst, den Weg zurück nach Hause zu finden. Ich habe nie aufgehört, nach dir zu suchen.«

Es war genau das, was Tsunami immer hatte hören wollen.

Genau genommen war es Wort für Wort das, was die Königin in *Die verlorene Prinzessin* sagte, aber diesen Gedanken verdrängte Tsunami sofort wieder.

Sie schmiegte sich an ihre Mutter und spürte, wie ein ungeheures Glücksgefühl ihren Körper von den Hörnern bis zu den Klauen durchströmte. *Es gibt jemanden, der mich gernhat. Ich habe einen Platz in der Welt.*

»Mutter«, quengelte eine piepsige Stimme hinter ihnen. »*Aua.* Das war zu schnell. Ich glaube, ich habe mir die Krallen gestoßen.«

Königin Coral ließ Tsunami los, drehte sich um und zog Anemone an der Leine des Geschirrs zu sich heran. Der kleine Drachling kroch unter ihren Flügel und hielt ihr mit leidendem Schnauzenausdruck die Klauen entgegen.

»Das tut mir leid, Schätzchen.« Coral untersuchte ausgiebig Anemones Klauen und leckte sie dann kurz mit ihrer gespaltenen Zunge. »Ist es jetzt besser?«

»Ich glaube, ja«, erwiderte Anemone, während sie vorsichtig ihre Krallen bewegte.

»Sieh mal, Herzchen, das da ist deine Schwester. Die, von der ich dir erzählt habe. Die, die vor sechs Jahren gestohlen wurde.« Coral beugte sich vor und fuhr Tsunami mit ihrer Klaue über die Schnauze. »Ist sie nicht wunderschön?«

Anemone blinzelte und starrte Tsunami an. Sie war wirklich winzig, nicht größer als ein Zweibeiner, und sah nicht sehr kräftig aus. *Vielleicht brauche ich mir ja gar keine Sorgen zu machen,* dachte Tsunami. *Sie ist bestimmt ganz einfach zu besiegen, und ich wäre sowieso die bessere Königin.*

Dann bekam sie Gewissensbisse, weil sie bei der ersten Begegnung mit ihrer richtigen Familie an so etwas dachte. Sie hielt Anemone eine ihrer Vorderklauen hin und nach kurzem Zögern drückte Anemone ihre eigene dagegen.

»Hallo«, begrüßte sie ihre Schwester. »Ich bin Tsunami.«

»Ah«, meinte Königin Coral. »Ein guter Name. Dann hat Webs wenigstens etwas richtig gemacht.« Sie kniff ihre grünen Augen zu schmalen Schlitzen zusammen. »Wo ist er denn jetzt? Seine Bestrafung plane ich schon seit Jahren.« Sie warf einen finsteren Blick über Tsunamis Schulter, doch als Tsunami sich umdrehte, sah sie dort nur Riptide stehen. Er hatte den Kopf eingezogen und die Flügel so klein zusammengefaltet, wie es nur ging.

»Ich wusste ja, dass er ein Feigling und Deserteur ist«, fuhr Coral fort, »aber dass er zurückgekommen ist, um mein Ei zu stehlen … es genügt wohl, wenn ich sage, dass es kein schneller Tod sein wird.«

»Oh nein«, quiekte Sunny. »Bitte tut ihm nichts. Er war der Einzige, der wirklich nett zu uns war.«

»Wir wissen sowieso nicht, wo er ist«, warf Tsunami ein, als Königin Coral sich umdrehte und Sunny anstarrte. »Er ist geflohen, als –«

»Was bist *du* denn?«, fragte Coral an Sunny gerichtet. Als ihr Blick auf die anderen Drachlinge fiel, begann ihr Schwanz gefährlich zu zucken. »WAS HAT EIN ERDFLÜGLER IN MEINEM SOMMERPALAST ZU SUCHEN?« Mit flatternden Kiemen machte sie einen Schritt auf Clay zu.

»Das sind meine Freunde«, rief Tsunami, während sie sich mit einem Riesensatz vor Clay warf. »Du kannst ihnen vertrauen, das schwöre ich. Wir sind alle als Eier von unseren Eltern gestohlen worden. Wir sind die Drachlinge der Vorsehung, die aus der Prophezeiung.«

»Ha«, murmelte jemand. Tsunami fiel erst jetzt auf, dass Shark inzwischen auf dem Rand der Plattform kauerte, zusammen mit neun anderen sehr großen Drachen.

»Oh«, sagte Königin Coral langsam. »Oh, ich verstehe.« Sie musterte Clay misstrauisch, dann ging ihr Blick zu Starflight, Sunny und Glory. »Ja, dieses Gerücht habe ich auch gehört. Natürlich nur, falls man an so etwas wie Prophezeiungen glaubt. Drachlinge der Vorsehung. Nun ja. Königin Blister wird sich sehr freuen, euch kennenzulernen. Und daher sollten wir dafür sorgen, dass ihr nirgendwohin geht.« Wieder aktivierte sie die königlichen Muster an ihren Flügeln und klatschte in die Klauen. Hinter den Drachlingen standen plötzlich sieben stämmige Meeresflügler, deren Klauen unheilvoll zuckten.

»Steckt die vier da in Königin Blisters Höhle«, befahl Königin Coral, »und stellt eine Wache davor, damit sie auch drinbleiben.«

»Was?«, rief Sunny. »Aber wir sind doch hergekommen, damit wir in Sicherheit sind! Nicht, um schon wieder gefangen genommen zu werden!« Sie jaulte vor Angst laut auf, als eine der Wachen sie packte und mit ihr in die Luft stieg. Starflight, der wieder einmal zur Salzsäule erstarrt war, sah ihr mit halb ausgestreckten Klauen nach.

»Mich fasst hier keiner an«, fauchte Glory den Meeresflügler an, der nach ihr greifen wollte. Schwarze Wolken zogen über ihre Schuppen.

»Tut Sunny ni… aua«, schrie Clay, als sich drei Meeresflügler gleichzeitig auf ihn warfen und ihn zu Boden drückten. »Autsch! Aua!« Eine der Wachen fing an, aus Seetang geflochtene Seile um Flügel, Klauen und Schnauze des Drachlings zu wickeln.

»Wartet«, rief Tsunami. Sie rang flehend die Klauen. »Ihre Majestät … Mutter.« Das Wort fühlte sich so merkwürdig an, als es ihr über die Zunge ging, obwohl sie sich tausendmal vorgestellt hatte, wie sie es sagte. »Das brauchst du nicht. Das sind meine Freunde, und ich habe sie hergebracht, damit du uns beschützen kannst. Ich schwöre, dass du ihnen vertrauen kannst.«

»Es ist doch nur zu ihrer eigenen Sicherheit, mein Liebes.« Coral strich Tsunami wieder über den Kopf. »Wir werden ihnen natürlich nichts tun. Ihr seid an den richtigen Ort gekommen, um Schutz zu suchen. Aber sie sollten nicht unbeaufsichtigt im Palast herumspazieren – die meisten meiner Drachen würden Erdflügler und merkwürdig aussehende Sandflügler sofort angreifen.«

»Oder was immer das auch ist«, murmelte Shark, während er Sunny beschnüffelte. Starflight warf ihm einen finsteren Blick zu, sah aber schnell wieder weg, als der Meeresflügler ihn anstarrte.

»Dann wird es wohl kein Festmahl geben?«, sagte Clay traurig. Mit einem lauten Seufzer ließ er die Schnauze auf den Fußboden sinken.

»Für Speis und Trank ist selbstverständlich gesorgt«, sagte die Königin. »Lagoon, du kümmerst dich darum, dass unsere Gäste etwas zu fressen bekommen.« Ein pummeliger türkisfarbener Drache verbeugte sich und hob vom Rand der Ebene ab. »Siehst du, Schätzchen, wir kümmern uns um euch. Aber bitte sag dem Drachen da, dass er aufhören soll, so finster zu schauen.« Coral deutete auf Glory, die immer noch eine sehr nervös aussehende Wache in Schach hielt.

Mit Unbehagen musste Tsunami an Glorys Geheimwaffe denken. Im Palast der Himmelsflügler hatten sie entdeckt, dass Glory ein tödliches Gift spucken konnte, was wohl eine besondere Fähigkeit der Regenflügler war, von der die meisten Drachenstämme nichts wussten. In den Schriftrollen, die Regenflügler sowieso nur selten erwähnten, hatte jedenfalls nichts darüber gestanden.

Aber Tsunami hoffte, dass Glory zumindest fürs Erste verheimlichen würde, dass sie eine tödliche Waffe besaß. Eine der königlichen Wachen zum Schmelzen zu bringen, war vermutlich nicht die beste Art, die Drachlinge der Vorsehung bei den Meeresflüglern einzuführen.

»Ihr braucht sie nicht zu fesseln«, sagte Tsunami. »Sie gehen freiwillig mit.«

»Der Meinung bin ich aber nicht«, knurrte Glory.

»Glory, jetzt beruhige dich doch«, sagte Tsunami. Sie hoffte, dass ihre Mutter und die anderen Drachen sie für die Anführerin der Drachlinge hielten. »Du hast doch gehört, was die Königin gesagt hat. Es ist zu eurer eigenen Sicherheit. Euch wird nichts geschehen.«

Bitte fang jetzt nicht an, vor meiner Mutter mit mir zu diskutieren, betete Tsunami.

Glory starrte die Wache der Meeresflügler noch einen Moment an. »Also schön«, knurrte sie. »Ich gehe mit. Aber es gilt nach wie vor, dass mich niemand anfasst.«

»In Ordnung«, säuselte Königin Coral, die erneut eine Klauenbewegung ausführte und mit ihren Streifen blinkte. »Dann ab mit euch! Tsunami, Liebling, setz dich zu mir, damit wir reden können.« Sie marschierte zu ihrem Thron und zog Anemone hinter sich her. Der winzige Drachling ließ sich auf dem kleinen Thron nieder, rückte seine perlengeschmückten Flügel zurecht und beobachtete mit großen Augen Tsunamis Freunde.

»Macht euch keine Sorgen«, sagte Tsunami zu Clay, als die

Wachen ihn in die Luft wuchteten. »Ich bin gleich wieder bei euch.« Er nickte, sah aber trotzdem noch ziemlich beunruhigt aus. Eine andere Wache versuchte zögernd, Starflight vom Rand der Ebene zu scheuchen. Der Nachtflügler wich nervös zurück, drehte sich dann aber um und flog der Wache hinterher, die Sunny in den Klauen hielt.

Tsunami sah zu, wie ihre Freunde in weiten Kreisen zu der Höhle am Eingang flogen – braun und golden, schwarz und silbern, und alle wirkten hier so völlig fehl am Platz. Sie beobachtete, wie die Drachlinge in dem dunklen Loch verschwanden. Die Wachen kamen wieder heraus und stellten sich davor in Position. Tsunami hatte nicht den Eindruck, als würde man ihre Freunde wie Gäste behandeln.

Wenigstens ist es hier besser als im Palast der Himmelsflügler, dachte sie. *Wenigstens werden wir hier nicht gezwungen, auf Leben und Tod zu kämpfen. Meine Mutter beschützt uns. Sie heißt uns willkommen, auf ihre Art eben.* Tsunami hob den Kopf und sah in die gütigen Augen ihrer Mutter. *Vor allem mich.*

Ihre Mutter lächelte und streckte ihr die Klauen entgegen. Sie war perfekt – sie war genau so, wie Tsunami sie sich immer vorgestellt hatte.

Ihren Freunden würde nichts geschehen, da war Tsunami sich sicher. Sie waren jetzt im Palast der Meeresflügler. Und Tsunami war zu Hause, bei ihrer Familie. Ihr großer Traum hatte sich erfüllt.

Es gibt nichts, worüber du dir Sorgen machen brauchst, sagte sie sich. *Absolut nichts.*

9. Kapitel

»Hier, nimm.« Königin Coral holte eine Perlenkette von ihren Hörnern. »Du bist so ungeschmückt, mein schöner Drachling. Ich muss langsam anfangen, dich für all die Geschenke zu entschädigen, die ich dir nicht geben konnte.« Sie beugte sich vor und schlang die Kette um Tsunamis Hals. Die Perlen waren schwer und glatt und fühlten sich kühl auf Tsunamis Schuppen an.

Mein erster Schatz.

Es war ein erhebendes Gefühl, etwas zu haben, das ganz allein ihr gehörte. Alle Drachen liebten Gold und Edelsteine – es war das Einzige, was sie mit den Zweibeinern gemein hatten. Aber das hier war mehr als nur etwas Schönes, Glänzendes. Es gehörte Tsunami und niemandem sonst. Und es sorgte dafür, dass sie ihrer Mutter noch ähnlicher sah.

Tsunami strich mit den Krallen über die Perlen und ringelte den Schwanz um ihre Hinterklauen. Sie wünschte, Anemone würde endlich aufhören, sie anzustarren. *Sie muss mich hassen,* dachte sie. *Wenn ich sie wäre, würde ich mich hassen. Sie muss doch wissen, dass ich den Thron haben will, den sie für den ihren hält.*

Noch nicht. Jetzt war es an der Zeit, ihre Mutter kennenzulernen.

»Können wir uns denn nicht allein unterhalten?«, fragte sie.

Die zehn Drachen hockten immer noch wie gruselige Wachposten am Rand der Ebene und Shark sah von allen am gruseligsten aus.

»Aber natürlich«, erwiderte die Königin. »Mitglieder des Rates, ihr könnt gehen. Moray, sende eine Nachricht an Königin Blister und finde heraus, wie schnell sie hier sein kann. Und was dich angeht, du Wurm, du fliegst jetzt sofort zu deinem Außenposten zurück und hältst dort Wache, bis jemand tatsächlich den Wunsch verspürt, dich zu sehen.«

Riptide nickte mit eingezogenem Kopf und ließ sich über die Kante in die Tiefe fallen. Tsunami beugte sich vor und sah zu, wie er in den Tunnel schwamm.

»Was ist denn mit Riptide?«, fragte sie, als auch die anderen zehn Drachen mit ohrenbetäubend lautem Flügelschlagen wegflogen. »Ich dachte, er wäre ganz nett.«

»Oh *nein.*« Königin Coral schüttelte sich. »Man kann ihm nicht vertrauen. Webs ist sein Vater. Ihre Blutlinie ist mit Verrat befleckt.«

Tsunami fühlte sich, als hätte ihr eine riesige Welle den Boden unter den Klauen weggerissen. »Webs ist sein *Vater*?« Sie hatte Riptide doch gemocht – sie hatte seine Freundin sein wollen, sie hatte ihm ihr Leben erzählt. Und die ganze Zeit über hatte sie nicht gewusst, dass er der Sohn ihres Entführers war. Er hatte es nie erwähnt.

»Schreckliche Familie«, fuhr Coral fort. Ihr Schwanz zuckte hin und her und hätte um ein Haar Anemone am Kopf getroffen. »Keine angemessene Gesellschaft für jemanden mit königlichem Blut. Wir halten ihn so weit wie möglich von uns fern.«

Der arme Riptide, dachte Tsunami. Es war nicht seine Schuld, dass sein Vater zum Verräter geworden war, trotzdem musste er jetzt dafür büßen.

Aber er hatte ihr die Wahrheit verschwiegen, und das gefiel ihr überhaupt nicht.

Hatte Königin Coral recht, was ihn anging? Sie kannte ihre Untertanen doch bestimmt besser als Tsunami.

Trotzdem hoffte Tsunami insgeheim, dass sie ihn wiedersehen würde.

Sie warf einen Blick auf Anemone. »Ähm … sagten wir nicht … allein?«

»Oh nein, Anemone weicht nie von meiner Seite«, erwiderte Königin Coral. Sie streckte die Klaue aus und tätschelte dem kleinen Drachling liebevoll den Kopf. »Endlich habe ich eine Tochter, die am Leben geblieben ist, und ich tue alles dafür, dass es auch so bleibt.«

»Indem du mich *keine Sekunde* aus den Augen lässt«, meinte Anemone. Sie starrte Tsunami mit großen Augen an und diese fragte sich, ob sie sich den Anflug von Sarkasmus in der Stimme ihrer Schwester nur einbildete.

»Und jetzt habe ich zwei Töchter«, sagte Königin Coral stolz. »Ende nächster Woche vielleicht vier, wenn Turtle gute Arbeit leistet.« Sie warf Tsunami einen besorgten Blick zu. »Vielleicht sollten wir für dich auch ein Geschirr anfertigen lassen, Liebes.«

»Ach nein, schon in Ordnung.« Tsunami starrte auf die Leine, mit der Coral und Anemone verbunden waren. »Bis jetzt habe ich es geschafft, allein zurechtzukommen. Ich verspreche, dass ich am Leben bleibe.« Sosehr sie ihre Mutter auch liebte, sie konnte sich einfach nicht vorstellen, rund um die Uhr angeleint zu sein.

»Hmm«, meinte die Königin. »Nun gut, wir werden darüber nachdenken.« Sie starrte auf Tsunamis Schultern, als würde sie schon die Maße für ein Geschirr abschätzen.

»Ich muss dir etwas sagen«, begann Tsunami, um das Thema zu wechseln. »Ich … ich kenne die Unterwassersprache nicht. Webs hat sie mir nie beigebracht.«

Königin Coral starrte sie an. »Was ist nur mit diesem Drachen los?«, knurrte sie. »Schon in Ordnung, Herzchen. Wir werden dich von Whirlpool unterrichten lassen – er ist ein großartiger Lehrer. Stimmt's, Anemone?«

Anemone nickte artig.

»Was weißt du denn überhaupt?«, fragte Königin Coral. »Haben sie dir irgendetwas beigebracht?«

»Aber natürlich!«, erwiderte Tsunami. Sie wollte nicht, dass ihre Mutter glaubte, sie sei nicht gebildet genug, um Königin zu werden. »Wir hatten jede Menge Kampftraining. Und Webs hat uns die Geschichte von Pyrrhia beigebracht. Wir haben alles über den Großen Brand gelernt und darüber, wie die Stämme gegründet wurden und wie wir fast die Zweibeiner ausgerottet haben. Und … ähm … Erdkunde hat er auch unterrichtet. Dune hat uns jagen gelehrt. Kestrel sollte uns die Stärken und Schwächen der verschiedenen Stämme erklären, aber meistens hat sie uns nur angebrüllt und versucht, uns in Brand zu setzen.«

Anemones Augen leuchteten vor Begeisterung. »Mutter, warum lerne ich so was nicht?«, fragte sie.

»Das wirst du schon noch, Herzchen«, tröstete sie Königin Coral. »Wenn ich der Meinung bin, dass du so weit bist.«

»Was lernst du denn so?«, wollte Tsunami wissen.

Anemone sah zu ihrer Mutter auf. »Wie der Rat arbeitet«, erklärte sie. »Und Aquatisch natürlich. Wie man Schlachtenberichte interpretiert und die Verteidigung befehligt. Wie man die Lebensmittelversorgung organisiert und das Schatzamt beaufsichtigt, obwohl das eigentlich alles die Kommandeure des Rates erledigen.«

»Trotzdem ist es wichtig, um den Überblick zu behalten«, säuselte die Königin. »Drachen arbeiten am besten, wenn man sie die ganze Zeit beaufsichtigt.«

»Aber die meiste Zeit habe ich Unterricht bei Whirlpool.« Anemone ließ die Flügel hängen.

»In was denn?«, erkundigte sich Tsunami. »Aquatisch?«

»Das ist doch egal, Liebes«, unterbrach Königin Coral. »Du wirst es schon noch erfahren. Waren die Klauen des Friedens sehr grausam zu dir?«

»Es war furchtbar!«, regte sich Tsunami sofort auf. Das war eines ihrer Lieblingsthemen. »Sie haben uns nie aus den Höhlen gelassen! Sie haben so getan, als wären wir hirnlose Nacktschnecken! Niemand hat mir zugehört. Und sie wollten uns nichts über unsere Familien sagen, oder darüber, wo wir hergekommen sind. Ich habe erst vor ein paar Tagen erfahren, dass es dich gibt.«

»Mein armes, armes Baby.« Königin Coral strich Tsunami wieder über den Kopf.

Genau, dachte Tsunami. Das war das Mitgefühl, nach dem sie sich immer gesehnt hatte. Obwohl ihr der skeptische Blick von Anemone überhaupt nicht gefiel.

»Was ist das denn?«, fragte Tsunami. Sie beugte sich vor und berührte die schwarzen Flecken auf den Klauen der Königin. Sie sahen so dunkel wie Blutflecke aus, aber Tsunami hatte keine Ahnung, was sie verursacht haben könnte.

»Berufskrankheit!«, erwiderte Königin Coral lachend. »Oder

besser gesagt, daran ist mein Hobby schuld. Meine Kunst, könnte man so sagen. Ich zeig's dir.« Sie sprang auf die Klauen und zerrte Anemone mit sich. »Dann kannst du auch gleich Whirlpool kennenlernen. Du wirst ihn lieben. Ein ganz wunderbarer, brillanter junger Drache.«

Tsunami war fast sicher, dass sie gesehen hatte, wie Anemone die Augen verdrehte. Sie folgte den beiden vier Stockwerke nach unten zu einer Ebene mit niedrigen Wänden und mehreren Gebilden, die wie große, aus dem Stein geformte Kessel aussahen. Mit schwarzen und blauen Klauenabdrücken markierte Wege führten durch die gesamte Ebene, und an einem Ende ging der Boden in eine erhöhte Plattform über, vor der Platz für ein Publikum aus etwa dreißig Drachen war.

Am anderen Ende stand ein langer grauer Steintisch, auf dem eine Schriftrolle ausgebreitet war, die an beiden Enden von einem kleinen, aus dunkelbraunem Holz geschnitzten Seepferdchen beschwert wurde. Tsunami warf einen Blick auf die Schriftrolle, die nur zur Hälfte beschrieben war.

»Daran arbeite ich gerade«, sagte Königin Coral stolz. »Whirlpool, komm her!« Sie lief zu einem der Kessel, und erst jetzt sah Tsunami, dass sie alle mit ordentlich aufgewickelten Schriftrollen gefüllt waren.

»Das ist wunderschön«, sagte sie, während sie eines der geschnitzten Seepferdchen in die Klaue nahm. Sie waren schwer und bis ins kleinste Detail ausgearbeitet, mit einem sonderbar drachenähnlichen Ausdruck auf den winzigen Gesichtern.

»Die hat Orca gemacht«, sagte Königin Coral mit einem tiefen Seufzer. »Meine erste Tochter. Sie war eine sehr begabte Bildhauerin.«

Erste Tochter? Was ist mit ihr passiert? Tsunami hatte gedacht, sie wären alle früh gestorben, zu früh, um Künstler zu werden. Sie sah Anemone verwirrt an, aber ihre Schwester starrte unverwandt die Königin an. *Ich werde später Starflight danach fragen. Orca muss in dieser Abstammungsschriftrolle erwähnt sein, über die er ständig faselt.*

Von der Ebene des Rates kam ein dunkelgrüner Drache mit blassgrünen Augen heraufgeflogen. Er hatte einen auffallend großen, runden Goldring in einem Ohr stecken und über seinen Rücken zog sich ein Wellenmuster aus gesprenkelten hellgrünen Schuppen. Auf seinen Klauen prangten die gleichen dunklen Flecken wie bei der Königin.

»Eure Majestät«, sagte er mit einer komplizierten Verbeugung, »und Eure kleineren Majestäten.« Er sprach sehr langsam und seine Stimme triefte vor Öl. Tsunami hatte das Gefühl, als würden ihr Tintenfische in die Ohren kriechen. Das musste wohl Whirlpool sein, allerdings sah er nicht gerade besonders »wunderbar« oder »brillant« aus.

Er verbeugte sich auch vor Anemone und Tsunami und setzte sich dann hinter dem Steintisch auf den Boden. Sein Blick ging fast augenblicklich von ihnen zu der Schriftrolle vor ihm, dann legte er den Kopf schief, als würde er nachdenken. Nach einem Moment streckte er die Klaue aus und tauchte eine Kralle in ein kleines Becken schwarzer Tinte in der oberen Ecke des Tisches. Mit der Tinte kratzte er einige Worte auf die Schriftrolle.

»Oh.« Tsunamis Blick ging von Whirlpools Klauen zu denen ihrer Mutter. »Es ist *Tinte.*«

»Ja, Liebes«, sagte Königin Coral. Sie zog eine Klaue voll Schriftrollen aus dem Kessel. »Es ist ein Spezialrezept aus der

Tinte von Kraken und einem bisschen Walblut, daher verblasst sie nie. Unsterblichkeit ist ein paar Flecken an den Klauen wert, findest du nicht auch? Whirlpool hat die Tinte erfunden. Er ist so wahnsinnig klug.« Sie sah sich die Worte an, die er geschrieben hatte. »Genau das, was ich gedacht habe! Das ist eine spannende Geschichte, nicht wahr?«

»Sie wird mit Sicherheit sämtliche Preise im Königreich gewinnen, Eure Majestät«, säuselte Whirlpool.

Königin Coral drückte Tsunami vier Schriftrollen in die Klauen. »Das sind meine Lieblingsgeschichten. Du kannst sie alle heute Abend lesen und morgen gebe ich dir noch vier andere.«

»Die soll ich alle heute Abend lesen?«, wiederholte Tsunami entsetzt. Lesen war Starflights Spezialgebiet. Sie tat es zwar auch ganz gern, aber nur, wenn es aufregende Geschichten waren, in denen es um weibliche Kriegerdrachen ging. Sie las nicht sehr schnell, und eigentlich war es ihr lieber, wenn sie mit etwas kämpfen konnte.

»Fang mit der hier an.« Königin Coral zog eine der Schriftrollen aus dem Haufen in Tsunamis Klauen.

Es war *Die verlorene Prinzessin*! »Die habe ich schon gelesen!«, rief Tsunami erleichtert. »Das war immer meine Lieblingsgeschichte.«

»Wirklich?« Königin Coral sah begeistert aus, und Tsunami war ziemlich sicher, dass Anemone eben wieder die Augen verdreht hatte. »Die habe ich für dich geschrieben!«

»Du –« Tsunamis Blick ging von Königin Coral zu Whirlpool und dann zu der Schriftrolle auf dem Tisch. »Du hast *Die verlorene Prinzessin* geschrieben?«

»Ich habe alles hier geschrieben.« Königin Coral zeigte mit

den Klauen auf die Schriftrollen in den Kesseln. »Ich bin sehr produktiv. Whirlpool sorgt dafür, dass sofort Hunderte Kopien davon gemacht und im gesamten Königreich der Meeresflügler verteilt werden – und sonst wo in Pyrrhia, wo wir sie hinschicken können. Mein Kommunikationsherold, Moray, beaufsichtigt die Druckdrachen, die die Unterwasserkopien herstellen. Sie ist auch dafür verantwortlich, dass sie an sämtliche Schulen gehen. Aber meine Lesungen hier werden von Whirlpool organisiert. Ist er nicht brillant?« Sie senkte die Stimme und blinzelte Tsunami zu. »Und findest du nicht auch, dass er sehr gut aussieht?«

Whirlpool hob den Kopf und bedachte Tsunami mit einem breiten Lächeln, das nicht bis zu seinen Augen kam. Seine Zähne waren sonderbar klein, seine Augen zu hell und kugelig, wie bei einem Frosch. Tsunami musste an Riptide denken, der ihrer Meinung nach viel besser aussah – allerdings war sie nicht so dumm, das ihrer Mutter gegenüber zu erwähnen.

»Eines Tages wird aus ihm ein fabelhafter König werden«, fügte Königin Coral laut flüsternd hinzu.

Ach du meine Güte. Tsunami verbarg ihr Entsetzen. *Will sie mich etwa mit ihm verkuppeln?* Sie warf einen Blick auf Anemone und sah, wie der kleine Drachling einen hoffnungsvollen Ausdruck auf seiner Schnauze zu verbergen versuchte. *Hmm.* Sie würde jede Wette darauf eingehen, dass Anemone viele Rätsel aufklären konnte, falls Tsunami sie für einen Moment allein erwischte. Was für ein Jammer, dass das unmöglich war.

»Eure Majestät.« Als sich alle umdrehten, sahen sie, dass ein Mitglied des Rates hinter der Königin in der Luft schwebte, einen kleineren Drachen neben sich. »Es tut mir leid, wenn ich stören muss, aber Urchin ist gerade mit beunruhigenden Neuigkeiten eingetroffen. Ich bin mir sicher, dass Ihr sie sofort hören wollt.«

»Aber natürlich, Moray«, erwiderte Königin Coral. »Du weißt immer, was am besten ist.«

Morays Schuppen hatten das gleiche stumpfe Graugrün wie die Sharks und ihre Augen waren genauso klein und farblos. Tsunami fragte sich, ob die beiden miteinander verwandt waren. Der Ratsdrache verzog seine Schnauze zu einem selbstgefälligen Grinsen. »Das liegt daran, dass ich eine ausgezeichnete Ausbildung an der Seite der wunderbarsten Königin in der Geschichte Pyrrhias genießen durfte«, säuselte sie.

Du lieber Himmel, dachte Tsunami. Dieses Mal schaffte sie es, hinter dem Rücken der Königin Blickkontakt mit Anemone herzustellen. Sie machte ein Gesicht, als würde sie »Meint sie das im Ernst?« fragen wollen. Anemone schien kurz überrascht zu sein, dann verzog sie die Schnauze zu einem Ausdruck, den Tsunami als »Glaub mir, es wird noch schlimmer« interpretierte.

»Offenbar hat man nur wenige Inseln vom Sommerpalast entfernt einen toten Drachen gefunden«, fuhr Moray fort.

»Ach, wie traurig«, erwiderte die Königin mit einem kleinen Gähnen. Sie warf einen sehnsüchtigen Blick auf ihre Schriftrollen, als würde sie möglichst schnell zu ihnen zurückwollen. »Was ist mit ihm passiert?«

»Mit ihr«, korrigierte Moray. »Es ist ein Weibchen. Und wir wissen noch nicht, was passiert ist. Aber das Merkwürdige ist, dass es sich nicht um einen Meeresflügler handelt. Es ist ein Himmelsflügler.«

»WAS?« Königin Coral sprang auf die Klauen. »So nah an

meinem Palast?« Empört schnappte sie nach Luft und breitete die Flügel aus. »Hol Shark und Piranha und bring mich zu dem Kadaver. Sofort.«

Die Königin schoss in die Luft, während Anemone heftig flatternd versuchte, ihr nachzukommen. Tsunami ließ die Schriftrollen fallen, sprang den beiden nach und flog dann in einer engen Spirale zum Wasser nach unten. Das war ihre Chance, die Königin in Aktion zu sehen!

Als sie in den See tauchte, glaubte sie zu hören, wie jemand ihren Namen rief. War es Sunny oder Clay? Wasser floss ihr in die Ohren und erstickte das Rufen. Die Drachlinge brauchten sich keine Sorgen zu machen, sie würde nicht lange wegbleiben. Ihre Freunde waren hier sicher.

Shark schoss an ihr vorbei und brachte das Wasser zum Brodeln, als er auf den Tunnel vor ihr zustrebte. Er war jetzt zwischen ihr und Coral, aber davon würde Tsunami sich nicht aufhalten lassen. So schnell sie konnte, schwamm sie ihnen nach. Sie spürte, dass hinter ihr noch ein Drache schwamm, drehte sich aber nicht um und wurde auch nicht langsamer.

Es schien nur wenige Momente zu dauern, bis sie den goldenen Vorhang aus Seetang erreichten. Sie folgte den Wasserstrudeln, die die Drachenschwänze vor ihr hinterlassen hatten, und begriff schließlich, dass sie nicht zur Oberfläche führten.

Dann wollten die Drachen also nicht zu dem Kadaver *fliegen;* sie schwammen dorthin. Was logisch war. Schließlich waren sie ja Meeresflügler.

Ganz ruhig. Ich kann das. Tsunami ignorierte ihre müden Flügel und bewegte sie schneller, fest entschlossen, nicht hinter den anderen zurückzufallen. Trotzdem wurde sie von den zwei Drachen hinter sich überholt – Moray und ein anderer Drache aus dem Rat, den sie für Piranha hielt.

Sie sah, wie beide Drachen nach unten abtauchten und plötzlich schneller wurden. Verzweifelt versuchte sie, es ihnen gleichzutun – sie kippte die Flügel und ging tiefer, um wieder auf gleicher Höhe wie die anderen zu schwimmen. Sofort wurde sie von einer heftigen Strömung erfasst und mitgerissen.

Einen Moment lang kämpfte Tsunami dagegen an. Es gefiel ihr ganz und gar nicht, von etwas gefangen gehalten zu werden, das stärker war als sie. Doch dann wurde ihr klar, dass die anderen Drachen die Strömung nutzten, um schneller voranzukommen, und dass sie das Gleiche tun musste, wenn sie den Anschluss nicht verlieren wollte.

Langsam entspannte sie sich und ließ sich von der Strömung weitertragen. Erst jetzt konnte sie sich umsehen. Ein Schwarm schwarzer, silbern getupfter Fische schoss über ihrem Kopf vorbei und wechselte immer wieder geschlossen die Richtung. Auf dem Meeresgrund wuchsen große, durchscheinende Pilze, zwischen denen sich winzige orangefarbene Fische drängten.

Als ein großer rosafarbener Krake an ihr vorbeischwebte, fragte sich Tsunami, wie er wohl schmeckte. Jedenfalls war er mit Sicherheit langsam genug, um sich fangen zu lassen.

Aus den Augenwinkeln heraus nahm sie hinter einem Schwarm regenbogenfarbener Quallen eine Bewegung wahr. Als sie genauer hinsah, stellte sie fest, dass es Riptide war, der ihr in einiger Entfernung folgte. Sie hob einen Flügel und winkte ihm zu, und nach einem Moment winkte er ihr verlegen zurück.

Sie wusste zwar nicht, was er tun *sollte,* aber das war es vermutlich nicht.

Trotzdem gefiel es ihr irgendwie, dass Riptide hier war, und daher würde sie Coral auch nichts davon erzählen. Jedenfalls nicht, bevor sie entschieden hatte, wie wütend sie wegen dieses Webs-ist-sein-Vater-Geheimnisses war.

Sie schienen viele Meilen weit zu schwimmen, über gewaltige, algenbewachsene Korallenriffe hinweg, die aussahen wie antike, vor langer Zeit eingestürzte Steinruinen, Paläste und Tempel. Hin und wieder schossen grünlich-silberne Fische daraus hervor, hielten sich für einen Moment neben Tsunami und verschwanden dann blitzartig wieder, wenn sie den Drachen bemerkten. Sie war hungrig, aber so müde, dass sie gar nicht erst versuchte, ein paar von ihnen zu fressen.

Obwohl die Strömung vieles einfacher machte, war Tsunami so erschöpft, dass sie fast zusammengebrochen wäre. Schließlich sah sie, wie Moray und Piranha vor ihr an die Oberfläche schwammen. Erleichtert kämpfte sie sich aus dem Sog heraus und folgte ihnen.

Königin Coral stand bereits auf einem großen, zerklüfteten Steinbrocken, der am Fuß einer gewaltigen Klippe aus dem Meer ragte. Anemone kauerte auf einer kleinen Felszunge neben ihr. Ganz in der Nähe schob sich eine nervöse Robbe, die versuchte, unbemerkt zu bleiben, langsam ins Wasser.

Wellen, die wie wütende Drachen brüllten, warfen sich gegen die Felsen und bespritzten alle, die sich auf kleineren Felsen um die Königin herum versammelt hatten.

Tsunami suchte sich einen schwarzen Felsen, der die richtige Größe für sie hatte, und kletterte hinauf. Einen Moment lang atmete sie nur ein und aus, froh darüber, sich nicht bewegen zu müssen. Sie hatte keine Ahnung, wie sie es in den Sommerpalast zurückschaffen sollte. *Darüber kannst du dir später noch Gedanken machen.* Weit entfernt im Norden sah sie eine dichte Wolkendecke am Horizont, in der es donnerte und blitzte.

»Sie ist seit ein oder zwei Tagen tot«, sagte Shark mit finsterer Miene. »Und so, wie es aussieht, ist sie einen sehr gewaltsamen Tod gestorben.«

Tsunamis Blick ging zu dem roten Kadaver, der sich zwischen den Felsen verfangen hatte. Shark beugte sich über den Drachen und musterte die tiefen Wunden, die sich quer über die Kehle zogen. Er schüttelte den Kopf und trat zurück.

Tsunami traf es wie ein Blitz aus heiterem Himmel.

Sie *kannte* diesen Himmelsflügler.

Es war Kestrel. Der Drache, der sie und ihre Freunde aufgezogen hatte.

Kestrel war tot. Und sie war ganz offensichtlich ermordet worden.

10. Kapitel

Sag es.

Sag es nicht.

Mutter muss wissen, wer das ist.

Aber wenn sie glaubt, dass wir sie getötet haben?

Tsunami wusste nicht, was sie tun sollte. Es war bestimmt kein Zufall, dass Kestrel in dem Moment, in dem die Drachlinge im Sommerpalast eintrafen, ein paar Inseln weiter tot aufgefunden wurde. Wenn Tsunami zugab, dass sie den Himmelsflügler kannte, könnte ihre Mutter denken, dass die Drachlinge ihn getötet hatten.

Tsunami wollte nicht riskieren, von ihrer Mutter mit genau demselben Blick angesehen zu werden, mit dem ihre Freunde sie in letzter Zeit bedachten … dem Blick, der fragte: *Was für eine Art Drache bist du eigentlich?* und *Kann man dir vertrauen?* und *Wen greifst du als Nächstes an?*

Solche Gedanken gingen ihr den ganzen Rückweg zum Sommerpalast im Kopf herum – zum Glück flogen sie dieses Mal, sodass Tsunamis Schwimmmuskeln ausruhen konnten –, doch in der Hektik aus Befehlen und fliegenden Boten ergab sich keine Gelegenheit, allein mit der Königin zu sprechen.

Wieder im Palast, sagte Königin Coral zu Tsunami, sie solle auf sie warten, und verschwand dann mit ein paar Ratsdrachen, um eine Kriegsbesprechung abzuhalten. Tsunami setzte sich auf einen der Pfeiler, die den Pavillon stützten, und hing ihren Gedanken nach.

Wer würde Kestrel töten wollen? Abgesehen von mir und Glory natürlich.

Sie sah zu der Höhle, in der ihre Freunde festgehalten wurden. Immer noch waren Wachen davor postiert. Tsunami wusste, dass sie nach den anderen Drachlingen sehen sollte … aber was würden *sie* denken, wenn sie von Kestrels Tod erfuhren?

Und was, wenn ihre Freunde zu dem Schluss kamen, dass sie hier nicht sicher waren? Dann kam Starflight vielleicht auf die Idee, die anderen davon zu überzeugen, dass Kestrels Mörder in der Nähe war und auf eine Gelegenheit wartete, um auch sie zu töten. Und vielleicht überredete er sie dann auch dazu, das Königreich des Meeres zu verlassen, und darauf war Tsunami nun wirklich nicht vorbereitet.

Zurzeit waren ihre Freunde noch viel zu wütend auf sie, um vernünftig zu sein. Und vermutlich waren sie auch ziemlich sauer, weil man sie den ganzen Nachmittag lang in eine finstere Höhle gesteckt und nicht wieder herausgelassen hatte.

Es war vielleicht besser, noch zu warten, und ihnen erst davon zu erzählen, wenn sie die Möglichkeit gehabt hatten, selbst zu sehen, wie großartig es hier sein konnte. Morgen würde sie ihre Mutter bitten, ihre Freunde für ein Festmahl oder irgendetwas anderes aus der Höhle zu lassen, was zumindest einen von ihnen aufheitern würde.

Ja. Das ist ein besserer Plan. Geh ihnen bis morgen aus dem Weg und dann erzähl ihnen alles.

Außerdem war sie müde, furchtbar müde. Als sie zum Sommerpalast zurückgeflogen waren, hatte gerade die Dämmerung eingesetzt, und jetzt wurde der See nur noch von leuchtenden Quallen im Wasser erhellt. Meeresflüglern machte das natürlich nichts aus, da sie im Dunkeln sehen konnten, aber ihre Freunde waren wohl eher wenig begeistert davon, kein Licht zu haben. Noch eine Diskussion, die bis morgen früh warten musste.

Tsunami war froh, als die Königin schließlich von der Ratsebene nach unten kam und sie aus ihren Grübeleien riss. Königin Coral nahm sie mit über den See zu ihren Privatgemächern, die in einer riesigen Unterwasserhöhle hinter einem Wasserfall lagen. Sie waren mit den sich wiegenden Ranken waldgrüner und goldener Seeanemonen geschmückt und Steinstatuen von Delfinen säumten den Eingang. An den Wänden funkelten Smaragde und Perlen, und die Betten waren aus weichem Seetang.

Für Tsunami war bereits ein Bett hergerichtet worden, direkt neben Anemones. Mit einem tiefen Seufzer ließ sie sich darauf fallen. Unter Wasser zu schlafen, auf bequemem Seetang anstatt auf einem harten Felsvorsprung, war sogar noch schöner, als sie es sich immer vorgestellt hatte. Sie schlief zum Rauschen des Wasserfalls ein und wachte erst am nächsten Morgen wieder auf.

Als sie die Augen öffnete, sah sie, dass Anemones heller rosablauer Kopf über ihr schwebte. Tsunami schrie auf und wich zurück, wobei sie gegen die Felswand stieß. Einen entsetzlichen, kurzen Moment lang glaubte sie, dass Anemone sie töten wollte, doch dann machte ihre Schwester eine Geste mit den Klauen und bedeutete ihr, leise zu sein.

Anemone zeigte auf Königin Coral, die noch schlief. Sie faltete die Klauen vor sich und ließ einige der Streifen an Flügeln und Schwanz aufleuchten.

Tut mir leid, kleine Schwester. Tsunami breitete die Vorderklauen aus und schüttelte den Kopf. *Ich wünschte, ich könnte mit dir reden.*

Anemone blinkte wieder mit ihren Streifen, dann fasste sie sich an den Kopf, weil ihr wieder eingefallen war, dass Tsunami kein Aquatisch konnte. Sie stampfte mit der Klaue auf und runzelte frustriert die Stirn.

Tsunami war genauso enttäuscht. Sie konnten nicht einfach an die Oberfläche entwischen, um sich dort zu unterhalten; Anemone war noch immer über das Geschirr mit ihrer Mutter verbunden. Und Tsunami konnte sich unter Wasser nicht verständlich machen. So würden sie nie die Chance bekommen, allein miteinander zu sprechen.

Sie schwamm zu ihrer Schwester und sah sich das Geschirr näher an. Es bestand aus einem dehnbaren, durchsichtigen Material, das an Anemones Schuppen zu kleben schien, als wäre es festgewachsen. *Vermutlich ist es das auch,* dachte Tsunami. Sie fragte sich, ob der arme Drachling das Gurtzeug tragen musste, bis er so alt war wie Tsunami, oder sogar noch älter.

Als Tsunami leicht daran zog, schüttelte Anemone den Kopf. Sie tat so, als würde sie sich aus dem Geschirr herauswinden und zeigte dabei immer wieder auf die Königin. *Es geht nicht, ohne sie aufzuwecken,* vermutete Tsunami. *Falls es überhaupt möglich ist.*

Anemone bewegte sich vorsichtig in Richtung Eingang, wobei sie sich immer wieder nach der Königin umsah. Die Leine zwischen ihnen wickelte sich ab. Der kleine Drachling stieß sich vom Höhlenboden ab und schwamm nach oben zum Eingang, was die Leine bis zu ihrer gesamten Länge entrollte. Sie bedeutete Tsunami, ihr zu folgen.

An der Stelle, an der der Wasserfall auf den See traf, direkt hinter dem nassen Vorhang und knapp außerhalb des Höhleneingangs, gab es eine kleine Luftblase. Anemone, die das Ende der Leine erreicht hatte, konnte sie gerade noch mit ihrer Schnauze erreichen. Tsunami streckte neben ihr den Kopf aus dem Wasser.

»Gute Idee«, sagte Tsunami, während sie sich umsah. Außerdem konnte sie hier auch niemand sehen, falls es Frühaufsteher unter den Meeresflüglern gab.

»Ich hoffe, sie wacht nicht auf«, erwiderte Anemone. Sie blinzelte und starrte Tsunami einen Moment an, dann brach es aus ihr heraus: »Oh, ich bin so froh, dass du hier bist!« Sie streckte eine Vorderklaue aus, und Tsunami drückte sie, wie schon am Tag zuvor.

»Wirklich?«, fragte Tsunami erstaunt. *Aber sind wir denn nicht Rivalinnen? Schmälert die Tatsache, dass ich hier bin, denn nicht deine Chancen auf den Thron?*

»Vielleicht schaffst du es ja, dass sie sich nicht mehr so verrückt benimmt«, flüsterte Anemone. »Oder vielleicht lässt sie mich jetzt, wo du da bist, endlich frei. Vielleicht könntest du mal mit ihr reden. Ich muss dieses Geschirr loswerden. Tsunami, du hast keine Ahnung, wie furchtbar mein Leben bis jetzt gewesen ist.«

Tsunami starrte ihre Schwester an und glaubte, das Echo ihrer eigenen Worte zu hören. »*Dein* Leben ist furchtbar gewesen?«, sagte sie. »Du weißt doch gar nicht, was furchtbar ist. Stell dir vor, wie es ist, unter einem Berg ohne Meer und ohne richtiges Sonnenlicht und nur einem Fluss zum Schwimmen aufzuwachsen. Stell dir vor, wie es ist, von drei Drachen aufgezogen zu werden, die dich hassen und wie eine hirnlose Kaulquappe behandeln.«

»Ich *werde* auch wie eine hirnlose Kaulquappe behandelt«, protestierte Anemone. »Mutter traut mir überhaupt nichts zu.«

»Du bist erst … wie alt … ein Jahr?«, vermutete Tsunami. »Ich bin sicher, dass sich das ändern wird.« *Na ja, fast sicher. So halbwegs sicher.* »Wenigstens hat sie dich gern.«

»Sie hat mich *viel* zu gern«, erwiderte der kleine Drachling. »Ich darf nur das tun, was sie auch tut. Du hast wenigstens Freunde. Ich darf noch nicht mal andere Drachlinge sehen.«

»Na ja, die vier konnte ich mir nicht aussuchen«, erklärte Tsunami. »Und sie streiten ständig mit mir, oder ärgern sich über etwas, das ich gemacht habe.« Sie bekam Gewissensbisse, weil sie ihre Freunde am Abend vorher nicht besucht hatte. Sie fragten sich bestimmt schon, was mit ihr passiert war.

Wenn sie mich eine Weile vermissen, freuen sie sich vielleicht, mich zu sehen, wenn ich sie besuchen komme.

»Das hört sich toll an«, sagte Anemone traurig. »Ich wollte immer Brüder und Schwestern haben.«

»Hast du denn keine Brüder?«

Sie schnaubte. »Doch, aber Mutter findet, sie sind zu grob beim Spielen, und will sie nicht in meine Nähe lassen. Meine Cousinen sind ihrer Meinung nach alle potenzielle Verdächtige, bis auf Moray, die perfekt und langweilig und alt ist und sowieso nichts verkehrt machen kann. Und gewöhnliche Drachlinge sind nicht besonders genug, um mit mir spielen zu dürfen.« Anemone seufzte.

»Ich glaube, meine Freunde sind ganz in Ordnung, wenn sie sich nicht gerade mal wieder beschweren«, gab Tsunami zu. »Allerdings beschweren sie sich sehr oft.«

»Ich habe *ein Mal* versucht, mich zu beschweren«, sagte Anemone mit einem Anflug von Gehässigkeit in der Stimme. »Mutter hätte mir fast einen Knebel passend zum Geschirr verpasst.«

»Wenigstens liebt sie dich«, wandte Tsunami ein. »Und du bist bei deinesgleichen. Und du kannst deine eigene verdammte Sprache.«

»Dich liebt sie doch auch.« Anemone unterbrach sich und warf einen Blick in die Höhle. Königin Coral schlief immer noch tief und fest; ihre blauen Schuppen hoben und senkten sich regelmäßig. »Ich hoffe, du nimmst Whirlpool«, platzte es dann aus ihr heraus. »Heilige drei Monde, ich war so sicher, dass ich ihn heiraten muss. Aber jetzt bist du ja da, und *du* kannst ihn haben, was sowieso *viel* besser ist.«

»Auf keinen Fall!« Tsunamis Schwanz peitschte hin und her. »Nein, nein, *nein.*« Plötzlich musste sie an Riptide denken, was natürlich vollkommen lächerlich war, weil sie ihn ja auch kaum kannte. »Mit Sicherheit nicht. Erstens, zum Heiraten habe ich keine Zeit. Ich muss den Krieg beenden und die Welt retten.« *Und/oder lernen, wie man Königin der Meeresflügler ist.* »Und zweitens, *den* Drachen? Nein danke. Lieber lasse ich mir den Schwanz von Wasserschildkröten anknabbern.«

Anemone kicherte. »Er ist furchtbar, findest du nicht auch?«

»Ihre kleineren Majestäten«, flötete Tsunami, während sie sein falsches Grinsen und die leichte Verbeugung nachmachte.

Anemone musste untertauchen, damit ihr lautes Gelächter erstickt wurde und die Königin nicht weckte.

»Jedenfalls kann Mutter doch nicht entscheiden, wen wir heiraten«, sagte Tsunami.

»Meinst du wirklich?«, fragte Anemone zweifelnd. »Sie darf doch sonst alles entscheiden.«

»Wir sind von königlichem Blut«, betonte Tsunami. »Und das bedeutet, wir können tun, was wir wollen.«

»Du meine Güte, das habe ich ja noch *nie* gehört«, wunderte sich Anemone. »Ich kenne das eher als ›Wir sind von königlichem Blut, daher müssen wir tun, was frühere Königinnen der Meeresflügler gutheißen würden, zum Wohle unserer Untertanen, zur Ehre des Throns, für die GÄHN, BRING MICH LIEBER GLEICH UM‹.«

Tsunami lachte, aber sie hatte ein Gefühl der Enge in den Kiemen, und ihre Schuppen kribbelten heftig. So hatte sie das noch nie gesehen. Mussten sich Königinnen wirklich so viele Gedanken über Ehre und die Zustimmung anderer Drachen machen?

Was würde wohl geschehen, wenn eine Königin – oder potenzielle Königin – der Meeresflügler zum Beispiel beschloss, jemanden zu heiraten, den der Rest des Stammes ablehnte? Oder sich dafür entschied, überhaupt nicht zu heiraten?

Es würde schwerer sein, Untertanen zu regieren, die einen nicht respektierten. Tsunami hatte schon genug Ärger mit ihren vier Freunden. Sie stellte sich einen ganzen Stamm voller grummelnder Drachen wie Glory und Starflight vor. Aber es würde doch niemand wagen, der Königin zu widersprechen, oder? Vielleicht hing es davon ab, welche Art von Königin man war. Königin Scarlet hatte jedenfalls niemand widersprochen, so viel war klar.

Aber Scarlet war eine Mörderin gewesen. Und außerdem komplett durchgeknallt. Nicht gerade das Vorbild, dem ich folgen möchte.

Als sie die Flügel ausstreckte, konnte sie den Wasserfall spüren. Von draußen drangen gedämpfte Geräusche in ihr Versteck, die ihr verrieten, dass der Sommerpalast langsam erwachte. Drachenflügel flatterten in der Luft. Aus den Unterwasserhöhlen, wo die meisten Meeresflügler schliefen, stiegen Luftblasen nach oben. Auf der Küchenebene des Pavillons klapperten Töpfe und Pfannen, was Tsunami daran erinnerte, wie hungrig sie war.

»Oh-oh«, flüsterte Anemone mit einem Blick nach unten. »Ich glaube, sie wacht auf. Wir gehen besser wieder rein.«

Tsunami zögerte. Sollte sie jetzt ihre Freunde besuchen? Aber was würde ihre Mutter denken, wenn sie aufwachte und feststellte, dass Tsunami nicht mehr da war?

»In Ordnung«, sagte sie, »aber ich habe noch eine Frage. Was ist mit Orca passiert?« Wenn Anemone es ihr sagen konnte, brauchte sie jetzt nicht sofort zu Starflight gehen und ihn danach fragen.

Anemones rosa angehauchte Flügel zitterten unter Wasser. »Sie hat Mutter herausgefordert und mit ihr um den Thron gekämpft, als sie erst sieben Jahre alt war«, flüsterte sie. »Alle sagen, dass es ganz furchtbar gewesen ist. Sie hätte fast gewonnen, aber dann hat Mutter sie doch noch getötet.« Sie sah wieder nach unten. »Es ist komisch. Mutter betet sie an und vermisst sie schrecklich, aber viele Drachen hassen Orca immer noch dafür, dass sie fast ihre Königin getötet hätte. Erwähne den Namen *nie,* wenn Moray in der Nähe ist.«

»Moray«, wiederholte Tsunami. »Sie wirkt so –«

»Gefühlsduselig? Einfältig? In etwa so interessant wie Seeschleim?«

»Ich wollte merkwürdig sagen«, erwiderte Tsunami lachend. »Aber das trifft es auch.«

»Oh-oh!« Anemone tauchte unter. Tsunami folgte ihr und

schaffte es gerade noch zu ihrem Bett zurück, bevor Coral die Augen aufmachte. Die Königin setzte sich auf und brachte mit ihren Flügeln das Wasser um sich herum in Bewegung, als sie sich streckte. Sie strahlte ihre Töchter an und streichelte den beiden zärtlich über die Köpfe.

Dann nahm sie ihre Perlenketten von dem Korallenzweig, an dem sie in der Nacht gehangen hatten. Sorgsam legte sie die Ketten an und schmückte Anemone auf die gleiche Art.

Tsunami hatte den Schmuck, den sie am Tag zuvor bekommen hatte, nicht abgelegt. Als ihre Mutter das bemerkte, lächelte sie und zog noch eine lange Kette mit Perlen hervor, die in einem hellen Violett schimmerten und nicht rund, sondern irgendwie sonderbar geformt waren.

Mit Kennerklauen wand Königin Coral sie um Tsunamis Brust und Flügel. Die Perlen waren wunderschön, aber es war merkwürdig, etwas zu haben, von dem man niedergedrückt wurde. Tsunami kam sich fast so vor, als würde sie ein Geschirr tragen. Aber sie würde sich auf keinen Fall beschweren. Die Klauen des Friedens hatten den Drachlingen nie etwas Schönes geschenkt.

Schließlich bedeutete ihnen die Königin, ihr zum Pavillon zu folgen.

Tsunami war sich nicht sicher, ob sie es gut fand, genauso behandelt zu werden wie Anemone, die ein einjähriger Drachling war. Aber es gefiel ihr, dass ihre Mutter sie ständig streichelte und tätschelte, als wollte sie sich vergewissern, dass es Tsunami wirklich gab.

Als sie zum Pavillon flogen, sah Tsunami mehrere Wachen, die auf einer der untersten Ebenen hockten. Die Hälfte von ihnen schlief, die andere Hälfte trank etwas Dampfendes aus kleinen Kesseln. Ihr fiel auf, dass sie alle gut genährt, ausgeruht und zufrieden aussahen, nicht so dünn und mürrisch wie Königin Scarlets Wachen im Palast der Himmelsflügler. *Was der Beweis dafür wäre, dass meine Mutter eine bessere Königin ist,* dachte Tsunami.

Als Königin Coral auf der Ratsebene landete, dröhnte hektisches Flügelschlagen durch den Palast. Ratsmitglieder flogen aus Höhlen in den Klippen herunter oder tauchten aus dem See unten auf. Coral setzte sich in das größte Becken, das mit KÖNIGIN gekennzeichnet war. Sie zog Anemone zu sich ins Wasser, obwohl es recht eng wurde, und der kleine Drachling sich unter dem Flügel der Königin zusammenrollen musste.

»*Mutter*«, protestierte Anemone. »Du *erdrückst* mich.« Sie zappelte so lange herum, bis sie etwas mehr Platz für sich hatte.

Kleine türkisfarbene Drachen flogen mit Servierplatten voll Essen herein, die sie zwischen die einzelnen Wasserbecken stellten, während die Ratsmitglieder an ihre Plätze schlüpften. Tsunami stand verlegen auf der Seite. Sie hatte das Gefühl, als wären ihr Schwanz und ihre Flügel allen im Weg.

»Oh«, sagte Königin Coral, als sie es bemerkte. »Tsunami, du kannst da sitzen. Turtle bewacht die Bruthöhle im Versunkenen Palast, daher ist sie heute nicht da.« Die Königin deutete auf ein Bassin zwei Becken von ihr entfernt, das mit DRACHLINGSPFLEGE in kleinen Smaragden markiert war. Der nasse Stein fühlte sich kühl unter Tsunamis Klauen an, als sie hineinkletterte.

Die Becken links und rechts der Königin waren mit VERTEIDIGUNGSMINISTERIUM und KOMMUNIKATION gekennzeichnet. Shark ließ sich geräuschvoll in einem davon nieder und einen Moment später landete Moray im anderen.

»Guten Morgen, Eure Majestät«, sagte Moray, während sie sich verbeugte und die Flügel senkte. »Ich weiß, dass gestern ein schockierender Tag war, aber ich hoffe, Ihr habt gut geschlafen. Ich habe mir die ganze Nacht Sorgen um Euch gemacht.«

»Danke, meine Liebe«, erwiderte die Königin. Ihr Blick ging zu den übrigen Mitgliedern des Rates. Neben Moray tauchte jetzt Whirlpool auf. Sein Becken war mit ZAUBEREI & VERLAGSWESEN gekennzeichnet. Tsunami legte den Kopf schief und starrte ihn an. Wie wurde man zum Experten in diesen Dingen? Und um was für eine Art von Zauberei ging es eigentlich?

Sie sah sich um und fragte sich, ob es auch ein Becken für KÖNIG gab, konnte aber keines entdecken. Königin Coral hatte gestern nichts über Tsunamis Vater gesagt, und wegen der Aufregung um Kestrels Kadaver hatte Tsunami auch keine Gelegenheit gehabt, sie danach zu fragen. Vielleicht war er gerade im Versunkenen Palast. Vielleicht konnte sie ihn später kennenlernen.

Tsunami konnte sich vom Tag zuvor noch an einige Ratsmitglieder erinnern – Lagoon, der pummelige Drache, der angewiesen worden war, die anderen Drachlinge zu füttern, saß in einem Becken, das mit LANDWIRTSCHAFTSMINISTERIUM markiert war. Piranha, der Drache, der mit Shark zusammen Kestrels Kadaver untersucht und weggebracht hatte, war im KRIEGSMINISTERIUM. Wie die anderen Drachen hießen, wusste Tsunami nicht, aber von ihrem Sitzplatz aus konnte sie die Beschriftungen SCHATZAMT, JUSTIZMINISTERIUM und JAGD erkennen.

Die Sache mit dem »Rat« verstand Tsunami nicht so richtig. Sie war nicht sicher, was für eine Aufgabe die Drachen hatten oder warum es diese Versammlung überhaupt gab. Genügte es denn nicht, eine Königin zu haben? Konnte Coral nicht einfach selbst entscheiden?

Genau das würde ich tun, dachte sie. *Ich würde diesen Rat abschaffen und den Stamm wie eine richtige Königin führen.* Für Coral mochte es funktionieren, aber Tsunami brauchte und wollte keine elf Drachen, die ihr ständig zwischen den Klauen herumliefen und Ratschläge erteilten.

Als ihr Magen knurrte, versuchte sie, sich daran zu erinnern, wann sie das letzte Mal etwas gefressen hatte. Die Platten um sie herum waren mit rohen rubinroten Fischen gefüllt, von denen die meisten aufgeschnitten, entgrätet und dann mit Seetang zusammen zu aufwendigen Häppchen gerollt waren. Bis jetzt hatte sie Fisch immer nur roh und im Ganzen gefressen. Oder auch verkohlt, wenn ihre Freunde beschlossen hatten, das Essen in Brand zu setzen.

Einige der Kessel schienen dampfende Berge aus winzigen grünen Krabben zu enthalten. Drei große Schalen waren mit einer Art Salat aus Krakententakeln und Kräutern gefüllt, die Tsunami nicht kannte.

Sie klaubte einen der Tentakel heraus und probierte. Es schmeckte irgendwie gummiartig, aber süß, mit einem Hauch von Zitrone und Salz. Als sie sich noch einen Tentakel nehmen wollte, fiel ihr auf, dass sie von sämtlichen Mitgliedern des Rates angestarrt wurde. Bis auf sie hatte noch niemand zu fressen begonnen.

Ups.

Die Augen aller gingen zur Königin, die den Rest Krake in Tsunamis Krallen anstarrte. Coral schüttelte sich und lächelte.

»Schon in Ordnung«, sagte die Königin, während sie in die Klauen klatschte. »Natürlich vergebe ich meiner lange vermissten Tochter jede unbeabsichtigte Respektlosigkeit. Wie wir alle wissen, wurde sie von Barbaren aufgezogen, und daher weiß sie es nicht besser. Ich gebe euch allen die Erlaubnis zu essen.«

Tsunami zerquetschte den Tentakel zwischen ihren Krallen. Aufgezogen von Barbaren! Das mochte stimmen, aber wie konnte die Königin so etwas zu Tsunamis zukünftigen Untertanen sagen? Jetzt hielten sie alle für den Drachen, der nichts über die Sitten und Gebräuche der Meeresflügler wusste. Wie sollte sie sich mit *diesem* Ruf jemals ihren Respekt verdienen?

Machte Coral ihre Tochter mit Absicht vor den anderen Drachen lächerlich?

Tsunami musterte ihre Mutter, während Coral sich die größten Fischstücke nahm und Klauenvoll Krabben verspeiste. Während sie fraß, ließ sie immer wieder ein paar Bissen in Anemones geöffnetes Maul fallen.

Vielleicht nicht. Vielleicht sah Tsunami Probleme, die es gar nicht gab.

Aber vielleicht schadete es nicht, ab jetzt ein bisschen vorsichtiger zu sein.

11. Kapitel

»Pearl, Bericht erstatten«, befahl die Königin, nachdem die Drachen eine Weile schweigend gefressen hatten.

»Keine Veränderungen«, sagte der elegante hellgrüne Drache in dem mit SCHATZAMT markierten Becken. »Eure Juwelen sind sicher, wie immer. Keine Zweibeiner können zu ihnen vordringen, und ein Drache würde es gar nicht erst versuchen.«

»Hervorragend«, sagte Coral. Sie kippte den Rest eines Kessels mit Krabben in ihr Maul. »Shark, Bericht erstatten.«

»Ich mache mir Sorgen wegen unserer Verteidigungsmaßnahmen«, knurrte der graugrüne Drache. Er warf Tsunami einen finsteren Blick zu. »Die Eindringlinge in unserer Mitte sind eine Gefahr für uns. Wir haben keine Ahnung, ob sie nicht vielleicht noch andere zu unserem Palast führen. Wir wissen nicht, was sie planen.«

»Aber, aber«, meinte die Königin. »Das sind keine Eindringlinge, sondern unsere Gäste. Wenn meine Tochter ihnen vertraut, werde ich das selbstverständlich auch tun.«

»Oh, gut«, beeilte sich Tsunami zu sagen. »Ich habe nämlich schon überlegt, ob sie nicht mit uns zusammen frühstücken könnten. Sie haben bestimmt Hunger. Und wenn sie sehen könnten, dass sie hier willkommen sind …« Sie verstummte, als Coral den Kopf schüttelte.

»Nur Ratsmitglieder und die Königsfamilie dürfen an den Sitzungen des Rates teilnehmen, Liebes«, sagte Königin Coral, während sie mit der Kralle über eine ihrer Perlenketten strich. »Aber sie sollen natürlich keinen Hunger leiden. Lagoon, hast du dafür gesorgt, dass man ihnen ein reichhaltiges Frühstück serviert?«

Der türkisfarbene Drache nickte.

»Das hier können sie auch haben.« Coral deutete auf die Reste des Frühstücks. Die kleinen Drachen von vorhin schossen von der Küchenebene nach oben, sammelten die Platten zusammen und flogen damit zu der Höhle, in der die Drachlinge festsaßen. Tsunami sah ihnen vom Rand der Plattform aus hinterher. Ihre Freunde steckten nicht einmal den Kopf heraus. Waren sie beleidigt und schmollten? Waren sie immer noch wütend auf sie?

Jedenfalls bekam sie es sehr gut hin, sich lächerlich zu machen. Es war gar nicht notwendig, dass die anderen herkamen und ihr dabei halfen. Aufgezogen von Barbaren, Freunde aus anderen Stämmen … nicht gerade der Stoff, aus dem eine Königin gemacht war.

»Whirlpool, Bericht erstatten.« Die Königin lächelte ihn an.

Whirlpool berührte seinen Ohrring und flatterte mit den Flügeln. »Anemones Unterricht macht gute Fortschritte«, sagte er. Tsunami wusste nicht, warum ihr seine Stimme auf die Nerven ging, aber wenn sie ihm zuhörte, hatte sie das Gefühl, als würde jemand seine Krallen über einen Stein ziehen. »Und Eure Schriftrollen sind so populär wie noch nie. Die letzte wurde von jedem einzelnen Meeresflügler des Stammes gekauft.«

»Vor allem die Unterwasserausgaben«, warf Moray ein. »Die verkaufen sich immer am besten. Natürlich wende ich all meine Energie auf, Werbung dafür zu machen –«

»Ich habe noch eine weitere Lesung organisiert«, wurde sie von Whirlpool unterbrochen. »Jeder wohlgeborene Drache wird sich darum reißen, dabei zu sein. Dieses Mal wird der Eintritt einen Smaragd je Besucher kosten.«

Königin Coral schwenkte nachdenklich den Schwanz. »Ich will sichergehen, dass ich auch die aalfressenden Massen erreiche«, sagte sie. »Meine Schriften sollten mit allen geteilt werden, nicht nur mit denen, die wohlhabend genug sind.«

»Selbstverständlich«, erwiderte Moray. »Deshalb haben sämtliche Schulen ja schon wieder ihren Lehrplan geändert, damit gewährleistet ist, dass die Drachlinge genug Zeit haben, um alles zu lesen, was Ihr geschrieben habt. Schließlich ist es das wichtigste Unterrichtsfach.«

»Das ist jetzt nicht dein Ernst«, platzte es aus Tsunami heraus. »Wichtiger als wie man in diesem Krieg kämpfen soll?«

Eisiges Schweigen.

Königin Coral presste eine Klaue auf ihre Brust und sah verletzt aus. »Aber Schätzchen, in meinem Werk geht es um *alles.* Was du auch wüsstest, wenn du die Schriftrollen, die ich dir gestern Abend gegeben habe, gelesen hättest. Wie haben sie dir gefallen?«

Schuldbewusst erinnerte sich Tsunami an die Schriftrollen, die sie einfach fallen gelassen hatte, als sie abgeflogen waren, um sich Kestrels Kadaver anzusehen. Sie war nicht einmal in die Bibliothek zurückgegangen, um sie zu holen.

»Ähm«, stotterte sie. »*Die verlorene Prinzessin* ist immer noch meine Lieblingsgeschichte.«

Die versammelten Drachen lachten leise. Tsunami spürte, wie ihr das Blut in die Schnauze schoss. Räte waren ja so dumm! Wenn *sie* Königin war, würde sie so etwas auf keinen Fall haben!

»Das erinnert mich an etwas«, sagte die Königin. »Whirlpool, Tsunami braucht Unterricht in Aquatisch. Es ist einfach unglaublich, dass das arme Ding nie Aquatisch gelernt hat.« Sie tippte mit den Krallen auf den Stein vor sich. »Was für eine traurige Kindheit.« Ihre Schnauze sah mitfühlend aus, aber da ihre Streifen blinkten, fragte sich Tsunami wütend, ob sie dem Rat nicht gerade etwas ganz anderes mitteilte – wohl wissend, dass Tsunami es nicht verstehen konnte.

»Selbstverständlich, Eure Majestät«, sagte Whirlpool. Er sah Tsunami an und senkte kurz den Kopf. »Es ist mir eine Ehre, die Prinzessin zu unterrichten.«

»Piranha, Bericht erstatten«, fuhr Königin Coral fort, während sie den Kopf zu dem mit KRIEGSMINISTERIUM gekennzeichneten Becken drehte.

Die Kommandeurin war so mit Kratzwunden übersät, dass sie mehr Narben als Schuppen zu haben schien. Eines ihrer Hörner war nur noch zur Hälfte vorhanden, außerdem hatte sie mehrere kaputte Zähne.

»Wir haben immer noch keine Informationen über den toten Himmelsflügler«, knurrte Piranha. Tsunami zog den Kopf ein. Irgendwann würde sie ihrer Mutter die Wahrheit sagen müssen – wer Kestrel war und woher Tsunami sie kannte. Vielleicht dachte ihre Mutter dann aber, dass sie jetzt auch in Gefahr war, und sie wollte nicht, dass man ihr ein Geschirr anlegte oder ihr einen Leibwächter verpasste. Und sie war der Meinung, dass sie es zuerst ihren Freunden erzählen sollte. *Ich werde es ihr später sagen. Ganz bestimmt.*

»Heute ist einer unserer Sturmtrupps zurückgekommen«, fuhr Piranha fort. »Wollen Eure Majestät den Bericht hören?«

Königin Coral seufzte und gestikulierte mit den Klauen.

Piranha rief etwas über die Kante und sofort kamen zwei Soldaten der Meeresflügler von einer der unteren Ebenen angeflogen. Der eine war zu schwer verletzt, um fliegen zu können, und wurde deshalb von seinem Kameraden gestützt. Sie näherten sich ruckartig und unbeholfen und landeten dann mit einem lauten Plumps in der Mitte der Ratsversammlung.

Der Soldat, der nicht fliegen konnte, hatte schwere Verbrennungen an der Seite davongetragen und einer seiner Flügel war fast verkohlt. Aus Kratzspuren an seinem Bauch sickerte immer noch Blut, das in die schimmernden Kanäle zwischen den Becken der Ratsmitglieder tropfte und die Perlen rot färbte. Tsunami fiel auf, dass die Königin einen besorgten Blick auf ihren prächtigen Fußboden warf.

Der zweite Meeresflügler hatte eine Brandwunde mitten auf dem Schwanz und eine klaffende Wunde am Hals. Er atmete schwer und aus seinen Kiemen quollen hellrote Blutbläschen.

»Lasst hören«, befahl Königin Coral.

»Im Königreich des Himmels geht etwas Sonderbares vor sich, Eure Majestät!«, berichtete der Soldat, der nicht fliegen konnte. »Die Bataillone – es sieht so aus, als wüsste niemand, wer das Sagen hat. Wir waren gerade auf Patrouillenflug über den äußeren Inseln, als wir von drei verschiedenen Geschwadern angegriffen wurden. Die erste Staffel bestand je zur Hälfte aus Himmelsflüglern und Sandflüglern. Während des zweiten Angriffs hörten wir, wie die Himmelsflügler brüllten ›Für Ruby!‹, und während des dritten schrie mindestens ein Drache ›Die Königin ist nicht tot! Lang lebe die Königin!‹«

Königin Coral setzte sich mit einem Ruck auf. Wasser spritzte aus dem Becken, und Anemone wurde unsanft an den Rand gedrückt. »Für *Ruby*?«, wiederholte sie.

»Eine von Scarlets Töchtern«, knurrte Piranha. »Soll das etwa bedeuten, dass Königin Scarlet tot ist?«

Nervös trat Tsunami von einer Hinterklaue auf die andere. Wie viel konnte sie dem Rat sagen? Sie wollte nichts über Glorys Geheimwaffe verraten, schließlich wussten sie nicht, wann sie sie wieder brauchen würden. Außerdem waren sie nicht einmal sicher, ob Glory Königin Scarlet bei ihrer Flucht tatsächlich getötet hatte.

»Wir hätten es doch mit Sicherheit gehört, wenn sie ihre Mutter herausgefordert hätte«, gab Moray zu bedenken.

Königin Coral warf dem blauen Drachen in dem mit GEHEIMNISSE & SPIONE markierten Becken einen strengen Blick zu. »Warum weißt du nichts darüber?«

»Meine Spione haben sich schon seit Tagen nicht mehr gemeldet«, protestierte er. »Ich hatte keine Ahnung, dass im Königreich des Himmels merkwürdige Dinge geschehen.«

Der Soldat, der nicht fliegen konnte, musste sich immer mehr auf seinen Kameraden stützen und schien kurz vor einer Ohnmacht zu stehen. Unter ihren Klauen bildeten sich Blutlachen.

»Mutter«, warf Tsunami ein. »Sollte sich nicht mal jemand ihre Verletzungen ansehen?« Sie deutete auf die Soldaten.

Coral musterte die beiden von den Hörnern bis zu den Klauen. »Gibt es sonst noch etwas zu berichten?«

»Zwölf Tote«, krächzte der eine Soldat. »Der Rest ist schwer verletzt.«

»Aber euch ist niemand zum Palast gefolgt?«, vergewisserte sich Shark.

»Wir haben aufgepasst.« Der Soldat verzog vor Schmerz die Schnauze. »Wir sind auf Umwegen zurückgeflogen.«

»Na schön.« Königin Coral winkte herablassend mit den Klauen. »Ihr könnt gehen.« Sie zeigte mit dem Schwanz auf das kleinste Ratsmitglied im Becken DRACHENGESUNDHEIT, das die Soldaten wegbrachte. Dann sprang Moray aus ihrem Becken und fing an, das Blut vom Boden zu wischen.

»Wenn im Königreich der Himmelsflügler Chaos herrscht, ist jetzt vielleicht die Zeit gekommen, um zu handeln«, sagte Coral. Sie wickelte eine Perlenkette um ihre Klauen. »Wir sollten die Befreiungsaktion jetzt starten. Wir könnten ihn *heute* noch zurückbringen.«

»Wir wissen noch nicht genug«, knurrte der Drache aus GEHEIMNISSE & SPIONE. »Wenn Scarlet tatsächlich tot ist – wie ist sie gestorben? Hat Ruby sie getötet oder kämpft sie gerade mit ihren Schwestern um den Thron?«

Moray zischte das Blut unter ihren Klauen an. »Genau wie die Rivalität unter den Sandflüglern. Das macht den Krieg nur noch schlimmer.«

»Vielleicht hat Burn die Macht an sich gerissen?«, spekulierte Piranha. »Wenn sie dort gewesen ist, hat sie es bestimmt getan.«

»Aber Scarlets Töchter werden Burn vielleicht nicht so gut gehorchen wie Scarlet«, wandte Moray ein.

»Was könnte denn nur geschehen sein?«, fragte Coral. »Königin Scarlet war doch so stark.«

Tsunami rutschte nervös in ihrem Becken hin und her und spürte, wie das kalte Wasser durch ihre Schuppen drang. Sie konnte nicht mehr verheimlichen, was sie wusste. Nicht, wenn ihre Mutter die Information so dringend brauchte. Vielleicht sollte sie wenigstens ein paar der dramatischen Höhepunkte erzählen. »Ähm«, sagte Tsunami. Der gesamte Rat drehte sich zu ihr und starrte sie an. »Das … sind vielleicht wir gewesen.«

Die Drachen waren fassungslos.

»Ihr!«, bellte Piranha.

»Lächerlich«, knurrte Shark.

»Königin Scarlet hat uns unter dem Berg gefunden«, erklärte Tsunami. »Sie hat uns in ihrem Palast gefangen gehalten, und als wir geflohen sind, könnte es sein, dass wir sie getötet haben. Vielleicht, da bin ich mir nicht sicher. Was ich damit sagen will – wir haben *versucht,* sie zu töten.« Der entsetzte Blick auf Sharks Schnauze gefiel ihr. *Fängst du langsam an, uns ein bisschen mehr zu respektieren?,* dachte sie.

»Du bist im Palast der Himmelsflügler gewesen?« Mit einem Riesensatz sprang Coral aus ihrem Becken, lief über den Steinfußboden und packte Tsunamis Vorderklauen so fest, dass es wehtat. Hinter ihr wurde Anemone, die mit lautem Quieken protestierte, halb aus dem Becken gezerrt, aber Coral ignorierte sie einfach.

»Hast du einen Meeresflügler namens Gill gesehen?«, rief die Königin. »Grüne Schuppen, groß und stark, mit mutigen Augen?«

Tsunami wurde schlecht. Gill. Ja, sie erinnerte sich an Gill – aber er war ganz anders gewesen, als Königin Coral ihn beschrieb. Sie hatte in Scarlets Gladiatorenarena gegen Gill kämpfen müssen, nachdem man ihn monatelang mit Wasserentzug bestraft hatte und er vor Durst wahnsinnig geworden war. Sein ganzer Körper war von Kratzwunden übersät gewesen, als hätte er versucht, sein eigenes Blut zu trinken.

Das Geräusch von Drachenknochen, die unter ihren Klauen brachen.

»Ja, ich habe ihn gesehen«, sagte Tsunami langsam. Die Mitglieder des Rates schnappten alle gleichzeitig nach Luft und begannen dann, miteinander zu flüstern. Der Blick aus Sharks hellen, unfreundlichen Augen fühlte sich an wie Krakenarme, die sich um ihren Hals legten.

»Kannst du uns sagen, wo er ist?«, fragte Königin Coral eindringlich. »Wir haben eine Rettungsaktion geplant, aber er ist nicht in dem normalen Gefängnis bei den anderen. Wir müssen ihn wiederhaben, Tsunami. Du hast keine Ahnung, wie wichtig das ist.«

Tsunami zog ihren Schwanz zu sich. Am liebsten wäre sie jetzt in den See getaucht, bis auf den Grund geschwommen und dortgeblieben, für immer und ewig, den Kopf in den Flügeln vergraben.

»Er ist –« Tsunami versagte die Stimme. Sie schluckte und fing noch einmal von vorn an. »Er ist tot.«

Tsunami hatte keine Wahl gehabt. Sie hatte den wahnsinnigen Meeresflügler in der Arena töten müssen. Sein Leben oder ihres. Sie hatte ihn nicht töten wollen … zumindest war sie ziemlich sicher, dass sie ihn nicht hatte töten wollen. Aber als sie es dann doch getan hatte – die Wahrheit war, dass sie den entsetzten Blick auf Königin Scarlets Schnauze genossen hatte, als sie Gill das Genick gebrochen hatte. Sie hatte das Gefühl genossen, stark und gefährlich zu sein.

Gill war sowieso nicht mehr bei Verstand gewesen. Für Tsunami war es ganz einfach gewesen, nicht darüber nachzudenken, wo er hergekommen war, oder wie sein Leben ausgesehen hatte, bevor er im Gefängnis der Himmelsflügler gelandet war. Es war einfacher, ihn sich nicht als echten Drachen vorzustellen.

Sie hätte nie geglaubt, dass ihre eigene Mutter alles dafür geben würde, um ihn zurückzubekommen – oder dass sie sich jemals für seinen Tod würde rechtfertigen müssen.

»Tot?« Königin Coral ließ Tsunamis Klauen los und taumelte nach hinten. Ihre Krallen gerieten in die Verbindungskanäle und rutschten auf den Perlen aus. »Wie?«

»Ähm«, stammelte Tsunami wieder. Musste sie das wirklich vor all diesen Drachen zugeben? »In der Arena.«

»Aber er hat sich doch geweigert zu kämpfen«, sagte Coral. »Wir haben davon gehört, durch unsere Spione. Er hat jeden seiner Gegner dazu überredet, sich auf den Boden zu legen und nicht mehr zu kämpfen. Er ist … war sehr redegewandt. Niemand, der ihm begegnete, wäre in der Lage gewesen, ihn zu töten.« Ein Lächeln huschte über ihre Schnauze und verschwand sofort wieder. »Ich habe gehört, dass Königin Scarlet außer sich vor Wut gewesen ist.«

»Stimmt.« Tsunami musste wieder schlucken. »Sie hat ihn bestraft. Es war … ganz furchtbar.«

»Was weißt du über seinen Tod?«, wollte Shark in kühlem Ton wissen.

Tsunami rührte mit ihren Krallen im Wasser herum. »Sie hat ihn in den Wahnsinn getrieben. Sie hat ihm das Wasser entzogen, bis er den Verstand verlor – und als er verrückt geworden war, war er gefährlich. Er war eigentlich kein Drache mehr. Er musste getötet werden.«

»Ach ja?«, erwiderte Shark. Tsunami war sicher, dass er die Wahrheit erraten hatte.

»Warum?«, fragte Tsunami. »Wer … wer war er? Ein wichtiger General?«

»Mehr als das«, antwortete Königin Coral mit tonloser Stimme. »Viel mehr. Er war mein Gemahl.«

Vor Tsunamis Augen schien sich eine dunkle Wolke zu schieben, die ihr die Sicht nahm und den Atem raubte. Sie wusste, was Königin Coral als Nächstes sagen würde, und wenn sie gekonnt hätte, wäre sie zurück in die Berge geflohen, um es nicht zu hören.

»Tsunami … Gill war dein Vater.«

12. Kapitel

Königin Coral ließ den Kopf hängen und schleppte sich langsam zu ihrem Becken zurück. »Tot«, murmelte sie. »Mein Gill ist tot.«

»Keine Eier mehr«, flüsterte Moray. Sie hockte immer noch am Boden und schrubbte das Blut weg. In ihren Augen stand ein unheimliches Leuchten. »Keine Drachlinge mehr, keine Kämpfe um den Thron mehr.«

»Nicht unbedingt. Sie *könnte* wieder heiraten«, murmelte Whirlpool. Moray warf ihm einen finsteren Blick zu.

Coral schien keinen von beiden zu hören. Sie zog Anemone in ihre Flügel und drückte sie an sich. Der kleine Drachling zappelte ein wenig hin und her, gab dann aber auf und ließ den Kopf an Corals Schulter sinken. Resigniert blinzelte er über den Rücken seiner Mutter hinweg Tsunami zu.

Tsunami hatte das Gefühl, als würden ganze Ozeane von hinten gegen ihre Augäpfel drücken. Ihre Schuppen waren schwer, als wären sie mit Seetang verstopft.

Aber ich hatte doch keine andere Wahl.

Oder?

Er war mein Vater. *Und ich hatte keine Ahnung.*

Aber er war kein richtiger Drache mehr. Er war niemand mehr in seinen ausgetrockneten Schuppen. Er war schon nicht mehr da und ich musste überleben. Ich musste überleben, um meine Freunde zu schützen und mein Schicksal zu erfüllen.

Es nützte nichts. Im Grunde hatte sie gar nicht über andere Möglichkeiten nachgedacht, als sie den Meeresflügler in der Arena getötet hatte. Sie hatte es spontan getan. Und sie hatte Königin Scarlet etwas damit beweisen wollen.

Shark starrte sie immer noch unverwandt an. Tsunami sah ihn an und fletschte die Zähne.

»Ich muss trauern«, sagte die Königin. »Der Rat ist entlassen.« Sie trat an den Rand der Plattform und flog zu ihrer Höhle, während sie Anemone immer noch in den Klauen hielt.

Die Ratsdrachen stiegen aus ihren Becken und zogen sich in diverse Höhlen und auf andere Ebenen des Pavillons zurück. Tsunami steckte den Kopf unter Wasser und umklammerte ihre Hörner. Was sollte sie denn jetzt tun?

Sie war eindeutig *nicht* in der Stimmung, ihre Freunde zu besuchen. Sie würde sich bestimmt nicht besser fühlen, wenn sie sich ihre Bemerkungen darüber anhören musste, was für ein furchtbarer Drache sie doch sei. Ein Drache, der ohne jeden Grund andere Drachen angriff. Ein Drache, der tat, was er für richtig hielt, sich aber ständig irrte.

Ein Drache, der es fertigbrachte, den eigenen Vater zu töten.

Jemand klopfte ihr auf den Kopf.

Als sie den Kopf aus dem Wasser steckte, sah sie Whirlpool vor sich, der die Klauen aneinanderrieb. »Zeit für deine erste Lektion«, sagte er mit seiner öligen Stimme.

»Jetzt?«, fragte Tsunami erstaunt.

»Warum nicht?« Er breitete die Klauen aus. »Es ist nie zu früh, unseren Verstand mit Wissen zu füllen.«

Tsunami zischte leise. Das würde bestimmt kein Spaß werden. Aber vielleicht würde es sie ablenken.

»Komm mit«, sagte er, während er zum Rand der Ebene stolzierte und sich in die Tiefe stürzte. Tsunami folgte ihm widerstrebend in den See. Whirlpool schwebte mehrere Längen unter der Oberfläche und begann, mit seinen Streifen zu blinken.

Tsunami ließ sich nach unten sinken, bis sie auf gleicher Höhe mit ihm war, und beobachtete ihn. Ihre Schuppen blieben dunkel. Sie wollte auf keinen Fall so etwas Ähnliches zu ihm sagen wie zu Riptide. Wenn Anemone in Bezug auf Corals Pläne für ihn recht hatte, brauchte Whirlpool keine Ermutigung.

Nach einer Weile schwamm Whirlpool wieder an die Oberfläche. Seine hellgrünen Augen schienen viel zu groß für ihre Höhlen zu sein.

»Was ist denn los?«, fragte er. »Blinken deine Streifen nicht?«

»Natürlich blinken sie!«, fuhr Tsunami ihn an. »Aber du hast mir nicht erklärt, was wir sagen.«

»Mach einfach das Gleiche wie ich«, erwiderte er schroff und tauchte wieder unter, bevor sie noch etwas sagen konnte.

»Rrrrgh«, knurrte Tsunami.

Dieses Mal machte sie jeden blinkenden Lichtstreifen nach – an den Flügeln, am Schwanz, an den Seiten, immer abwechselnd und manchmal schneller oder langsamer. Es schien eine halbe Ewigkeit zu dauern. Schließlich nickte Whirlpool zufrieden und schwamm wieder nach oben.

»Sehr gut«, verkündete er.

»Was ist sehr gut?«, wollte Tsunami wissen. »Was haben wir gerade gesagt?«

»Wir haben das erste Kapitel des allerersten Werkes der Königin vorgetragen – *Die Tragödie von Orca.* Du hast es fast perfekt wiederholt.«

Am liebsten hätte ihm Tsunami Meerwasser in die Schnauze gespritzt. »Aber ich habe nichts gelernt.«

»Oh, das wirst du schon noch«, meinte er. »Übung macht den Meister. Sollen wir mit dem zweiten Kapitel weitermachen?«

»Nein!«, protestierte Tsunami. »Bring mir etwas bei, das ich gebrauchen kann. Wie begrüßt man Fremde? Wie warnt man andere Meeresflügler vor Gefahr?« *Wie sagt man »Es tut mir leid, dass ich meinen Vater getötet habe?«*. Sie schüttelte sich. »Um der Monde willen zeig mir wenigstens, wie man sagt ›Ich spreche kein Aquatisch‹.«

»In den Schriften der Königin ist sämtliches Wissen zu finden«, beharrte Whirlpool. »Wenn wir pro Tag drei Kapitel aufsagen, dürften wir in etwa fünf Jahren mit ihrem gesamten Werk durch sein.«

»Ich muss hier raus«, sagte Tsunami. *Bevor ich dir deinen dummen Schwanz um deine dumme Schnauze binde und dich als verschnürtes Paket auf dem Grund des Sees deponiere.* Sie drehte sich um und schwamm auf den Tunnel zu, der nach draußen ins Meer führte. Was nicht ganz so dramatisch war, wie aus einer Höhle zu marschieren. Sie hoffte, dass es das erste und letzte Mal war, dass sie etwas aus dem Leben unter dem Berg vermisste.

»Dein Arbeitseifer beeindruckt mich nicht gerade«, rief Whirlpool ihr nach. »Es wird eher sieben oder acht Jahre dauern, wenn du –«

Tsunami steckte den Kopf unter Wasser, damit sie ihn nicht mehr hören musste. Vor ihr öffnete sich der Tunnel, und sie schoss so schnell hinein, wie ihre Flügel schlagen konnten.

Der Himmel vor dem Sommerpalast war grau und verhangen,

was ganz hervorragend zu Tsunamis Stimmung passte. Wind peitschte das Wasser zu schaumgekrönten Wellen, die Tsunami noch mehr als sonst zu schaffen machten. Sie versuchte, unter Wasser vom Palast wegzuschwimmen, doch reißende Strömungen warfen sie immer wieder gegen die zerklüfteten Felsen.

Sie hatte es satt, mit dem Meer zu kämpfen. Warum hieß es sie nicht willkommen, so, wie sie sich das immer vorgestellt hatte?

Warum konnte sie nicht einfach noch einmal von vorn anfangen, als ganz normaler Meeresflügler mit ganz normalen Problemen, anstatt ihre Fehler aus der Vergangenheit mit sich herumzuschleppen, die wie überdimensionale Blutegel an ihrem Schwanz hingen?

Frustriert schwamm sie wieder an die Oberfläche und flog in den Himmel. Es ergab keinen Sinn, dass ihr fliegen leichter fiel als schwimmen. Was für ein Meeresflügler hasste das Meer? Vielleicht einer, der nicht Königin werden sollte.

Vor ihr ragte die Felseninsel aus dem Wasser, die wie ein riesiges Drachenskelett aussah. Tsunami flog tiefer und musterte die vielen Löcher und Spalten. Sie suchte sich die Höhle aus, die das Auge des Drachen bildete, und landete in kühlem Halbdunkel. Der Fels unter ihren Klauen fühlte sich so glatt wie Perlen an.

Tsunami flatterte mit den Flügeln, um sie zu trocknen, drehte sich um und warf einen Blick nach draußen.

Ein Drachenkopf wurde sichtbar und verschwand sofort wieder.

»Wow«, sagte Tsunami. »Du bist ausgesprochen *schlecht* darin, dich zu verstecken. Hat dir schon mal jemand gesagt, dass du dich definitiv nie als Spion bewerben solltest?«

Riptide schob langsam den Kopf in den Eingang der Höhle.

»Ich glaube, als Spion würde ich mich hervorragend machen«, sagte er würdevoll.

»Solltest du jetzt nicht irgendwo bei den äußeren Inseln auf Patrouille sein, dort, wo wir uns zum ersten Mal begegnet sind?«, fragte Tsunami.

»Schon möglich, aber wie du dir vorstellen kannst, habe ich keine sehr wichtige Stellung.« Riptide verzog die Schnauze. »Ihre Majestät kann mich ja nicht mit etwas Wichtigem betrauen.«

»Du siehst tatsächlich wie ein zwielichtiger Typ aus«, erwiderte Tsunami, die sich plötzlich daran erinnerte, dass sie ja eigentlich wütend auf ihn sein sollte. Vielleicht konnte sie ihn anbrüllen. Ihr erster Instinkt bestand darin, ihn anzubrüllen.

Vielleicht sollte ich aufhören, auf meinen ersten Instinkt zu hören.

Sie rutschte weiter in die Höhle zurück. »Komm doch rein. Ich erhole mich gerade von einer Aquatischstunde mit Whirlpool.«

»Oh, Whirlpool. Königin Corals bevorzugtes Folterinstrument«, meinte Riptide. Er kletterte zu ihr in die Höhle und schüttelte sich die Wassertropfen aus den Schuppen. Die Höhle war gerade so groß, dass drei oder vier Drachen hineinpassten, daher waren sie einander in der Dunkelheit näher, als Tsunami erwartet hatte.

Als sie noch um einiges jünger gewesen war, hatte sich Tsunami zuerst in Clay und dann in Starflight verknallt – bevor ihr klar geworden war, dass Starflight eine fürchterliche Nervensäge sein konnte, und der nette, loyale Clay die anderen Drachlinge als seine Geschwister sah. Aber sie waren die einzigen Drachlinge in ihrem Alter gewesen, denen sie je begegnet war. Die beiden waren zwar keine Meeresflügler, aber für wen hätte sie denn sonst schwärmen sollen?

Und jetzt war sie hier, allein mit einem Meeresflügler … einem Meeresflügler, dessen Blick ihr verriet, dass er in ihr keine zukünftige Königin und auch keine Vatermörderin sah, sondern ein Drachenmädchen, das er gernhatte.

»Coral hat mir gesagt, dass Webs dein Vater ist«, sagte sie schnell und etwas verlegen. »Warum hast du mir das nicht gesagt, als wir uns kennengelernt haben?«

»Normalerweise sage ich es nicht dazu, wenn ich mich vorstelle«, erwiderte Riptide. Er wickelte den Schwanz um seine Klauen. »Es führt nur dazu, dass Drachen eine bestimmte Meinung von mir haben. Es tut mir leid, ich hätte es dir sagen sollen. Ich hatte gehofft, du würdest … na ja, ich würde gern mehr von ihm wissen.«

Tsunami schüttelte den Kopf und hätte am liebsten *Nein, willst du nicht* gesagt. »Hast du mich deshalb nicht aus den Augen gelassen?«, fragte sie stattdessen.

In seinen dunkelblauen Augen fing sich das schwache Licht von draußen. »Deshalb und noch aus einigen anderen Gründen«, sagte er. »Ich habe mir Sorgen um dich gemacht. Es gibt nicht viele Drachen im Königreich des Meeres, die so … direkt sind.«

»Ich kann sagen, was ich will«, behauptete Tsunami kühn. »Ich bin die verlorene Prinzessin. Mutter liebt mich so sehr, dass sie mir irgendwann ein Geschirr verpasst, wenn ich nicht aufpasse.«

Riptide schnaubte. »Den Drachen möchte ich sehen, der versucht, dir ein Geschirr anzulegen.«

»Dann würden sie tatsächlich herausfinden, wie ›direkt‹ ich bin«, meinte Tsunami. Als sie ihre Flügel streckte, stieß sie aus Versehen gegen seine. *Ups. Sag was. Schnell.* »Webs war gar nicht so böse«, platzte es aus ihr heraus. »Nicht so böse wie die beiden anderen.«

Riptide legte den Kopf schief.

»Wir hatten drei Erzieher. Die anderen beiden, Dune und Kestrel, haben uns alle gehasst«, erklärte Tsunami. »Bis auf Sunny vielleicht. Niemand kann Sunny hassen – sie ist viel zu nett und arglos und liebenswert.«

»Sie klingt zum Fürchten«, meinte Riptide. Tsunami lachte.

»Aber Webs – er hat nicht einfach nur versucht, uns am Leben zu halten. Er hat uns alles beigebracht, was er konnte, bis auf Aquatisch wahrscheinlich. Er hat uns Geschichte gelehrt und Erdkunde und alles über die Prophezeiung, was gar nicht einmal so langweilig war. Wenn er mit Jagen an der Reihe war, hat er uns immer Tiere mitgebracht, von denen er wusste, dass wir sie mögen. Ohne ihn wäre alles noch schlimmer gewesen.« Tsunami verstummte und überlegte. Sie hatte noch nie versucht, etwas Gutes über Webs zu sagen. Es war erheblich schwerer, als sich über ihn zu beklagen – was sie ihr ganzes Leben lang getan hatte.

»Schon in Ordnung«, sagte Riptide. »Du kannst mir ruhig die Wahrheit sagen.« Sein Schwanzende zuckte. »Ich will auch das Schlechte hören. Es wird mir guttun.«

Tsunami holte tief Luft. »Er hätte besser auf uns aufpassen sollen«, sagte sie. »Er war der Einzige, der uns gernhatte. Deshalb hätte er Dune und Kestrel davon abhalten sollen, uns wehzutun und uns zu sagen, dass wir Nichtsnutze sind. Er hätte für uns kämpfen sollen, aber er hat es nie getan, nur ganz am Ende, als wir von Scarlet und den Himmelsflüglern überfallen wurden.«

Ich tue das, dachte sie. *Ich kämpfe für meine Freunde, auch wenn ich es meistens falsch mache.*

Riptide nickte und starrte den Fels unter seinen Klauen an. »Schwach und feige«, murmelte er. »So haben sie ihn mir immer beschrieben.«

Tsunami streckte die Klaue aus und berührte seinen Flügel. »Das heißt doch nicht, dass du genauso bist wie er«, sagte sie. »Es ist nicht fair, dich für das zu bestrafen, was er getan hat.«

In der Luft zwischen ihnen prickelte etwas, wie der Himmel draußen, der auf den Sturm wartete.

Das ist HÖCHST ungebührlich für die zukünftige Königin der Meeresflügler, dachte Tsunami. *Aber vielleicht ist mir das ja wichtiger als der Thron.*

»Möchtest du mal eine richtige Aquatischstunde haben?«, fragte Riptide mit einem Lächeln.

»Ich *bestehe* darauf«, antwortete sie.

»Hier drin ist es dunkel genug«, meinte er. »Fangen wir an. Das sagst du zu Whirlpool, wenn du ihn das nächste Mal siehst.« Der Streifen an seinem Schwanz blinkte dreimal.

»Oh-oh«, sagte Tsunami, während sie es nachmachte. »Wie habe ich ihn denn jetzt gerade genannt?«

»Tintenfischhirn«, erklärte Riptide. »Dank dir ist das meine neue Lieblingsbeleidigung.«

»Ich weiß nicht so recht, ob ich in deiner Stunde mehr lerne als in seiner«, machte sie ihm klar.

»Hey, jetzt bin ich aber beleidigt«, schnaubte er. »Also gut. Du hast es so gewollt.« Er setzte sich hin und deutete auf seine

Schnauze. »Diese Streifen benutzt man in der Regel für eine Frage. So geht *warum,* das hier heißt *wie,* und das bedeutet *wann.*«

Tsunami machte alles nach und merkte sich die verschiedenen Muster. Es war einfacher, als sie gedacht hatte. Vielleicht gab es ja doch etwas, in dem sie als Meeresflügler keine komplette Versagerin sein würde.

Als sie die Fragemuster beherrschte, sagte Riptide: »Versuch das mal. Ich. Werde. Dich. Beschützen.« Die Streifen an seiner Seite blinkten, gleichzeitig machte er eine Klauenbewegung.

»Ich brauche niemanden, der mich beschützt«, protestierte Tsunami.

»Ich weiß«, antwortete er, »aber so, wie ich dich kenne, wirst du es vermutlich irgendwann einmal zu jemandem sagen müssen.«

Tsunami gefiel das. »Ich werde dich beschützen«, blinkte sie ihm entgegen.

Sein Lächeln wirkte traurig. »Ich wünschte, du könntest es«, sagte er.

»Warum denn nicht?«, fragte sie. »Ich bin eine Prinzessin. Ich kann machen, was ich will.«

»Nicht, solange jemand anders Königin ist«, korrigierte er sie. »Und jetzt zeige ich dir, wie du verschiedene Arten von Gefahr anzeigst.«

Riptide zeigte ihr noch andere Streifenmuster und auch einige Klauenbewegungen. Es war faszinierend, und Tsunami hatte keine Ahnung, wie viel Zeit vergangen war, als sie irgendwann einen Blick auf das vom Wind aufgewühlte Meer warf und ihr klar wurde, dass sie zurückfliegen sollte.

»Mutter sucht vielleicht schon nach mir«, erklärte sie. »Aber vielen Dank. Du kannst dir nicht vorstellen, wie sehr mir das eben geholfen hat.« *Alles,* dachte sie, als sie merkte, dass es ihr gelungen war, Gill für eine Weile zu vergessen.

»Ist Blister schon angekommen?«, fragte Riptide.

Tsunami schüttelte den Kopf. Er nahm ihre Vorderklauen.

»Hüte dich vor ihr«, sagte er. »Sie hat ihre eigenen Pläne, und ich glaube nicht, dass der Schutz von Meeresflüglern sehr weit oben auf ihrer Liste steht.«

»Das werde ich«, versprach sie. »Oh«, fügte sie hinzu, während sie ihm ihre Klauen entzog. »Was bedeutet das da?« Sie versuchte, die kreisförmige Geste nachzumachen, die sie gestern bei Shark gesehen hatte.

Riptide legte den Kopf schief und sah sie an. »Wenn du das meinst«, sagte er, während er die Geste fehlerfrei ausführte, »dann bedeutet das so viel wie *Nicht jetzt, das erledigen wir später.*«

Tsunami starrte ihn an. »Bist du sicher?«

»Ziemlich sicher«, meinte er. »Warum? Wer hat –«

»Das ist die Geste, die Shark den Wachen gegenüber gemacht hat, als ich sie gestern davon abgehalten habe, meine Freunde zu töten.« Tsunami sprang auf die Klauen. »Und jetzt erzählst du mir, dass er gesagt hat ›wir töten sie einfach später‹?«

Riptide rieb sich die Schnauze. »Vielleicht«, sagte er niedergeschlagen. »Aber wenn Königin Coral es nicht angeordnet hat, bin ich sicher, dass –«

»Woher soll ich das denn wissen?«, rief Tsunami. »Was, wenn sie es tatsächlich angeordnet hat und ich sie einfach nicht verstanden habe?« Sie rannte zum Eingang. »Ich muss zurück. Ich muss nachsehen, ob es ihnen gut geht. Ich habe sie seit gestern nicht gesehen.« Sie sprang in die Luft und warf sich in den Wind.

»Sei vorsichtig!«, brüllte Riptide ihr nach. »Ich bin da draußen, falls du mich brauchst. Du musst nur –« Seine letzten Worte wurden vom Wind davongetragen.

Tsunami tauchte zwischen den wie Drachenhörner geformten Felsen ins Wasser. Dann schwamm sie durch den Seetang in den Tunnel und schoss zwischen die Felswände. Sie war so schnell, dass sie den dunklen Schatten, der in einem der Atemlöcher über ihr auf sie wartete, nicht sah.

Sie dachte, sie wäre allein, bis Klauen auf ihrem Rücken landeten und scharfe Krallen sich um ihren Hals legten.

13. Kapitel

Gewaltige Flügel schmetterten Tsunami auf den felsigen Grund des Tunnels. Sie versuchte, sich umzudrehen, doch ihr Angreifer trat ihr gegen den Kopf und zog dann eine nach Seetang riechende Kapuze über ihre Schnauze, sodass sie nichts sehen konnte. Tsunami brüllte und wehrte sich, sie schlug mit Klauen und Schwanz um sich. Ihr Angreifer war größer und schwerer als sie, sodass Tsunami sich unter seinem Gewicht kaum bewegen konnte. Sie hatte den Eindruck, als würde er oder sie etwas tragen, um schwerer zu sein, denn plötzlich spürte sie, wie etwas Metallisches gegen den Knochenkamm auf ihrem Rücken stieß.

Klauen so scharf wie Fischhaken schlugen sich in ihre Kiemen und Tsunami schrie vor Schmerz auf. Sie spürte, wie Blut aus ihrem Hals quoll und ins Wasser strömte.

Ich werde hier nicht sterben!, dachte sie wütend. *Getötet von einem Feigling, den ich nicht einmal sehen kann! Nicht mit mir!*

Sie erinnerte sich daran, wie es Sunny während ihres Kampftrainings immer gelungen war, sich herauszuwinden, wenn sie festgehalten wurde. Der winzige Drachling nutzte seine kleine Statur, um fast jedem Griff zu entkommen, den Tsunami sich einfallen ließ.

Tsunami drückte Beine und Flügel an ihren Körper, zog den Kopf ein und rollte sich zu einem kompakten, stachligen Ball zusammen. Der Griff um ihren Hals lockerte sich, und als der fremde Drache nach Tsunamis Schnauze tastete, konnte sich Tsunami herauswinden und den Gegner über ihren Kopf werfen. Ein Strudel aus Luftblasen schlug ihr entgegen, als der Drache gegen die Felswand krachte.

Bevor sie sich die Kapuze von der Schnauze ziehen konnte, waren die Krallen allerdings wieder da und packten ihre Vorderklauen. Tsunami versetzte dem Bauch, der vor ihr sein musste, einen heftigen Tritt und spürte, wie ihre Krallen schmerzhaft an Metallringen hängen blieben. Ihr Angreifer gab keinen Laut von sich, doch einen Moment später wurde Tsunami so hart von dem Schwanz des Drachen getroffen, dass sie fast das Bewusstsein verlor.

Die Flügel des Drachen wollten sie wieder auf den Boden des Tunnels drücken. Wer auch immer es war, er wusste, wie ein Meeresflügler kämpfte, und hatte alle Vorteile dieser Welt. *Dann tu etwas, das er noch nicht kennt.* Tsunami dachte daran, wie Glory immer ein Ablenkungsmanöver genutzt hatte, wenn sie gegen Kestrel kämpfen musste. Tsunamis Schuppen konnten zwar nicht die Farbe ändern, aber sie war sicher, dass sie es schaffen würde, ihren Gegner irgendwie abzulenken.

Sie öffnete und schloss ihre Flügel, öffnete und schloss sie, so schnell sie konnte, was das Wasser um sie herum aufwühlte. Sie spürte, wie ihr Angreifer innehielt, als wäre er verwirrt. Beim dritten Mal ließ Tsunami plötzlich sämtliche Streifen an ihrem Körper aufleuchten, um, wie sie hoffte, einen grellen Lichtblitz zu erzeugen.

Die Klauen ihres Angreifers rutschten ab und Tsunami schlug wieder mit ihren Krallen zu. Dann ließ sie noch einmal mit aller Kraft ihre Streifen aufleuchten, sodass sie das Licht sogar durch die Kapuze hindurch sehen konnte. Sie streckte die Klauen aus, um ihren Angreifer von sich zu stoßen, doch plötzlich war er … weg.

Für einen kurzen Moment schlug Tsunami wild um sich und wehrte die Angriffe ab, die sie von allen Seiten erwartete. Erst dann wurde ihr klar, dass niemand mehr in ihrer Nähe war. Sie hob eine Klaue und riss sich die Kapuze von der Schnauze. Dann spürte sie aufgrund der Bewegung des Wassers, dass jemand von draußen in den Tunnel kam.

Tsunami wirbelte kampfbereit herum und sah, wie Riptide zurückwich und wild mit den Klauen fuchtelte. Ihr Kopf schoss herum, doch außer ihm konnte sie niemanden entdecken.

Alles in Ordnung?, signalisierte Riptide.

Wer?, blinkte sie mit den Streifen an ihrer Schnauze zurück. *Wer?* Ihr fiel nur dieses eine Wort ein, alles andere war wie weggeblasen.

Er breitete die mit Schwimmhäuten versehenen Klauen aus. *Ich weiß es nicht.* Dann deutete er auf sie. *Alles in Ordnung?* Als er sämtliche Streifen einschaltete, vermutete sie, dass er das Licht von draußen gesehen hatte.

Tsunami nickte ungeduldig. Sie wollte ihm erklären, wie dankbar sie ihm dafür war, dass er gekommen war, aber dafür war jetzt keine Zeit. Sie musste ihren Angreifer verfolgen.

Alles in Ordnung, signalisierte sie zurück. Dann drehte sie sich um und schwamm den Tunnel hinunter in Richtung Sommerpalast, so schnell sie konnte.

Als Tsunami aus dem Wasser schoss, wurde sie von einer geradezu unheimlichen Ruhe empfangen. Drachen hockten träge auf Stränden und Felsvorsprüngen an den Klippen, vergnügten sich unter Wasser oder flogen durch die Wasserfälle. Sie suchte das Wasser und den Pavillon nach einem Meeresflügler ab, der gerade in einen Kampf verwickelt gewesen sein könnte. Ihr Angreifer hatte doch mit Sicherheit irgendeine Verletzung davongetragen.

Niemand verhielt sich verdächtig. Tsunami hob den Kopf und sah den Schwanz ihrer Mutter aus einer der obersten Ebenen des Pavillons ragen – es war die Bibliotheksebene. Sie erhob sich aus dem Wasser und flog zu ihr.

»Mutter –«, rief Tsunami.

»Er war der perfekte Drache für einen König«, sagte Coral. »Er kam aus einer sehr vornehmen Familie. An *seinen* Ahnen gab es nicht das Geringste auszusetzen. Und genauso intelligent wie Whirlpool.« Coral stieß einen herzergreifenden Seufzer aus.

»Mutter –«, wiederholte Tsunami.

»Du kommst gerade richtig für mein episches Gedicht *Über die Unterschiede zwischen Austern und Muscheln.* Es ist eine überaus gelungene Metapher für Klassenunterschiede und genetische Überlegenheit, wie Whirlpool immer sagt.«

»Mutter«, warf Tsunami mit Nachdruck ein. »Gerade hat jemand versucht, mich umzubringen.«

Als Königin Coral sich aufsetzte, spritzten Tintentropfen von ihren Krallen. »Was? Wer hat das *gewagt*?«

»Ich weiß es nicht, aber er oder sie muss hier sein«, erklärte Tsunami. »Irgendwo hier im Palast. Wir sollten alle zusammenrufen und –«

»Die Eier!«, kreischte Königin Coral. »Die Eier sind in Gefahr!« Sie fing an, Schriftrollen in die Kessel zu werfen.

»Wie bitte?« Tsunami war verwirrt. »Welche Eier?«

»Zwei Eier mit weiblichen Drachlingen«, erklärte Anemone. »Sie sind in der königlichen Bruthöhle, im Versunkenen Palast. Die beiden werden in ein paar Tagen schlüpfen.«

»Und wenn jemand dich angegriffen hat, wird er vermutlich auch die Eier zerstören wollen!«, rief Königin Coral. Sie rannte zum Rand des Pavillons. »Moray! Whirlpool! Schnell! Beeilt euch!«

»Aber mein Angreifer ist hier«, beharrte Tsunami. »Ich bin mir sicher. Im Versunkenen Palast ist er nicht.«

»Dann müssen wir als Erste dort ankommen«, erklärte Königin Coral.

»Aber *hier* könnten wir ihn fassen.« Tsunami verstand nicht, warum ihre Mutter einfach nicht begreifen wollte, was jetzt zu tun war.

»Mutter, was ist mit Turtle?«, fragte Anemone. »Sie soll sie doch bewachen, oder nicht? Das ist Mutters Direktorin für Drachlingspflege«, erklärte sie an Tsunami gewandt. »Jedenfalls für diese Woche.«

»Die anderen haben alle versagt.« Königin Coral verzog die Schnauze. »Turtle ist vermutlich auch nicht besser. Sie wollte diese Position nicht mal. Niemand will sie haben! Die wichtigste Aufgabe im Königreich des Meeres, aber meine feigen Untertanen scheuen davor zurück. MORAY!«, brüllte sie.

»Eure Majestät.« Von der Ebene darunter kam Moray angekrochen. Tsunami musterte sie, als sie auf den Boden der Bibliothek kletterte. Sah sie aus, als wäre sie gerade in einen Kampf verwickelt gewesen? Tsunami konnte es nicht sagen. Moray wich ihrem Blick aus, aber das war nichts Neues.

»Moray, wir müssen sofort zum Versunkenen Palast«, befahl

Königin Coral. »Ich spüre, dass meine Eier in Gefahr sind. Meine Schuppen sagen das Gleiche.«

»Und was ist mit dem Drachen, der mich überfallen hat?«, wollte Tsunami wissen. »Wir müssen ihn fangen und bestrafen!«

»Es ist wichtiger, ihn davon abzuhalten, meine Eier zu zerstören«, sagte Königin Coral mit grimmiger Miene. »Jemand bringt seit Jahren meine Töchter um. Das jetzt sind die letzten beiden, die Gill mir hinterlassen hat, und ich werde dafür sorgen, dass ihnen nichts passiert.« Sie wandte sich an Moray, die dicht neben ihr saß und die Königin anhimmelte. »Ich wünschte, du könntest sie bewachen, Liebes. Du hast mich noch nie enttäuscht.«

»Aber das, was ich für Eure Schriftrollen tue, ist doch so furchtbar wichtig«, wandte Moray ein. »Im Grunde genommen sind sie wie Eure anderen Kinder. Ich kann sie doch nicht einfach im Stich lassen.«

»Das stimmt«, pflichtete Königin Coral ihr bei. Sie tätschelte ihre Perlen und klappte die Flügel auf. Tsunami erwischte Moray dabei, wie sie Anemone hinter dem Rücken der Königin einen hasserfüllten Blick zuwarf. *Wow,* dachte sie. *Was soll das denn?*

Hasst du alle Töchter von Königin Coral?

So sehr, dass du versuchst, mich zu töten?

»Ich habe Shark heute Morgen nach dem Frühstück vorausgeschickt, aber er nimmt das nicht ernst genug«, sagte Königin Coral, während sie ihre Krallen aneinanderlegte. »Er glaubt nicht einmal, dass es einen Attentäter gibt. Er hält alles für Pech.« Sie schüttelte sich. »Einmal hat er sogar zu mir gesagt, es soll vielleicht nicht sein, dass ich Töchter habe. Er hat Glück, dass er mein Bruder – und dein Vater, Moray – ist, sonst würde ich ihn nicht am Leben lassen. WHIRLPOOL! WO BIST DU?!«

Anemone zuckte zusammen und legte die Klauen über die Ohren.

»Wenn wir im Versunkenen Palast sind, bleibst du in meiner Nähe«, befahl die Königin Tsunami. »Wir müssen dringend eine Eilbestellung für dein Geschirr aufgeben. Sie arbeiten bereits an den beiden für die neuen Drachlinge, aber deines ist jetzt eindeutig ein Notfall.«

»Ich kann selbst auf mich aufpassen«, erwiderte Tsunami verstimmt. »Was wohl nicht zu übersehen ist. Schließlich bin ich noch am Leben. Wer auch immer mich töten wollte, hat es nicht geschafft.« Sie warf Moray einen finsteren Blick zu, aber der Ratsdrache rückte nur seine Flügel zurecht, als wäre es ihm egal.

Platsch, platsch, platsch, platsch.

Sämtliche Drachen starrten nach oben auf das grüne Dach über ihren Köpfen. Regentropfen prasselten auf die Blätter.

»Ah, der Niederschlag, den ich vorhergesagt habe«, sagte Whirlpool, während er neben Coral landete. »Ich bitte um Entschuldigung, Eure Majestät, weil ich nicht sofort erschienen bin. Ich habe gerade Schriftrollen an das Küchenpersonal verteilt.« Er sah nicht so aus, als hätte er eben noch gekämpft – außerdem glaubte Tsunami sowieso nicht, dass diese Witzfigur von Drache sie auch nur für einen kurzen Moment überwältigen konnte.

»Wir reisen zum Versunkenen Palast – jetzt, so schnell wir können.« Königin Coral warf sich so plötzlich über den Rand der Plattform, dass Anemone hinter ihr von den Klauen gerissen wurde. Als Tsunami ihr folgte, stellte sie fest, dass sie sich mitten in einem Schwarm von Drachen befand, da auch sämtliche Mitglieder des Rates der Königin nachflogen.

Sie drängten sich alle zusammen in den Tunnel, der so eng

war, dass Schwänze gegen Schnauzen prallten und Flügel sich ineinander verhedderten. Tsunami wurde in die Mitte gedrängt und fand sich neben Whirlpool wieder.

Zu spät fiel ihr ein, dass sie ja nach ihren Freunden hatte sehen wollen. *Warum schaffe ich es einfach nicht, ein besserer Drache zu sein?*, schimpfte sie mit sich selbst.

Sie versuchte, umzudrehen und zurückzuschwimmen, doch die Ratsdrachen schoben sie weiter. Nachdem sie sich ein paar Schläge auf die Schnauze eingefangen hatte, gab sie auf.

Bestimmt geht es ihnen gut. Vor allem, wenn Shark bereits im Versunkenen Palast ist. Sobald wir nach den Eiern gesehen haben, werde ich zurückkommen und sie besuchen.

Als sie das offene Meer erreicht hatten, fand Königin Coral sofort eine Strömung, von der sie sich wegtragen ließ. Die Drachen folgten ihr, einer nach dem anderen.

Tsunami sah sich um und suchte die Korallenriffe und Felsformationen unter Wasser ab. Ihr Herz machte einen kleinen Hüpfer, als sie einen flüchtigen Blick auf himmelblaue Schuppen erhaschte. Riptide war immer noch da draußen und passte auf sie auf. Sie wartete einen Moment, bis sie ihn von einem Felsen zum nächsten schwimmen sah. Er folgte ihr – *ihr* – zum Versunkenen Palast.

Es gefiel ihr, obwohl sie sich ein bisschen albern dabei vorkam. Tsunami schwamm in die Strömung und ließ sich von ihr mitreißen. Inzwischen hatte sie den Dreh raus, wie sie ihre Flügel halten musste, um möglichst schnell voranzukommen. Es war ein bisschen wie fliegen, aber sie musste erheblich mehr Hindernissen ausweichen. Aber Fische gingen den Drachen erstaunlich schnell aus dem Weg, wenn sie sie kommen sahen.

Der Regen prasselte immer heftiger auf die Wasseroberfläche über ihnen. Es wurde dunkler und Tsunami vermutete, dass Sturmwolken heranzogen. Sie hoffte, dass ihre Freunde im Sommerpalast sicher waren. Dort gab es bestimmt häufig Sturm. Wenigstens waren sie in einer Höhle, wo sie nicht nass wurden.

Zwei riesige Meeresschildkröten, die in die andere Richtung strebten, schwammen vorbei. Sie beobachteten die Drachen argwöhnisch, doch niemand hielt an, um sie zu fressen. Ganze Schwärme winziger rosafarbener Fische schossen aus den schwankenden Seeanemonen an den Korallenriffen heraus und flüchteten sofort zurück. Auf dem Sand am Meeresboden lag etwas Großes, Gelbes; es öffnete die Augen, starrte Tsunami an und schloss sie wieder.

Nach einer Weile ragte eine Insel vor ihnen auf, die von gigantischen Korallenriffen umgeben war. Orangefarbene Zweige wanden sich um violette, sternförmige Korallenarten. Blaue und silberne Fische huschten von einer Nische zur anderen.

Die Meeresflügler verließen die Strömung und schwammen um eine Biegung des Riffs. Dann verschwanden die ersten Drachen der Gruppe in einer Schlucht auf dem Meeresgrund.

Tsunami folgte ihnen. Als sich ihre Augen an die zunehmende Dunkelheit gewöhnt hatten, sah sie, dass sich an den Seiten und auf dem Boden der Schlucht ein großes weiß-grünes Korallenriff ausbreitete. Es zog sich bis in Höhlen, Türme und Unterwassergärten voller leuchtender Farben. In der Mitte der Schlucht wuchsen die Korallen nach oben und bildeten einen gigantischen Palast, in dem es vor Meeresflüglern nur so wimmelte.

Die Meeresflügler waren überall – sie schwammen aus Türen und Fenstern des Palastes, schossen an die Oberfläche und tauchten bis zum Grund der Schlucht. Sie pflegten die Gärten, putzten vorsichtig die Korallen, schleppten große Fische von der Jagd herbei oder saßen in kleinen Gruppen mit Drachlingen zusammen, denen sie aus dünnen Steintafeln vorlasen.

Der einzige Hinweis darauf, dass die Meeresflügler sich im Krieg befanden, waren einige Truppen, die vor dem Palast in Kampfformationen gedrillt wurden, und eine Gruppe Soldaten mit grauenhaften Verwundungen, die sich in einem der Gärten versammelt hatten. Tsunami sah zwei Drachen, denen die Hinterklauen fehlten, einen, bei dem die Augen nur noch verkohlte Löcher waren, und mehrere mit schwarzen Narben, die sich an ihren Flügeln oder Schwänzen entlangzogen. Mehrere von ihnen konnten nicht mehr schwimmen und mussten sich von Krankendrachen durch das Wasser helfen lassen.

Als Königin Coral vorbeischwamm, standen die Drachen stramm und salutierten oder winkten. Tsunami fiel auf, dass die meisten von ihnen auch Anemone zuwinkten, und dass der kleine Drachling lächelte und zurückwinkte.

Umgeben von den Ratsdrachen konnte Tsunami ausnahmsweise einmal vorbeischwimmen, ohne angestarrt zu werden oder sonst wie Aufsehen zu erregen. Zumindest für eine kleine Weile würde niemand wissen, wer sie war.

Von allen Seiten eilten Bedienstete herbei, die mit ihren Leuchtstreifen blinkten. Coral schoss an ihnen vorüber und schwamm in einen Tunnel am hinteren Ende der Halle. Einige der Ratsmitglieder fielen zurück, um in andere Teile des Palastes zu schwimmen, doch Moray und Whirlpool blieben bei der Königin, genau wie Tsunami.

Der Tunnel verlief spiralförmig nach unten und wurde immer

wärmer, je tiefer sie kamen. Tsunami spürte, wie aus den Korallen unter ihren Klauen warmes Wasser strömte. Am Ende des Tunnels befand sich eine Steintür, und vor der Tür hockte ein magerer seegrasgrüner Drache, der etwas in seinen Klauen hielt und daran nagte.

Seine Augen weiteten sich, als er die Königin sah. Erschrocken ließ er den Kraken los, dessen Überreste zur Decke schwebten. Dann fuchtelte er bestürzt mit den Klauen herum und ließ seine Streifen aufblinken, so schnell, dass es aussah, als wäre ein Gewitter verrückt geworden.

Königin Coral brüllte und riss die Tür auf, sodass der grüne Drache gegen die Wand geschmettert wurde. Die Königin schoss hinein und zog Anemone hinter sich her.

Hier hätte ich schlüpfen sollen, dachte Tsunami neugierig. Sie schwamm durch die Tür und sah sich um. *Die königliche Bruthöhle.*

An allen Wänden sprudelte warmes Wasser nach oben und heizte den Raum auf, der wie das Innere eines großen weißen Eis geformt war. In der Mitte stand die aus dunkelgrünem Marmor gefertigte Statue eines weiblichen Meeresflüglers. Um die Hörner und Flügel des Drachen waren Girlanden aus blauen und violetten Unterwasserpflanzen geschlungen. Auf dem Sockel der Statue stand ORCA. Sie sah stark und schön zugleich aus. Tsunami fragte sich, ob Königin Corals erstgeschlüpfte Tochter die Statue selbst geschaffen hatte, und ob sie gewusst hatte, dass sie eines Tages ein Denkmal für sie sein würde.

Als Tsunami sich umsah, bemerkte sie den hasserfüllten Blick, mit dem Moray die Statue bedachte. *Vielleicht ist diese Vergötterung der Königin ja echt,* wurde Tsunami plötzlich klar. *Vielleicht meint sie es ja tatsächlich so, wenn sie ständig davon faselt, wie wundervoll Königin Coral doch sei.*

Vielleicht würde sie alles tun, um Coral vor ihren Töchtern zu beschützen.

In Nischen auf dem Boden lagen Nester aus Seetang, die durch ein Netz aus breiten Wegen miteinander verbunden waren. Dracheneier brauchten ein Jahr, bis sie schlüpften, daher hätten hier Nester in unterschiedlichen Stadien sein sollen, von gerade erst gelegt bis fast ausgebrütet. Doch nirgendwo waren neue Eier zu sehen. *Weil Gill nicht da war,* dachte Tsunami mit heftigen Gewissensbissen. *Und er wird auch nicht zurückkommen.*

An einer Wand befand sich ein aus drei Eiern bestehendes Gelege, und in dem Nest, das am weitesten von der Tür weg war, lagen zwei Eier …

Königin Coral brüllte. Ein wütendes, verzweifeltes Heulen schallte durch das Wasser. Sie sank neben dem Nest in sich zusammen und hob ein Stück Eischale auf.

Oh nein. Tsunami eilte zu ihr, doch Moray drängelte sich an ihr vorbei, kniete sich neben die Königin und lehnte sich an sie. Anemone warf einen Blick über die Schulter und starrte Tsunami an. Sie sah aus, als wäre ihr übel.

Eines der Eier war noch unversehrt, doch das andere war zerbrochen. Der kleine blaue Drachling darin war erdrosselt worden. Sein Hals war merkwürdig verdreht und sein Kopf hing schlaff herunter, als Königin Coral ihre Tochter behutsam in die Klauen nahm.

Tsunami starrte den kleinen Körper schockiert an. Er – *sie* war so winzig. Wer würde einem Baby-Drachling so etwas antun? Wer konnte so etwas tun?

DAS WAR MEINE SCHWESTER.

Sie spürte Anemones kalte Klauen in ihren und drückte sie ganz fest. Wer auch immer das getan hatte, er wollte es auch Anemone antun. Deshalb also bestand die Königin auf dem Geschirr und beschützte ihre Tochter auf so extreme Art. Als Tsunami den entstellten Körper des Drachlings sah, hätte sie am liebsten das Gleiche getan.

Niemand würde Anemone ein Leid zufügen, nicht, solange Tsunami in der Nähe war. Und was auch immer sie tun musste, um das andere Ei zu beschützen, sie würde es tun.

14. Kapitel

Königin Coral stand auf und stieß Moray zur Seite. Sie schoss durch die Höhle zur Tür, doch der magere grüne Drache war verschwunden. Anemone schrie einen Strom von Luftblasen, als die Königin durch den Tunnel nach oben schwamm und sie hinter sich herzog.

Tsunami wollte ihnen nacheilen, doch dann drehte sie sich um und starrte das letzte Ei an. Moray war Königin Coral bereits gefolgt. Whirlpool schwebte in der Tür und war zu nichts zu gebrauchen. Wenn Tsunami jetzt ebenfalls Coral nachschwamm, wer würde dann das Ei bewachen?

Aber hier kommt niemand rein, es sei denn, durch diese Tür da, dachte sie, während sie sich umsah. *Die Tür, die auf den Tunnel hinausgeht. Wie also ist es jemandem gelungen, an Turtle vorbeizukommen?*

Sie drehte sich im Kreis herum und musterte die glatten Wände. *Und wenn ich es mir recht überlege … wie ist eigentlich Webs hier reingekommen, um mein Ei zu stehlen?* Sicher war die Tür auch damals schon bewacht worden. Und sicher hatte die Königin versucht, ihre Eier zu schützen, auch vor sechs Jahren schon. Allein hätte sich Webs nie an den Wachen vorbeikämpfen können. Wie also hatte er es in die Bruthöhle geschafft? Und wie hatte er mit dem Ei unbemerkt verschwinden können?

Tsunami kniff die Augen zusammen und starrte die Nester

und den steinernen Drachen an. *Ein geheimer Eingang. Es kann gar nicht anders sein.*

Eines war jedenfalls klar. Sie würde das Ei nicht hier zurücklassen.

Tsunami hockte sich neben das Nest und hob vorsichtig das letzte unversehrte Ei hoch. Es war erstaunlich schwer – aber vielleicht war das Gewicht angesichts der Tatsache, dass in ein oder zwei Tagen ein Baby-Drachling daraus schlüpfen sollte, doch nicht so überraschend. Sie drückte das Ei an ihre Brust und schwamm damit durch die Tür der Höhle.

Whirlpool blinkte mit sehr vielen Streifen, fuchtelte empört mit den Klauen herum und deutete auf das Ei.

Tsunami riss die Augen auf und sah ihn verwirrt an. *Es wäre vielleicht nicht schlecht gewesen, wenn du mir wenigstens ein bisschen richtiges Aquatisch beigebracht hättest, du Meeresschnecke. Dann könntest du mich so lange anbrüllen, wie du willst,* dachte sie.

Er blinkte schon wieder. Mit einem freundlichen Lächeln auf der Schnauze wiederholte Tsunami die Muster und fügte noch *Tintenfischhirn* mit ihren Schwanzstreifen hinzu, so, wie Riptide es ihr beigebracht hatte. Dann schwamm sie in den Tunnel und ließ Whirlpool, dem vor Überraschung der Unterkiefer heruntergeklappt war, einfach stehen.

Als sie nach oben schoss, hörte sie, wie Schmerzensschreie durch das Wasser hallten. Sie zögerte, schlug dann aber schneller mit den Flügeln.

Königin Coral stand in der Haupthalle und hielt Turtle mit ihren Klauen nieder. Um sie herum hatten sich zahlreiche Meeresflügler versammelt, die schweigend zusahen.

Der magere grüne Drache stieß einen langen, hohen Schrei aus. Tsunami blieb stehen und drückte sich entsetzt an die Wand. Königin Coral hatte Turtle bereits sämtliche Zähne herausgerissen. Jetzt schlug sie ihre Klauen in den Bauch des Drachen. Blut erfüllte das Wasser und ließ die Königin und Turtle fast vollständig in einem roten Nebel verschwinden.

Müsste ich das auch tun, wenn ich Königin bin?

Könnte ich das je tun?

Anemone hatte sich zu einem Ball zusammengerollt und schwebte im Wasser über ihrer Mutter, die Augen fest geschlossen, die Klauen auf die Ohren gepresst.

Königin Corals Schuppen leuchteten auf, langsam und bedrohlich. Das meiste davon konnte Tsunami nicht verstehen, aber sie vermutete, dass Turtle zu hören bekam, wie sehr sie die Königin enttäuscht hatte.

Turtles Streifen blinkten nur noch schwach.

Die Königin fletschte die Zähne und stieß ihre Krallen noch tiefer in Turtles Bauch. Turtles Streifen leuchteten noch einmal auf, und dann, als ihr Kopf schon zur Seite sank, entdeckte sie jemanden in der Menge um sie herum. Sie klammerte sich an die Klauen der Königin und deutete auf jemanden, während ihre Streifen hektisch blinkten.

Sie deutete direkt auf Shark.

Er hatte seinen starren Blick auf sie gerichtet.

Königin Coral beugte sich vor und drückte Turtle auf den Boden. Ihre Schuppen signalisierten noch eine weitere Nachricht, dann packte sie Turtles Kopf und schmetterte ihn auf den zerklüfteten Korallenboden.

Tsunami wandte sich gerade noch rechtzeitig ab und beugte

sich mit geschlossenen Augen über das Ei an ihrer Brust. Es war ihr egal, ob sie wie ein einjähriger Drachling aussah, als sie ihre Schnauze versteckte. Sie wollte dieses Bild nicht für den Rest ihres Lebens im Kopf haben.

Was hatte Turtle über Shark gesagt?

Was immer es auch war, Königin Coral hatte es nicht überzeugt.

Tsunami behielt die Augen geschlossen, bis sie an der Bewegung des Wassers spürte, dass die anderen Drachen anfingen wegzuschwimmen. Als sie einen Blick riskierte, sah sie, dass Moray dabei war, das Blut und die Knochensplitter einzufangen, die in der Haupthalle schwebten.

EKELHAFT, dachte Tsunami. Moray musste Coral tatsächlich vergöttern, um so etwas zu tun.

Turtles Körper wurde an einem Korallenvorsprung am Haupteingang aufgehängt, als wäre er ein leer gefressener Hirschkadaver, der darauf wartete, auf den Müll geworfen zu werden. Königin Coral hatte sich drohend vor Shark aufgebaut, Anemone fest an die Brust gedrückt, und war in einen erregten Austausch von Blinkzeichen vertieft. Alle anderen Meeresflügler hatten sich in entlegenere Teile des Palasts davongemacht.

Tsunami wollte auf ihre Mutter zuschwimmen, blieb aber stehen, als sie vor einem der Fenster eine sonderbare Gestalt vorbeihuschen sah. *Was zum – das war kein Drache.* Sie näherte sich dem Fenster und starrte hinaus.

Vor dem Eingang zum Palast schwärmten Haie. Haie mit toten Augen und riesigen, spitzen Zähnen, die an dem Blut rochen, dass immer noch aus Turtles Körper drang. Sie waren größer, als Tsunami erwartet hätte – vermutlich groß genug, um einen

Drachling von der Größe Anemones zu fressen –, doch noch während sie sie beobachtete, schossen zwei Wachen der Meeresflügler heran und töteten fünf von ihnen mit wenigen Schwanzschlägen.

Als sie sich wieder umdrehte, sah sie, wie Whirlpool zu Königin Coral schwamm. Er unterbrach ihr Gespräch, fuchtelte hektisch mit den Klauen herum und deutete auf Tsunami.

Oh-oh. Tsunami holte tief Luft und drückte das Ei an ihre Brust. *Das hier gebe ich jedenfalls nicht mehr her.*

Königin Coral kam mit gerunzelter Stirn auf sie zugeschwommen. Sie deutete auf das Ei und gestikulierte, dass Tsunami es ihr geben sollte.

Tsunami ließ ihre Streifen aufblinken, in einem der wenigen Muster, die sie kannte. *Ich werde beschützen.* Hmm. Sie wusste nicht so genau, wie man »es« sagte. Sie wies auf das Ei. *Ich werde beschützen.*

Die Königin blinzelte. Sie ließ einige ihrer Streifen aufleuchten, unter anderem ein Muster an ihrer Schnauze, das Tsunami als *wie* erkannte.

Tsunami schüttelte den Kopf. Sie beherrschte nicht genug Aquatisch, um das zu beantworten. *Ich werde beschützen,* blinkte sie wieder.

Erst jetzt fiel ihr auf, dass mehrere Meeresflügler den Kopf in die große Halle gesteckt hatten und sie anstarrten. Die meisten sahen fassungslos und ungläubig aus. Anemones Blick ging von Tsunami zu den Überresten von Turtle und dann wieder zurück. Die Schnauze des kleinen Drachlings war kreidebleich und Angst stand in ihren Augen.

Oh.

Tsunami begriff, weshalb die anderen so schockiert waren. Sie nahm den Platz von Turtle ein. Sie nahm sich die Position, die niemand wollte. So hatte sie es noch gar nicht gesehen.

Und wenn sie versagte … wurde sie vielleicht auf die gleiche Art bestraft.

15. Kapitel

Die Königin versuchte, Tsunami noch mehr Fragen zu blinken, doch schließlich flatterte sie genervt mit den Flügeln und deutete nach oben. Tsunami drückte das Ei an ihre Brust und folgte ihrer Mutter. Es ging immer weiter nach oben, durch gewundene Tunnel und höhlenartige Palasträume, durch smaragdgeschmückte Korallenriffe und perlenverzierte Vorhänge aus goldenem Seetang. Sie schwammen zur Spitze des Palastes, wo eine Wache postiert war, die meilenweit durch das Wasser sehen konnte.

Der Wachdrache salutierte vor der Königin, die an ihm vorbei auf das graue Licht über ihren Köpfen zuschwamm, wo Regentropfen auf das Wasser prasselten. Anemone, die in dem dunklen Meer wie eine hellblaue Perle schimmerte, paddelte hinter ihr her.

An der Wasseroberfläche angelangt, wurden sie von einem Sturm empfangen, der so heftig war, dass Tsunami in der Luft hin- und hergeworfen wurde, als Wind und Regen versuchten, sie wieder ins Meer zu drücken. Das Ei in ihren Klauen war nass und glitschig. *Lass es bloß nicht fallen,* ermahnte sie sich.

»Hier lang«, brüllte die Königin, während sie zur nächsten Insel abdrehte. Eine große Höhle öffnete sich zum Strand hin. Sie war zerklüftet, schmutzig und matschig, aber immer noch die trockenste Stelle, die sie entdecken konnten. Die drei flogen darauf zu und suchten Schutz darin.

»Was hast du dir dabei gedacht?«, wollte die Königin wissen, sobald Tsunamis Klauen den Boden berührt hatten.

»Dieses Ei muss von jemandem beschützt werden«, sagte Tsunami. »In der Bruthöhle ist es nicht sicher.«

»Es wird dort sicher sein, wenn ich all meine Wachen vor der Tür postiere«, erwiderte Königin Coral verärgert.

Tsunami schüttelte den Kopf. »Hast du das nicht schon versucht? Hat es jemals funktioniert?« Sie hielt inne und sah ihre Schwester an. »Wie hast du Anemone bewachen lassen?«

Die Königin schüttelte ihre Flügel aus. »Ich habe ein ganzes Jahr lang neben ihrem Ei geschlafen«, sagte sie.

»*Wirklich?*«, fragte Anemone. Regentropfen rannen von ihren kleinen, hellen Flügeln und sammelten sich zu Pfützen um ihre Hinterklauen.

»Ich habe die Bruthöhle damals kaum verlassen. Ich ließ Gill den Krieg befehligen, aber … so habe ich ihn verloren.« Coral versagte die Stimme. Dann runzelte sie die Stirn. »Aber jetzt, wo er nicht mehr da ist, kann ich meine Pflichten als Königin nicht mehr vernachlässigen.«

»Dann lass mich das machen«, drängte Tsunami. »Lass mich dieses Ei beschützen.«

»Aber du musst in der Bruthöhle bleiben«, verlangte die Königin. »Es muss warm gehalten werden, vor allem direkt vor dem Schlüpfen.«

Tsunami sah auf das Ei hinunter. Sie traute der Bruthöhle nicht. Dort konnte sich jeder hineinschleichen, um Tsunami und das Ei anzugreifen. Vor allem, wenn es tatsächlich einen geheimen Eingang gab. Außerdem konnte sie nicht im Versunkenen Palast bleiben; sie musste zurück und nach ihren Freunden sehen. »Ich habe eine bessere Idee«, sagte sie. »Vertrau mir. Ich werde es in den Sommerpalast bringen.«

»In den Sommerpalast?« Die Königin flatterte mit den Flügeln. »Nein, bei dem Wetter ist das nicht ratsam. Während eines Sturms wird er überflutet. Es ist besser, im Versunkenen Palast abzuwarten, bis der Regen wieder aufhört. Dort bekommt man kaum etwas davon mit.«

»Überflutet?«, wiederholte Tsunami. »Du meinst – die Höhlen? Und die Strände? *Wo meine Freunde sind?*«

»Oh«, Königin Coral hob abwehrend die Klauen. »Ich bin sicher, dass es ihnen gut geht. Sie können doch schwimmen, oder?«

»Aber nicht so wie wir«, erwiderte Tsunami. »Ich fliege zurück und sehe nach ihnen.«

»Mit meinem Ei?«, fauchte Coral.

»Du hast doch schon versucht, jemand anderem zu vertrauen«, sagte Tsunami, während sie einen Schritt nach hinten in den strömenden Regen machte. »Jetzt vertrau mir. Ich verspreche, dass dieser Drachling schlüpfen wird.«

Ihr Herz klopfte so laut wie der Donner in den Wolken. Tat sie jetzt endlich das Richtige? Und tat sie es aus den richtigen Gründen? Oder reagierte sie schon wieder impulsiv – versuchte sie, etwas zu beweisen, ohne es gründlich zu durchdenken?

Ich tue das für meinen Vater. Ich tue das, um all meine Fehler wiedergutzumachen.

Und ich tue das, um meine kleine Schwester zu retten. Das kann doch nicht falsch sein.

»Wenn diesem Ei etwas passiert«, zischte Königin Coral, »werde ich zwei Töchter an einem Tag verlieren.«

So viel dazu, dass Prinzessinnen etwas Besonderes waren. »Ich brauche ein Geschirr dafür.« Tsunami wich dem Blick ihrer Mutter nicht aus. *Siehst du. Ich habe keine Angst vor dir. Vielleicht solltest du mal darüber nachdenken, wie eure nächste Königin an die Macht kommen wird, bevor du anfängst, mir zu drohen.*

»Die Geschirre, die sie gerade für die Drachlinge anfertigen«, warf Anemone ein. »Eines davon müsste gehen.«

»Wie willst du zum Sommerpalast zurückkommen?«, wollte Coral wissen. »Du kennst den Weg nicht und mein Hofstaat bleibt hier bei mir.«

»Ich werde ihn schon finden«, sagte Tsunami, doch durch ihre Flügel ging ein nervöses Zittern. Sie wollte während eines Sturms nicht allein über das Meer irren – vor allem dann nicht, wenn ihre Freunde sie schnellstmöglich brauchten.

Wenn Riptide noch immer da draußen ist … bitte, lass Riptide immer noch da draußen sein.

»Warte«, sagte sie, als die Königin auf den Eingang zugehen wollte. »Eine Frage noch. Turtle hat auf Shark gedeutet, als sie starb. Hat sie gesagt, dass er das Ei zerbrochen hat?«

Coral flatterte schockiert mit den Flügeln. »Ganz bestimmt nicht!«, erwiderte sie. »Mein eigener Bruder! Er würde es nicht wagen!«

»Sie hat nicht gesagt, dass er das Ei zerbrochen hat«, meldete sich Anemone wieder. »Sie hat gesagt, er hätte ihr die Erlaubnis gegeben, sich von ihrem Posten zu entfernen. Er hat ihr einen Kraken zu fressen gebracht.«

»Dieser Idiot.« Coral knirschte mit den Zähnen. »Ich habe Shark schon zigmal gesagt, dass die Eier nur durch äußerste Wachsamkeit beschützt werden können. Und wenn das heißt, tagelang nichts zu fressen, muss sich das Ratsmitglied, dem ich mein Vertrauen schenke, eben daran halten. Er ist viel zu nachsichtig mit ihnen.«

Ja klar, dachte Tsunami. *Nachsicht ist wirklich nicht die erste Eigenschaft, die mir zu Shark einfällt.*

»Turtle hat geglaubt, dass nichts passieren kann«, meinte Anemone. »Solange sie direkt vor der Tür sitzt und das Ei nur kurz allein lässt.«

»Aber warum hat sie denn nicht neben dem Ei gefressen?«, wunderte sich Tsunami.

»In der königlichen Bruthöhle wird nicht gefressen«, sagte Coral pikiert. »Sie ist makellos sauber und wurde speziell für königliche Drachlinge konstruiert. Außerdem würden die Haie versuchen, einen Weg hineinzufinden, wenn Blut ins Wasser gelangt. Ganz gewöhnliche Haie, die Drachlinge und Eier fressen. Die anderen Bruthöhlen werden ständig von ihnen überfallen.«

Tsunami schüttelte den Kopf. Sie konnte sich des Gefühls nicht erwehren, dass all diese Regeln dem Attentäter nur halfen. Und es kam ihm natürlich auch gelegen, dass Shark Turtle abgelenkt hatte – ganz zu schweigen davon, dass er dadurch selbst die Gelegenheit bekam, sich hineinzuschleichen und den Drachling zu töten.

Sie schüttelte ihre Flügel aus. »Bringt mich zu dem Geschirr«, sagte sie.

Königin Coral wollte nach dem Ei greifen, hielt sich aber zurück. Sie warf Tsunami noch einen finsteren Blick zu und führte sie dann nach draußen in den Sturm.

Dieses Mal schwammen sie durch das trübe, aufgewühlte Wasser und gelangten durch einen Hintereingang in den Palast. Die Königin stürmte in eine Werkstatt, in der kleine Meeresflügler über Seegraswebereien und Marmorstatuen gebeugt waren. Tsunami blieb stehen, als ihre Mutter bis ans andere Ende des Raums schoss. Sie nahm eine der Webereien in die Klaue und stellte fest, dass sie aus dem gleichen Material wie Anemones Geschirr war – gummiartig, dehnbar und wasserfest –, aber nicht durchsichtig, sondern farbig.

Königin Coral blinkte einen Drachen, der wie erstarrt vor einer Marmorschnitzerei saß, wütend mit ihren Streifen an. Er eilte in ein Hinterzimmer und kam mit einem winzigen Geschirr wieder, das in seinen Klauen baumelte. Als Coral auf Tsunami deutete, brachte er es zu ihr.

Der Drache war alt und zitterte vor Angst, während er versuchte, die Gurte um Tsunamis Hals und Schultern zu legen. Sie hingen lose herab, da sie für Coral gedacht und zu groß für sie waren. Und das Geschirr war natürlich für einen kleinen Drachling mit Gliedmaßen und einem Schwanz und nicht für ein glattes, rundes Ei konstruiert worden.

Der alte Drache wies hilflos auf das Geschirr, und Königin Coral zerrte daran, während sie einen Schwall Luftblasen knurrte. Dann zog die Königin Anemone näher zu sich und deutete auf das Geschirr, während sie einige der königlichen Streifen in ihren Flügeln aufleuchten ließ.

Anemone zögerte, streckte dann aber widerwillig die Klaue aus und berührte das Geschirr. Erstaunt spürte Tsunami, wie die Gurte um ihre Schultern schrumpften, bis sie perfekt passten. Das andere Gewebe schlängelte und wand sich so lange, bis das Ei sicher an ihre Brust geschnürt war.

Sie packte Anemones Klaue. Ihre Schwester fühlte sich kalt und sonderbar hart an und ihr Blick ging ins Leere. Tsunami schüttelte sie, und Anemone begann zu blinzeln, bis sie Tsunami schließlich ansah.

Was?, blinkte Tsunami mit den Streifen an ihrer Schnauze.

Anemone schüttelte den Kopf und machte eine kreisförmige Geste – *nicht jetzt, das erledigen wir später.*

Tsunami wollte mehr wissen, doch die Geste erinnerte sie an Shark und ihre Freunde. Sie musste zu ihnen. Dieses Ei zu beschützen, war wichtig, aber auf die anderen vier Drachlinge aufzupassen, hatte ihr ganzes Leben lang Vorrang gehabt.

Sie verbeugte sich höflich vor der Königin und dem alten Geschirrmacher und schwamm dann aus dem Palast und durch die Gärten, die sie bei ihrer Ankunft gesehen hatte. Dieses Mal blieb sie jedoch nicht unbemerkt. Überall, wo sie auftauchte, machten Meeresflügler halt, starrten sie an und aktivierten die Leuchtstreifen in ihren Flügeln, wenn sie an ihnen vorbei war. Sie spürte, wie sie auf das Ei zeigten. Sie war nicht sicher, ob die Drachen wussten, dass sie die verlorene Prinzessin war, oder ob sie nur erfahren hatten, dass sie sich für das Himmelfahrtskommando, den letzten weiblichen Drachling zu retten, gemeldet hatte.

Tsunami verließ die Gärten und paddelte um die Biegung des Korallenriffs in Richtung der Schlucht. Der Versunkene Palast verschwand hinter ihr und vor ihr gähnte die unendliche Weite des Meeres.

Du hast es so gewollt!

Und jetzt?

16. Kapitel

Tsunami drehte sich im Kreis und hoffte, etwas Vertrautes zu sehen.

Um ehrlich zu sein: Sie hoffte, Riptide zu sehen.

Doch das Meer war dunkel und aufgewühlt, und ihr schien, als hätte sich alles Lebendige versteckt, bis der Sturm vorbei war.

Dann werde ich den Weg eben alleine finden, dachte Tsunami trotzig. Sie tätschelte das Ei durch das Geschirr hindurch. *Keine Angst. Das schaffe ich schon.*

Sie hatten sich fast den ganzen Weg vom Sommerpalast hierher von einer Strömung tragen lassen. Musste sie jetzt auf dem Weg zurück die ganze Zeit dagegen ankämpfen? Langsam schwamm sie weiter, bis sie spürte, dass das Wasser versuchte, sie wegzuschieben. Vielleicht genügte es ja, nur eine Flügelspitze in die Strömung zu halten, um sie nicht zu verlieren.

Mehrere Flügelschläge später kämpfte sie sich erschöpft und verwirrt aus der Strömung heraus, um ein wenig auszuruhen. Warum war das so schwer?

Riptide, wo bist du?

Vielleicht fand sie den Rückweg aus der Luft. Sie brauchte nur nach einer Insel in Form eines Drachenskeletts zu suchen – so schwer konnte das doch nicht sein.

Tsunami schlug kräftig mit dem Schwanz, um an die Oberfläche zu gelangen. Sie durchbrach das Wasser und wurde von einem ohrenbetäubenden Getöse aus Donner und brüllenden Wellen in Empfang genommen. Regen prasselte auf ihre Schuppen. Der Wind versuchte sofort, sie zu packen und wegzutragen.

Sie kämpfte darum, das Gleichgewicht zu behalten und in einer geraden Linie zu fliegen, aber sie hatte sich bereits verirrt. Links von sich konnte sie eine Insel sehen, aber sie wusste nicht, ob es die Insel war, die dem Versunkenen Palast am nächsten war, oder ob der Sturm sie zu einer anderen mitgerissen hatte, die auf dem Rückweg zum Sommerpalast lag oder vielleicht auch ganz woanders.

Plötzlich entdeckte sie einen dunklen Schatten auf der Wasseroberfläche. Sie rieb sich die Schnauze und schüttelte die Regentropfen ab.

Riptide.

Sie flog niedriger.

Doch es war kein Drache. Es war eine Art Gefäß, wie eine große Schüssel, die auf dem Wasser trieb. Und in dem Ding kauerten zwei magere, patschnasse Zweibeiner.

Das hilft mir jetzt überhaupt nicht weiter, dachte Tsunami. *Ich bin nicht mal hungrig.*

Als sie mit den Flügeln schlug, um wieder an Höhe zu gewinnen, hob einer der Zweibeiner den Kopf. Seine Augen waren so grün wie die Glorys und das glatte Gesicht hatte die gleiche braune Farbe wie Clays Schuppen. Wirre dunkle Haare fielen auf seine Schultern.

Tsunami hatte schon ein paar Zweibeiner aus der Nähe gesehen – einen in den Bergen und zwei in der Arena der Himmelsflügler. Auch jetzt fiel ihr wieder auf, wie drachenähnlich ihre Augen waren. Es war geradezu beunruhigend.

Sie fragte sich, ob Zweibeiner unter Wasser atmen oder schwimmen konnten, denn diese beiden würden sehr bald sinken und auf dem Grund des Meeres enden.

Es sei denn, ich helfe ihnen.

Als ob ich für so etwas Zeit hätte!

Sie zögerte. Vielleicht sahen Zweibeiner ja die ganze Zeit so aus, aber wenn sie raten müsste, würde sie sagen, dass die beiden fürchterliche Angst hatten.

Andererseits könnte ich ja irgendjemandem *helfen. Vielleicht bringt mir das Glück.*

Tsunami schoss nach unten und packte das Gefäß mit ihren Klauen. Es war schwerer, als es aussah, und sie ließ es sofort wieder fallen. Die beiden Zweibeiner schrien ihre langen, durchdringenden Vogelschreie, als das Gefäß zurück auf das Wasser klatschte.

Jetzt regt euch wieder ab, dachte Tsunami. Sie flog einen Kreis, wobei sie gegen die heftigen Windböen ankämpfen musste, und griff sich mit jeder Klaue einen Zweibeiner. Die beiden schrien schon wieder los und trommelten hilflos gegen ihre Krallen.

Wie bringen Zweibeiner eigentlich irgendetwas zustande?, fragte sich Tsunami, während sie auf die Insel zuflog. *Sie scheinen keine nützlichen Drachenfähigkeiten zu besitzen. Trotzdem gelingt es ihnen, Gold und Edelsteine zu stehlen. Und manchmal schaffen sie es sogar, eine Königin zu töten und einen Krieg auszulösen.*

Ganz richtig, erinnerte sie sich, während sie die Zweibeiner leicht schüttelte. *Ich bin wütend auf euresgleichen. Es ist eure Schuld, dass es so weit gekommen ist.*

Sie schrien hinreichend verängstigt.

Andererseits ist es ziemlich unwahrscheinlich, dass es diese bei-

den Zweibeiner hier waren, die Königin Oasis getötet und den Nachfolgekrieg der Sandflügler ausgelöst haben.

Ich glaube, ich werde sie am Leben lassen.

Tsunami ließ die beiden auf den Strand der Insel fallen. Sie rappelten sich auf und flohen in Richtung der Bäume und der Höhlen, ohne noch einen Blick zurückzuwerfen.

Lächerliche kleine Kreaturen.

Tsunami taten die Flügel weh, weil sie gegen den Sturm hatte ankämpfen müssen. Sie sollte lieber wieder versuchen, unter Wasser zu kommen.

Als sie mit einem lauten Klatschen ins Meer eingetaucht war, drehte sie sich um sich selbst und suchte das dunkle Wasser nach Riptide ab. Hatte er sie aufgegeben? Oder war er wie jeder kluge Drache vor dem Sturm in Deckung gegangen und nahm an, sie würde im Versunkenen Palast in Sicherheit sein?

Aber es gab etwas, mit dem sie seine Aufmerksamkeit schon einmal auf sich gezogen hatte. Tsunami öffnete die Flügel und aktivierte sämtliche Streifen, so wie sie das auch im Tunnel gemacht hatte. Das helle Licht bahnte sich seinen Weg durch das Wasser. Dann schaltete sie die Beleuchtung wieder aus und wartete.

Nichts.

Sie versuchte es noch einmal. Alle Streifen gleichzeitig einzuschalten, löste bei ihr leichte Kopfschmerzen aus und blendete sie so, dass sie für kurze Zeit nichts mehr sehen konnte. Sie hatte es manchmal für die anderen Drachlinge getan, wenn die Höhlen wieder einmal deprimierend dunkel waren, oder Kestrel versuchte, sie zu bestrafen, indem sie ihnen sämtliche Fackeln wegnahm. Glory hasste das am meisten. Sie konnte Dunkelheit nicht ertragen.

Tsunami dachte an den Sommerpalast, in dem kein offenes Feuer erlaubt war und das einzige Licht von oben durch das Blätterdach kam. Mitten in einem Sturm würde nur wenig Licht vom Himmel bis nach unten durchdringen. Ihre Freunde saßen jetzt vermutlich im Dunkeln und hörten zu, wie das Wasser am Strand immer höher stieg.

Ich muss zu ihnen, dachte Tsunami, während sie noch einmal ihre Streifen aufleuchten ließ.

Direkt vor ihr riss Riptide die Flügel hoch, um seine Augen zu schützen.

Tsunami packte seine Klauen und schaltete ihre Streifen ab. Dann deutete sie in die Richtung, in der sie den Sommerpalast vermutete. *Mist. Warum kann ich nichts Nützliches sagen?*

Riptide rieb sich die Augen, dann starrte er das an ihr festgeschnallte Ei an. *Hast du vergessen, mir etwas zu sagen?,* sagte sein Schnauzenausdruck.

Sie zog ihm mit dem Schwanz eins über und deutete wieder. Als ihr das Muster für *dringend* einfiel, schaltete sie die entsprechenden Streifen ein.

Riptide nickte und fing an, zur Oberfläche zu paddeln.

Wir haben keine Zeit zum Plaudern, dachte Tsunami frustriert, aber sie folgte ihm, weil sie keine andere Wahl hatte.

Doch bevor Riptide die Oberfläche erreichte, drehte er sich um und ließ sich von einer anderen Strömung erfassen. Soweit Tsunami das beurteilen konnte, führte sie in die Richtung, in der der Sommerpalast lag. Er winkte ihr zu und Tsunami tauchte ebenfalls in die Strömung.

Na schön. Warum habe ich nicht nach so einer Strömung gesucht?

Vielleicht ging es bei der Fortbewegung im Meer gar nicht darum, stark zu sein und die ganze Zeit dagegen anzukämpfen. Vielleicht ging es darum, den Strömungen zu vertrauen und zu wissen, wo sie waren. Vielleicht dauerte es einfach eine Weile, bis sie sie verstand.

Tsunami versuchte, Riptide nicht aus den Augen zu verlieren, als sie in einem weiten Bogen um Inseln herumschwammen und wogenden Wolken aus durchsichtigen Quallen auswichen. In der Strömung kamen sie schnell voran, dennoch fühlte sich ihre Reise endlos an, und Tsunami konnte nicht aufhören, an ihre Freunde zu denken.

Sie hätte sich mehr Mühe geben sollen, ihre Mutter davon zu überzeugen, dass sie ihnen vertrauen konnte. Wie sollte jemand Clay misstrauen? Jeder Gedanke, der durch seinen Kopf ging, war ihm auf die große, trottelige Schnauze geschrieben. Und Sunny – diese beiden waren die vertrauenswürdigsten Drachlinge der Welt. Tsunami glaubte nicht, dass Sunny jemals in ihrem Leben einen negativen Gedanken gehabt hatte. Sie tat, was man ihr sagte, und das auch noch mit Freude. Sie dachte immer nur das Beste von den Drachen, sogar von Kestrel und Dune.

Was zwar nicht für Sunnys Urteilsvermögen oder ihre Intelligenz sprach, aber es ging darum, dass der kleine Drachling nie jemanden verletzen oder verraten würde – nicht einmal eine Horde Meeresflügler, die sie kaum kannte.

Starflight war das genaue Gegenteil von Sunny: Er war sehr klug, völlig unzuverlässig und hatte vor allem und jedem Angst. Er gab sich die größte Mühe, alles zu wissen, nur damit er sich irgendwie nützlich machen konnte. Er war nicht mutig. Er war kein guter Kämpfer. Er hatte noch nicht einmal irgendwelche besonderen Fähigkeiten der Nachtflügler, jedenfalls jetzt noch nicht. Die meiste Zeit über tat er Tsunami leid … jedenfalls dann, wenn er nicht gerade versuchte, ihr die Position als Anführerin der Gruppe streitig zu machen.

Aber wenn Königin Coral ihm eine Chance geben würde, würde sie vielleicht erkennen, dass seine Intelligenz wirklich nützlich war, vor allem beim Kampf gegen andere Stämme. Der Nachtflügler wusste vermutlich mehr über den Krieg und die verschiedenen Stämme als jeder andere Drache in Pyrrhia.

Glory … na ja, Glory wurde nie so richtig ernst genommen, dabei war sie diejenige, die am gefährlichsten war. Dafür war ihr geheimes Gift der Beweis. Tsunami ballte die Klauen zu Fäusten. Warum hatte Glory im Palast der Himmelsflügler so lange gewartet, bis sie ihre Freunde gerettet hatte? Wenn sie Königin Scarlet früher mit ihrem Gift bespritzt hätte, hätte Tsunami ihren Vater nicht töten müssen.

Außerdem redete sie immer so, als würde sie sich nichts aus der Prophezeiung machen, und wurde dann wütend, wenn die anderen sie darauf hinwiesen, dass sie überhaupt nicht darin vorkam. Es war schwer herauszufinden, was sie wirklich wollte. Und auf die sarkastischen Kommentare des Regenflüglers konnte Tsunami nun wirklich verzichten. Aber letzten Endes war es Glory gewesen, die sie im Königreich des Himmels gerettet hatte. Sie hatte getötet, um ihre Freunde zu beschützen.

Und ihr ist deswegen niemand böse, dachte Tsunami verbittert. *Stattdessen halten sie* mich *für verrückt und impulsiv. Das ist nicht fair.*

Aber wenn Glory das für sie tun würde, sollte Königin Coral lernen, auch ihr zu vertrauen.

Wenn Mutter zum Sommerpalast zurückkommt, dachte Tsunami, *werde ich mit ihr reden. Ich werde dafür sorgen, dass sie meine Freunde wie meine Freunde behandelt und nicht wie Gefangene.*

Egal wie wütend die anderen auf sie waren, Tsunami wollte nicht, dass ihnen etwas passierte. Und nach zwei Tagen bei den Meeresflüglern musste sie zugeben, dass sie die Drachlinge irgendwie vermisste … sogar Starflight und Glory.

Aus der Dunkelheit vor ihnen ragten die spiralförmigen Hornfelsen auf, mit dem goldenen Seetangvorhang dahinter. Riptide hielt neben den Felsen an und schwamm rückwärts, als wollte er sie hier verlassen.

Tsunami schlang ihren Schwanz um seinen und sah ihn an. *Komm,* sagte sie, während sie wünschte, sie würde die Muster für *bitte* und *Ich brauche vielleicht deine Hilfe* und *Die Königin ist weit weg und wird erst zurückkommen, wenn der Sturm vorbei ist* kennen. Aber alles, was sie sagen konnte, war *Komm.*

Offenbar war das alles, was sie zu sagen brauchte. Riptide nickte und deutete auf den Vorhang. Anscheinend wollte er ihr den Vortritt lassen. Sie ließ seinen Schwanz los und schwamm in den Tunnel.

Die Strömung im Tunnel fühlte sich schneller und stärker an als vorher. Als sie im See des Sommerpalastes wieder an die Oberfläche kam, drehte sie sich sofort zum Strand hin.

Die weißen Kieselsteine waren von dem steigenden Wasser verschluckt worden und der Eingang zur Höhle lag teilweise unter Wasser. Die Wachen der Meeresflügler waren verschwunden, und es gab keine Anzeichen dafür, dass ihre Freunde sich außerhalb der Höhle befanden. Tsunami sah nach oben, weil sie sich fragte, ob sie vielleicht in eine höher gelegene Höhle verlegt worden waren. Aber alles, was sie sah, waren ein paar neugierige Schnauzen von Meeresflüglern, die zu ihr nach unten starrten.

Die meisten Drachen waren vor dem tropfenden Blätterdach geflüchtet und hatten Unterschlupf in den Höhlen gesucht. Nass zu sein, war etwas Wunderbares, aber wenn einem ständig Regentropfen auf den Kopf prasselten, ging einem das sehr bald auf die Nerven.

Tsunami paddelte zum Strand und spürte die Kiesel unter ihren Klauen knirschen, als sie zur Höhle stapfte. Das Wasser ging ihr nur bis zum Bauch, aber sie wusste, dass es schnell ansteigen würde. Als die Wellen kalt und abweisend gegen das Ei schlugen, fiel Tsunami wieder ein, dass sie es warm halten sollte. *Nicht aufgeben, kleine Schwester,* dachte sie. *Es ist gleich vorbei.*

»Hallo?«, rief sie in die Höhle. Ihre Augen gewöhnten sich an die Dunkelheit. Plötzlich sah sie ganz hinten in der Höhle einen riesigen Berg aus Schatten.

Für einen Moment setzte ihr Herzschlag aus.

Nein.

Waren das die Kadaver ihrer Freunde?

War sie zu spät gekommen?

17. Kapitel

An der Spitze des Berges hob sich ein kleiner Kopf. »Tsunami?«, quiekte Sunny.

»Alles in Ordnung mit dir?«, platzte es aus Tsunami heraus. Als sie zu dem Sandflügler watete, stellte sie fest, dass der untere Teil des Berges aus Clay bestand, der ausgestreckt am Boden lag und bis zur Hälfte von Wasser überspült wurde. Glory lag auf ihm, und auf ihr Starflight, und ganz oben auf dem Stapel saß Sunny, außer Reichweite des Wassers.

»Das ist eine bescheuerte Strategie«, machte Tsunami ihren Freunden klar, als sie einer nach dem anderen die Augen öffneten. Sie verbarg ihre Erleichterung darüber, dass die Drachlinge am Leben waren, indem sie sie ausschimpfte. »Im Ernst, wessen Idee war das – Starflights? Wenn die Höhle mit Wasser vollläuft, sitzt ihr hier in der Falle, und selbst wenn nur Clay überflutet wird, kann er nicht den ganzen Sturm über die Luft anhalten. Warum seid ihr nicht in eine andere Höhle gegangen?«

»Oh«, sagte Glory in eisigem Ton. »Die Prinzessin der Meeresflügler hat ja plötzlich Zeit für uns.«

»Es ist nur ein Tag gewesen«, erwiderte Tsunami verlegen. »Meine Mutter hat mich ganz schön auf Trab gehalten.«

»Jedenfalls fühlen wir uns geehrt, dass du Zeit gefunden hast, uns zu besuchen. Wie wäre es, wenn du noch mehr deiner unglaublich brillanten Weisheiten mit uns teilst?« Glory zappelte herum und verdrehte den Hals, um Starflight einen bösen Blick zuzuwerfen. »Wenn du nicht sofort deine Riesentatzen von meinen Flügeln nimmst, beiße ich dich.«

»Wir können nicht weg, Tsunami«, sagte Sunny, als Starflight hastig seine Position veränderte. »Wir können Clay doch nicht allein lassen.« Sie deutete auf Clays Klauen.

Mit einem resignierten Ausdruck auf der Schnauze hob Clay seine Vorderklauen. Um die Gelenke waren silberne Ketten gewickelt, die mit im Boden eingelassenen Ringen verbunden waren. Seine Hinterklauen waren auf die gleiche Art gefesselt.

Tsunamis Entsetzen wich einer unbändigen Wut. Hatte ihre Mutter das angeordnet? Falls ja, musste sie gewusst haben, dass Clay bei einem Sturm ertrinken könnte. Und es war ihr egal gewesen. Sie hatte Tsunami *angelogen* und gesagt, dass ihren Freunden nichts geschehen würde.

Aber vielleicht hatte sie es nicht gewusst. Vielleicht war das ja Shark gewesen.

Falls ja, reiße ich ihm den Kopf ab.

»Ich wusste, dass du uns holen kommst«, sagte Sunny. »Ich meine, ich dachte, dass du gestern kommst. Oder heute Morgen. Oder als der Sturm begann. Aber ich wusste, dass du kommen würdest. Irgendwann. Jedenfalls war ich ziemlich sicher.«

»Ich war sicher, dass du nicht kommen würdest«, warf Glory ein. »Findet nicht gerade ein Festmahl oder eine Krönung statt, bei der du unbedingt dabei sein musst?« Sie starrte Tsunami an. »Ist das da ein *Ei*? Wow, im Königreich des Meeres geht das aber schnell. Wer ist der glückliche Vater?«

»Glory, jetzt hör bitte für ZWEI SEKUNDEN auf, auf mir herumzuhacken«, rief Tsunami. Sie legte das Geschirr ab und gab es vorsichtig an Sunny weiter. »Sunny, du musst dich darum kümmern. Es muss warm bleiben, und du bist die Einzige, die das schaffen kann.« Sie hoffte, dass die natürliche Wärme der Sandflüglerschuppen den Bedingungen ähnelte, die das Ei in der Bruthöhle haben würde.

»Ich?« Sunny war begeistert. »*Ich* soll etwas Wichtiges tun?«

»Etwas sehr Wichtiges«, erklärte Tsunami. »Das ist der allerletzte weibliche Drachling, den Königin Coral vielleicht jemals haben wird. Jemand will ihn töten, und wir werden dafür sorgen, dass das nicht passiert.«

Sunny wickelte das Geschirr zweimal um sich herum und drückte das Ei gegen ihre warmen Schuppen. Als Tsunami den Kopf hob, glaubte sie zu sehen, wie sich etwas Dunkelblaues in dem Ei bewegte. »Wärme und beschütze es und zerbrich es auf gar keinen Fall und lass bloß nicht Clay in seine Nähe, damit er sich nicht aus Versehen draufsetzt.«

»Das würde ich doch nie tun!«, protestierte Clay. Sein Magen grummelte laut.

»Haben sie euch denn wenigstens was zu fressen gebracht?«, erkundigte sich Tsunami.

»Heute Morgen haben wir ein paar Reste vom Frühstück bekommen«, sagte Clay mit einem tiefen Seufzer. »Sehr extrem kleine winzige Krabben.«

»Ich werde jemanden meine Krallen spüren lassen«, fauchte Tsunami. Log Lagoon Königin Coral an? Oder vernachlässigte sie die Drachlinge auf Befehl der Königin?

Tsunami hockte sich hin und musterte die Ketten. »Habt ihr versucht, sie zu schmelzen?«, fragte sie Sunny und Starflight. »So wie bei mir, als ihr mich unter dem Berg befreit habt?«

Starflight beugte sich vor und deutete auf ein paar geschwärzte Stellen an der Kette. »Wir haben es versucht«, sagte er. Seine Stimme klang noch niedergeschlagener als sonst. »Es hat nicht funktioniert. Das Metall muss so ähnlich sein wie bei den Drähten der Himmelsflügler. Es ist irgendwie verstärkt.«

Als Tsunami ein Plätschern hinter sich hörte, wirbelte sie herum, aber es war nur Riptide.

»Wie kriegen wir die Ketten runter?«, wollte sie wissen.

Er rieb sich nervös die Schnauze. »Du brauchst den Schlüssel von den Wachen«, erklärte er. »Aber den werden sie dir nicht geben.«

»Das werden wir ja sehen«, knurrte Tsunami. »Wenn es sein muss, versteckst du dich«, sagte sie zu Riptide. »Ich muss vielleicht eine der Wachen hier reinholen. Gewaltsam, mit meinen Krallen durch seine Ohren«, murmelte sie, als sie aus der Höhle stürmte.

Die Schnauzen der Meeresflügler im Palast verschwanden blitzartig vom Rand der Ebenen, als die Drachen ihren finsteren Blick bemerkten. Aber Tsunami erinnerte sich daran, dass sie auf einer der unteren Ebenen Wachen gesehen hatte, die sich dort ausgeruht und aus Kesseln getrunken hatten. Auch jetzt konnte sie einige von ihnen auf der Plattform sehen. Sie wollten die Höhle anscheinend gemütlich aus dem Trockenen heraus beobachten.

Tsunami flatterte zum Pavillon hinüber und landete neben einem großen Kessel, in dem eine Flüssigkeit blubberte, die wie grüner Tee roch. Um einen niedrigen Tisch hatten sich vier Wachen versammelt, die ein Spiel spielten, bei dem Fischknochen hin- und hergeschoben wurden. Sie erstarrten, als sie ihre Krallen auf dem Steinboden klacken hörten. Wie in Zeitlupe drehten sich die Wachen zu ihr um, und aufgrund ihrer schuldbewussten Schnauzen vermutete sie, dass sie eigentlich noch auf ihrem Posten vor der Höhle sein sollten.

Allerdings wusste sie nicht, ob die Wachen ein schlechtes Gewissen hatten, weil sie gerade ihre Freunde ertrinken ließen, oder ob sie sich nur Sorgen machten, wie die Königin reagieren würde, wenn sie herausfand, dass sie ihre Pflichten vernachlässigten.

»Gebt mir den Schlüssel«, knurrte Tsunami.

»Ähm«, murmelte eine der Wachen. »Was für 'nen Schlüssel?«

»Bring mich nicht dazu, dich zu beißen!«, brüllte Tsunami ihn an. »Den Schlüssel! Sofort!« Sie machte einen Schritt nach vorn und drohte ihnen mit dem Schwanz.

Obwohl alle vier Wachen größer waren als Tsunami, wichen sie zurück. Sie fragte sich, wie viele von ihnen sie kampfunfähig machen konnte, wenn sie schnell genug angriff.

»Das können wir nicht tun!«, protestierte eine zweite Wache. »Wir haben unsere Befehle!«

»Befehle von wem?«, wollte Tsunami wissen.

»Von unserem … unserem Kommandanten«, sagte die erste Wache.

»Shark?«

Sie nickten eifrig, als hofften sie, dass Tsunami jetzt verschwinden und stattdessen ihn anbrüllen würde.

»Pech für ihn«, sagte Tsunami. »Schlüssel.« Sie streckte die Klaue aus.

»Aber wir *können nicht*«, sagte die zweite Wache noch einmal.

Tsunami musterte seine Schuppen und suchte nach Schwachstellen. Sie wusste, dass sie stark und schnell war, und sie war ziemlich sicher, dass sie die beiden Wachen mit ihrem Schwanz über den Rand der Plattform fegen konnte, während sie der dritten Wache ihre Krallen auf die Schnauze hieb. Vielleicht schaffte sie es, die vierte mit den Zähnen –

Plötzlich musste sie daran denken, wie es sich angefühlt hatte, die Schuppen eines Meeresflüglers unter ihren Krallen zu spüren. Ein Schauder lief ihr über den Rücken. Sie hatte Gill in der Arena genauso angesehen und ihn von den Hörnern bis zum Schwanz gemustert, damit sie ihn besiegen konnte. Was sollte sie jetzt tun? Noch mehr Drachen töten, nur, weil sie ihr im Weg standen?

Drachen, die sie nicht einmal kannte – Drachen, die ihre Brüder oder ihre Cousins sein konnten –, Drachen, die Familie hatten, die für irgendjemanden mehr waren als nur namenlose Wachen.

Vielleicht hatten ihre Freunde ja recht, was Tsunami anging.

Die Wachen sahen zu Tode erschrocken aus, als würden sie darauf warten, dass Tsunami sie angriff. Allerdings wussten sie auch, zu was Coral und mit Sicherheit auch Shark fähig war. Tsunami konnte sich nichts Entsetzlicheres vorstellen als das, was ihre Mutter mit Turtle gemacht hatte. So etwas wollte sie nie tun müssen.

Aber wenn sie nicht furchterregender als ihre Mutter sein konnte … vielleicht gab es noch einen anderen Weg. Vielleicht konnte sie die Wachen überzeugen, anstatt mit ihnen zu kämpfen.

Sie erinnerte sich an die Wachen im Gefängnis der Himmelsflügler, die das Lied über die Drachlinge der Vorsehung, gesungen hatten. Vielleicht waren diese Drachen genauso – sie glaubten an die Prophezeiung und wollten, dass sie sich erfüllte. Vielleicht konnte sie sich das zunutze machen, anstatt ihnen einfach nur den Schwanz um die Ohren zu hauen.

»Passt mal auf«, sagte sie energisch. »Habt ihr schon mal etwas von der Prophezeiung gehört?«

Die Wachen wechselten verwirrte Blicke. Tsunami vermutete, dass seit der Ankunft der Drachlinge ausgiebig über die Prophezeiung geredet worden war.

»Großartig. Könnt ihr euch an irgendeine Stelle in der Prophezeiung erinnern, in der es hieß, dass eine Gruppe von Krakenköpfen den Erdflügler ertrinken lässt, bevor er die Welt retten kann? Habe ich den Teil überlesen?« Sie ließ ihren Schwanz knallen. »Wollt *ihr* diejenigen sein, die Pyrrhias einzige Chance auf Frieden ruiniert haben?«

»Nein«, platzte die dritte Wache heraus. »Der Krieg *muss* ein Ende haben.« Er zog den Kopf ein. »Du hast heute meinen Bruder gerettet, als du ihn weggeschickt hast, damit er seine Wunden versorgen lässt. Sie hätte ihn für den Rest der Ratssitzung dort stehen lassen.«

Tsunami war so schockiert, dass sie für einen Moment nichts sagen konnte. Stimmte das? Hatte Königin Coral Soldaten auf diese Weise sterben lassen? Ohne jeden Grund?

»Welcher von ihnen war dein Bruder?«, erkundigte sie sich.

Er zeigte auf seine Kehle – der Drache mit der Wunde am Hals, dem das Blut aus den Kiemen geströmt war.

»Oh«, sagte Tsunami. »Was ist aus seinem Freund geworden?«

Die Drachen schüttelten den Kopf. »Zu spät«, sagte die erste Wache. Sie zerquetschte die Fischknochen zwischen ihren Vorderklauen und wandte den Blick ab.

»Wir wollen dir ja helfen«, sagte die dritte Wache. »Aber wenn wir eine neue Königin unterstützen, bevor die jetzige Königin überhaupt herausgefordert wurde … könnte das für uns sehr böse ausgehen.«

Dann glaubt also tatsächlich *jemand, dass ich das Zeug zur Königin habe,* dachte Tsunami zufrieden.

»Ich habe euch doch schon gesagt, dass sie nicht unsere neue Königin sein kann«, warf die erste Wache ein. »Die Drachlinge aus der Prophezeiung dürfen nicht am Krieg teilnehmen, wenn sie ihn beenden wollen.«

»Außerdem soll Anemone unsere nächste Königin werden«, knurrte die vierte Wache.

»Du weißt doch gar nicht, was die Prophezeiung bedeutet«, wandte die dritte Wache ein. »Vielleicht sollen sie ja alle über ihre Stämme herrschen und den Krieg auf diese Weise beenden.«

Da wandte sich die dritte Wache an Tsunami. »Sag du es uns«, verlangte sie. »Wie ist euer Plan? Wenn ihr wirklich die Drachlinge aus der Prophezeiung seid, wie wollt ihr sie erfüllen?«

Tsunami trat von einer Klaue auf die andere. Das war die Frage, die sie nicht beantworten konnte. Die Klauen des Friedens hatten ihnen nicht gesagt, was sie tun sollten. Das schien niemand zu wissen. Sie unterhielt sich zwar gern mit den anderen darüber, dass die Drachlinge die nächste Königin der Sandflügler bestimmen würden, aber sie konnte sich nicht vorstellen, wie das funktionieren sollte. Wer würde schon auf sie hören? Selbst wenn sie durch ganz Pyrrhia zogen und ständig »Wie wär's mit Blister? Wir finden sie toll. Blister soll gewinnen« brüllten – was würde das bringen? Es würde Burn und Blaze nicht vom Kämpfen abhalten.

Aber einige Drachen glaubten an die Prophezeiung – Soldaten wie diese vier hier. Sie durfte sich nicht anmerken lassen, dass sie überhaupt nicht wusste, was sie tat.

»Hört zu«, sagte sie. »Ich habe keine Ahnung, ob ich die nächste Königin der Meeresflügler sein soll oder nicht. Manchmal denke ich, dass Königin Coral alles richtig macht, und manchmal –« Sie verstummte, weil sie an Turtle denken musste. Würde Anemone eine bessere Königin sein, eines Tages, wenn sie alt genug war? Oder Tsunami?

»Aber eines weiß ich«, fuhr sie fort. »Wir *können* die Prophezeiung nicht ohne Clay erfüllen. Er ist das Herz unserer Gruppe. Ohne ihn wird der Rest von uns auseinandergehen und wir werden unser Schicksal nicht erfüllen können.«

Sie machte einen Schritt auf die erste Wache zu, deren Schnauzenausdruck zwischen Zustimmung und tiefer Sorge schwankte. »Ich weiß, dass ihr Erdflüglern nicht traut. Ich weiß, dass ihr Shark blind gehorcht. Aber wir reden hier über das Ende des Krieges. Ihr habt gedacht, dass nichts, was ihr je tut, den Frieden bringen oder die Drachen, die euch etwas bedeuten, retten könnte, aber jetzt könnt ihr etwas von entscheidender Bedeutung tun.« Sie ging noch einen Schritt näher. »Gebt mir einfach den Schlüssel.«

Die Wache rang nervös die Klauen und sah die anderen an. Zwei von ihnen nickten, die dritte wandte mit zuckendem Schwanz den Blick ab, als wollte sie sich aus der ganzen Sache heraushalten.

»Ich werde alles tun, was ich kann, um euch zu beschützen«, versprach Tsunami.

Die erste Wache griff in eine Vertiefung im Tisch und zog ein

Paar schwere silberne Schlüssel hervor. Sie legte sie behutsam in Tsunamis Klauen.

»Danke«, sagte Tsunami. »Wie heißt ihr?«

»Snail«, erwiderte die erste Wache. Sie deutete auf die anderen. »Flounder, Herring und Kelp.« Sie zögerte. »Wenn du tatsächlich Königin werden solltest, vergiss uns bitte nicht. Was auch immer sie tut, um uns zu bestrafen, bitte kümmere dich um unsere Familien.«

»Und beende diesen Krieg«, warf Herring ein. »Tu, was immer du tun musst.«

Tsunami trat zurück, nahm die Schlüssel fest in die Klauen und salutierte vor den Wachen. Dann ließ sie sich vom Rand der Plattform fallen und flog zurück zur Höhle.

Das Wasser reichte jetzt schon fast bis zu ihren Flügeln. Clay hatte sich aufgerichtet und starrte besorgt auf das steigende Wasser, während Sunny immer noch auf seinem Rücken hockte. Glory und Starflight schwammen mit Riptide zusammen im Wasser. Sie sahen beide fürchterlich genervt aus, weil sie so nass waren.

»Hurra«, jubelte Sunny, als Tsunami die Schlüssel hochhielt.

»Wow«, meinte Glory. Über ihre Schuppen huschten hellgelbe Wellen. »Ich hätte nicht gedacht, dass das funktioniert.«

Tsunami steckte den Kopf unter Wasser und brauchte nicht lange, um das Schloss für die Vorderklauen zu finden, einen der Schlüssel hineinzustecken und es zu öffnen. Der zweite Schlüssel löste die Ketten an seinen Hinterklauen. Clay schob sie zur Seite und schüttelte seine Flügel aus, als Tsunami sich wieder aufrichtete.

»Alles gut.« Er grinste sie an. Sein Magen war nicht dieser Meinung und knurrte laut. »Na ja, fast alles«, fügte er hinzu.

»Wir suchen uns jetzt erst mal ein trockenes Plätzchen, und dann besorge ich uns was zu fressen«, sagte Tsunami. Sie scheuchte die Drachlinge aus der Höhle. Riptide, der sich immer noch in den Schatten hielt, blieb zurück. Sie drehte sich zu ihm.

»Danke«, flüsterte sie. »Du hast meine Freunde gerettet.«

»Ich habe nicht viel getan«, flüsterte er zurück. »Ich würde es nicht schaffen, jemanden so einzuschüchtern, dass er das tut, was ich will. Aber du bist richtig gut darin.«

»Na ja«, erwiderte Tsunami. »Manchmal funktioniert das mit dem Einschüchtern nicht und dann muss man es mit etwas anderem versuchen. Aber es wäre natürlich viel einfacher, wenn jeder sofort tun würde, was ich will.«

Er lachte. »Ich sollte von hier verschwinden, bevor mich jemand sieht.«

Sie nickte und schlang ihren Schwanz um seinen. »Ich werde morgen wieder nach dir Ausschau halten. Schließlich muss ich noch eine Menge Aquatisch lernen.«

Er lächelte und schlich aus der Höhle ins Wasser. Tsunami watete auf den Strand hinaus und sah zu, wie seine himmelblauen Schuppen in dem Unterwassertunnel verschwanden. Sie war froh, dass sie wenigstens einen Drachen im Königreich der Meere gefunden hatte, dem sie vertrauen konnte.

»OOOOOOOOOOOOOOOOOOOOOOOH«, fing Glory an.

»Untersteh dich.« Tsunami packte den Regenflügler und warf ihn in den See.

Glory kreischte empört und rettete sich in die Luft, wobei sie einen Schauer kalter Wasserstropfen auf die anderen niedergehen ließ. Der Regen tropfte immer noch durch das Blätterdach und über die Oberfläche des Sees rollten kleine Wellen.

»Versuchen wir's mal mit der Höhle da«, schlug Tsunami vor, während sie auf eine Stelle hoch oben in der Klippe deutete. »Wenn schon jemand drin ist, schmeiß ich ihn raus.«

Glory schnaubte.

Doch die Höhle stellte sich als leer und trocken heraus, und als sich alle darin zusammengedrängt hatten, wurde sie auch schnell warm. Sunny beugte sich über das Ei, streichelte es und murmelte etwas. Starflight spuckte eine kleine Flamme in die Luft, damit sie sich aufwärmen konnten, und Glory kuschelte sich an Sunnys Rücken, um wieder trocken zu werden.

»Der Drachling kann dich nicht hören«, gab Tsunami dem Sandflügler zu bedenken.

»Das wissen wir doch gar nicht«, widersprach Sunny. »Die Kleine hat vielleicht Angst. Ich sage ihr nur, dass alles in Ordnung ist, und wir gut auf sie aufpassen.«

Tsunami musste ein Lächeln unterdrücken. Sie war froh, dass Sunny zugestimmt hatte, das Ei an sich zu nehmen. Tsunami hatte befürchtet, dass der kleine Sandflügler immer noch wütend auf sie war und nicht helfen wollte. Aber vielleicht hatte Sunny schon längst vergessen, dass Tsunami den Soldaten der Himmelsflügler angegriffen hatte. Oder vielleicht war Sunny immer bereit zu helfen. Im Gegensatz zu Glory war sie nicht immer grundsätzlich gegen alles, nur um Schwierigkeiten zu machen.

Clay stupste Tsunami mit seiner Schnauze an. »Wir sind froh, dass du wieder da bist. Erzähl uns was über deinen Stamm. Mögen dich alle? Sind sie gute Kämpfer?«, sagte er. »Was fressen sie?«, fügte er dann noch wehmütig hinzu.

»Ich such jetzt erst einmal einen kleinen Imbiss für euch«, erwiderte Tsunami, während sie auf den Höhleneingang zuging.

Sie war überrascht darüber, wie warm und glücklich sie sich fühlte, weil sie wieder mit ihren Freunden zusammen war.

Eigentlich hatte sie erwartet, dass sie sich unter den Meeresflüglern so fühlen würde – als würde sie nach Hause kommen.

Warum ist es dann nicht so?

18. Kapitel

Tsunami ließ drei Kessel auf den Höhlenboden fallen – einen mit Fisch, einen mit frischem Wasser und einen mit einem Seetang-Pilz-Salat. Sie hatte sie auf der Küchenebene gefunden, unbewacht, und war daher der Meinung gewesen, dass sie bei den Drachlingen besser aufgehoben waren.

Sunny schnappte sich den Salatkessel und steckte sofort ihre Nase hinein. Starflight warf einen kurzen Blick auf den Fisch und dann, ohne die anderen zu fragen, ob sie etwas dagegen hatten, spuckte er eine Flamme in den Kessel. Als der Qualm sich gelegt hatte, war der Fisch schwarz und schmeckte nach Rauch.

»Hey«, protestierte Tsunami. »Ich fresse sie gern roh.«

»Überstimmt«, entschied Glory. »Roher Fisch ist ekelhaft.«

»Roher Fisch ist toll«, beharrte Tsunami.

»Wie deine Mutter?«, sagte Glory skeptisch. »Deine Furcht einflößende, böse Mutter?«

»Sie ist *nicht* Furcht einflößend«, erwiderte Tsunami. »Sie ist eine wunderbare Königin!«

»Das steht auch so in den Schriftrollen«, murmelte Starflight, der das Maul voll mit verkohltem Fisch hatte.

Tsunami sah an die Decke der Höhle und trat von einer Klaue auf die andere. »Ähm …«, begann sie. »Offenbar hat sie … na ja, sie hat eine Menge davon selbst geschrieben.«

»*Wirklich?*« Starflight blinzelte erstaunt. »Sie ist Schriftstellerin? Ich hatte keine Ahnung. Das ist so … Ich meine, ich wünschte, ich … glaubst du, sie würde etwas lesen, das ich …« Er hörte auf zu stammeln und spielte für einen Moment an dem Kessel herum. »Ich finde es jedenfalls cool«, murmelte er, während er sich noch einen Fisch ins Maul stopfte.

»Aber es steht nicht nur in den Schriftrollen. Auch ihre Untertanen halten sie für eine großartige Königin«, sagte Tsunami ihrer Mutter treu ergeben. *Die meisten von ihnen. Glaube ich.*

»Faszinierend«, meinte Glory trocken. »Bis auf den Teil, in dem sie alle ihre Töchter aus dem Weg räumt.«

Tsunami starrte Glory an. Sie war so entsetzt, dass sie nicht antworten konnte.

»Moment mal«, mischte sich Clay ein. »Das ist nur eine Theorie.«

»Aber eine gute«, bemerkte Starflight. »Wenn alle Töchter tot sind, gibt es niemanden mehr, der sie zum Kampf um den Thron herausfordern wird, denn die Königin hat keine Schwestern. Sie könnte hundert Jahre Königin sein und friedlich im Schlaf sterben anstatt im Kampf.«

Sunny zog das Ei noch enger an sich und tätschelte es beruhigend.

»Nein!«, platzte es aus Tsunami heraus. »Da irrt ihr euch gewaltig! Sie würde doch *nie* – ihr wisst nicht, wie fürsorglich sie ist. Seht euch doch an, wie sie sich um Anemone kümmert.«

»Wie ein verrückter Drache«, warf Glory ein, während sie Tsunami mit einem verkohlten Fisch zuwinkte.

»Es ist eine ziemlich gute Methode, um sie unschuldig aussehen zu lassen«, gab Starflight zu bedenken. »Und denkt doch einmal darüber nach, wann das mit den Morden angefangen hat.« Er wartete, einen *Ist-das-nicht-offensichtlich?*-Ausdruck auf der Schnauze.

»Ach herrje.« Clay kratzte sich am Kopf. »Haben wir das tatsächlich mal gelernt?«

»Ich weiß es auch nicht mehr«, flüsterte Sunny ihm zu.

»Starflight«, knurrte Tsunami. »Jetzt sag's schon.«

»Na schön«, lenkte Starflight ein. »Es war kurz nach dem ersten und einzigen Kampf um den Thron, den Königin Coral geführt hat. In ihrem ersten Gelege war nur ein Weibchen –«

»Orca«, vermutete Tsunami.

Starflight nickte zufrieden. »Du erinnerst dich daran! Sie hat die Königin quasi in dem Moment herausgefordert, in dem sie ausgewachsen war. Ich bin sicher, dass die Königin noch schockierter war als alle anderen. Vor allem, als Orca sie fast getötet hätte. Königin Coral hat nur durch Zufall gewonnen, weil sie Orca mit dem Narwalhorn am Ende ihres Schwanzes aufgespießt hat.«

»Und?«, meinte Tsunami. »Warum sollte sie das zur Mörderin ihrer zukünftigen Töchter machen?«

»Im Ernst?«, spottete Glory. »Sie hat gesehen, wie nah sie dem Tod kommen kann. Ihr ist klar geworden, dass sie vielleicht bald tot ist, wenn sie auch nur einen einzigen weiblichen Drachling aufwachsen lässt. Es ist viel einfacher, sie alle in ihren Eiern oder als kleine Drachlinge zu töten, bevor sie gefährlich werden.«

»Hör auf damit!« Tsunami hielt sich den Kopf. Das *konnte* doch nicht wahr sein. »So ist sie nicht. Sie liebt ihre Töchter. Als sie herausgefunden hat, dass das andere Ei zerbrochen war –« Tsunami verstummte, weil ihr klar wurde, wie viel sie *nicht* wusste. Sie versuchte, ihre Theorie zu untermauern, indem sie zu erzählen begann, vom Rat, den Schriftrollen ihrer Mutter, dem geheimnisvollen Drachen, der sie im Tunnel überfallen hatte, und der Reaktion Königin Corals auf Turtles Ungehorsam.

»Ihr seht also«, schloss sie, »dass sie es nicht gewesen sein kann. Sie hat die weiblichen Drachlinge nicht getötet. Sie will sie am Leben halten, mehr als jeder andere.«

»Jemand hat versucht, dich umzubringen?«, fragte Clay entsetzt. »Alles in Ordnung mit dir?«

»Ich würde gern wissen, was mit *uns* geschehen wäre, wenn es ihm oder ihr gelungen wäre«, meinte Glory wütend.

»Willst du damit sagen, dass Sunny jetzt in Gefahr ist?«, fragte Starflight zur gleichen Zeit. »Wegen dieses Eis? Warum tust du ihr das an?«

»Es macht mir nichts aus«, sagte Sunny, während sie sich an das Ei vor ihrer Brust kuschelte. Aber sie sah noch blasser aus als sonst.

»Jetzt hört doch mal zu«, verlangte Tsunami. »Versteht ihr denn nicht? Wir tun etwas Gutes, indem wir diesen Drachling am Leben halten. Und jetzt muss sich Königin Coral um uns alle kümmern, weil wir ihre Tochter beschützen. Sie kann euch nicht mehr in Ketten legen und hungern lassen – falls das überhaupt ihre Idee war.«

Glory und Starflight wechselten einen Blick, der *ja klar* sagte. Tsunami starrte die beiden mit gerunzelter Stirn an.

»Und wenn wir den wahren Mörder finden«, beeilte sie sich zu sagen, »sind wir alle Helden.«

»Aber nicht, wenn es deine Mutter ist«, wandte Glory energisch ein. »Und es ist deine Mutter.«

Tsunami hätte ihr am liebsten eine gescheuert. »Meine Mutter kann es nicht sein«, wiederholte sie. »Der Drache, der mich im Tunnel angegriffen hat, war nicht mit einem Drachling verbunden. Wo hätte sie denn Anemone lassen sollen, während sie mich überfällt? Und wie hätte sie eines ihrer Eier zerbrechen können, wo doch Anemone die ganze Zeit bei ihr ist?«

»Sie hätte jemand anderen schicken können«, gab Starflight zu bedenken. »Möglich wäre auch, dass der Überfall auf dich gar nichts mit den Morden an den Prinzessinnen zu tun hat. Vielleicht gibt es noch einen anderen Grund, warum dich jemand tot sehen will.«

»Ooooh, da wüsste ich gleich mehrere«, warf Glory ein.

»*Ich* glaube, es ist Shark.« Tsunami ignorierte Glory einfach. »Kurz bevor Turtle gestorben ist, hat sie auf ihn gezeigt. Er war vor dem Rest des Rats im Versunkenen Palast. Wenn ich recht habe, und es tatsächlich einen geheimen Eingang zur Bruthöhle gibt, könnte er sich hineingeschlichen und die Drachlinge getötet haben, ohne dass es jemand bemerkt hat. Und er hätte mich auch im Tunnel angreifen können. Niemand wusste so genau, wo er war.«

»Tsunami«, sagte Clay, während er sie mit seiner Schnauze anstupste. Seine Stirn legte sich in tiefe Sorgenfalten. »Ich glaube, du bist hier nicht sicher. Vielleicht sollten wir verschwinden.«

»Oder zumindest sollten *wir* verschwinden«, schlug Glory vor. »Wenn du wirklich willst, kannst du ja hierbleiben. Jetzt, wo uns gerade niemand bewacht, wäre der richtige Zeitpunkt.«

Tsunami zögerte. Es war viel schwieriger, sich an das Leben mit den Meeresflüglern zu gewöhnen, als sie gedacht hatte. Und es gefiel ihr nicht, Seiten an ihrer Mutter zu entdecken, die ihr Angst machten. Sie zog das Bild in ihrem Kopf vor, von dem sie ihr ganzes Leben lang geträumt hatte – die liebende Königin aus *Die verlorene Prinzessin.*

Als sie mit den Klauen über die Perlen an ihrem Hals fuhr, musste sie daran denken, wie Königin Coral sie ihr bei ihrer ersten Begegnung gegeben hatte und wie glücklich sie beide dabei gewesen waren.

»Auf keinen Fall«, sagte Sunny zur Überraschung aller. »Ich werde dieses Ei nicht allein lassen, bis es schlüpft.« Sie legte beschützend ihre Klauen darauf. »Und wir können uns nicht trennen. Wir müssen die Prophezeiung *zusammen* erfüllen.«

»Ich bin der gleichen Meinung wie Sunny«, stimmte Starflight ihr zu. »Mir gefällt es hier auch nicht sonderlich gut, aber wir müssen bleiben, bis wir Blister kennengelernt haben. Deshalb sind wir doch hergekommen.«

Ich nicht, dachte Tsunami. Sie hatte ganz vergessen, dass Blister herkommen wollte, um die Drachlinge kennenzulernen. Außerdem war sie sich nicht sicher, ob das etwas war, auf das man sich freuen sollte.

»Dann glaube ich, dass du bei uns bleiben solltest«, sagte Clay, während er wieder Tsunamis Klauen nahm. »Damit wir gegenseitig auf uns aufpassen können.«

Das hatte Tsunami zwar sowieso vorgehabt, aber es ging ihr viel besser, als sie es von Clay hörte und sah, wie Sunny hinter ihm heftig nickte. So sehr konnten die anderen sie also nicht hassen, wenn sie wollten, dass sie bei ihnen blieb.

»Also gut«, sagte sie, als hätte er sie überzeugt. »Dann kann ich euch auch helfen, das Ei zu beschützen.«

»Wehe, du tust es nicht«, murmelte Starflight mit einem besorgten Blick auf Sunny.

Sie kuschelten sich aneinander, um zu schlafen, und nahmen das Ei in die Mitte. Tsunami legte den Kopf an Clays Schulter und lauschte dem Regen, der auf das Blätterdach über ihnen prasselte. Die letzte Nacht hatte sie unter Wasser auf Seetang geschlafen, so gut wie noch nie in ihrem Leben. Aber obwohl sie jetzt wieder in einer Höhle war, fand sie das Geräusch von Clays tiefen Atemzügen beruhigender als ein Seetangbett oder einen perlenbesetzten Unterwasserpalast.

Erst als Tsunami schon fast eingeschlafen war, fiel ihr ein, dass sie ganz vergessen hatte, den anderen von Kestrels Tod zu erzählen.

19. Kapitel

»WO SIND SIE?!«

Tsunami wurde mitten aus einem Albtraum gerissen, in dem ihr das letzte Ei durch die Klauen geglitten und auf einem Korallenriff zerschmettert war. Sie blinzelte und warf einen Blick unter ihren Flügel. Sunny war immer noch um das Ei gerollt und hielt es warm. Der kleine Sandflügler hob den Kopf, als wäre auch er von etwas geweckt worden. Aber wovon?

»WO SIND DIE DRACHLINGE? WO IST MEINE TOCHTER? WO IST MEIN EI?«

»Hier oben«, rief eine unbekannte Stimme, die von einem merkwürdigen Zischen begleitet wurde.

Tsunami sprang auf die Klauen. Im Eingang der Höhle stand ein dunkler Schatten, der sie beobachtete. Funkelnde schwarze Augen starrten Tsunami an. Eine giftige Schwanzspitze zuckte hin und her. Weißgoldene Schuppen mit einem schwarzen Rautenmuster fingen das Sonnenlicht ein, das durch das Blätterdach drang.

Der Sturm war vorüber.

Und ein Sandflügler sah ihnen beim Schlafen zu.

Tsunami musste sich nicht erst die Bilder aus den Schriftrollen ins Gedächtnis rufen, um zu erraten, wer es war. Sie streckte die Klauen aus und stupste ihre Freunde an.

»Wacht auf, ihr faulen, schnarchenden Seekühe«, zischte sie.

»*Du* bist eine faule, schnarchende Seekuh«, murmelte Glory, die den Kopf in den Flügeln vergraben hatte. »Und du stinkst auch wie eine.«

»Ihr werdet euch gleich sehr albern vorkommen«, flüsterte Tsunami verärgert.

»Oh, wenn du darauf bestehst«, murmelte Clay im Halbschlaf. »Ich glaube, ich könnte noch ein Flusspferd fressen.«

»Clay!« Als Tsunami an seinen Ohren zog, richtete er sich verwirrt auf und schüttelte den Kopf.

»Ooooh«, sagte er mit hängenden Flügeln. »Wo sind denn die Nilpferde hin?«

»Seht mal«, flüsterte Tsunami, während sie auf den Eingang der Höhle deutete.

Ihre Freunde verstummten schlagartig, als sie den Sandflügler in den Schatten sahen.

»Guten Morgen«, sagte der fremde Drache mit einem verschlagenen Lächeln. Tsunami lief ein Schauer über den Rücken, ohne dass sie genau wusste, warum. »Freut mich, euch kennenzulernen. Ich bin Königin Blister. Sie sind hier oben«, rief sie wieder. »Vermutlich habt ihr ein trockenes Plätzchen gesucht«, fuhr sie im Plauderton fort. »Sehr klug. Ich hätte das Gleiche getan.«

Lautes Flügelschlagen kündigte Königin Corals Ankunft auf dem Felsvorsprung hinter Königin Blister an, gefolgt von Anemone und drei Wachen der Meeresflügler. Die Königin steckte den Kopf in die Höhle und sah Tsunami.

»Wo ist mein Ei?«, wollte sie wissen, während sie die anderen vier Drachlinge anstarrte.

»Es ist in Sicherheit. Und warm, so, wie ich es versprochen

habe.« Tsunami machte einen Schritt zur Seite und ließ sie Sunny sehen, die immer noch um das Ei gerollt war.

Königin Coral zischte und schwenkte ihren Schwanz. »Du hast nie etwas davon gesagt, dass ein Sandflügler mein Ei berühren wird.«

»Denk doch mal darüber nach, Coral«, warf Blister ein. »Das hier sind keine gewöhnlichen Drachen. Es sind die Drachen der Vorsehung. Wenn wir ihnen nicht unsere Zukunft anvertrauen können, wem dann?« Sie lächelte wieder, doch Tsunami hatte immer noch ein ungutes Gefühl.

Königin Coral holte tief Luft und wandte sich dann mit weit ausgebreiteten Vorderklauen und Flügeln an Blister. »Blister! Meine Freundin«, rief sie. »Du hast meine Nachricht erhalten! Ich bin so froh, dass du gekommen bist. Ich wusste, dass du sofort erfahren wolltest, dass wir die Drachlinge gefunden haben.« Sie zeigte mit dem Schwanz auf Tsunami und ihre Freunde.

Tsunami musste ihren aufkommenden Ärger unterdrücken. *Oh, bitte. Du hast überhaupt nichts gefunden.*

Blister ergriff Corals Vorderklauen, ließ sie aber gleich wieder los. »Ich war ganz begeistert, als ich es gehört habe«, sagte sie. »Und einer von ihnen ist deine wunderschöne vermisste Tochter, was wir immer schon vermutet hatten.«

»Ich *wusste,* dass die Klauen des Friedens Webs geschickt haben mussten, um sie zu stehlen«, erwiderte Königin Coral. »Tsunami, begrüße meine Verbündete, Königin Blister.«

»Wir haben uns bereits kennengelernt«, erwiderte Tsunami. Sie konnte ihre Freunde hinter sich geradezu spüren: Starflight, der wieder einmal vor Angst zur Salzsäule erstarrt war, Sunny, die den Hals reckte, um mehr sehen zu können, Glory, die ihre

Krallen musterte, als würde sie das alles überhaupt nicht interessieren, Clay, der zwar neugierig war, aber vor allem versuchte, das laute Knurren seines Magens zu unterdrücken.

»Dann stell deine Freunde vor«, befahl Coral, die Blister schon wieder anlächelte.

»Clay, Sunny, Starflight, Glory«, sagte Tsunami, während sie nacheinander auf ihre Freunde deutete und ihre Namen sagte. Königin Coral sah sie stirnrunzelnd an.

»Wunderbar«, meinte Blister, ohne mit der Wimper zu zucken. »Sie sehen alle so tapfer und klug aus. Glory, ich habe gehört, dass du kein Himmelsflügler bist, aber mich stört das überhaupt nicht. Himmelsflügler werden sowieso überschätzt, findet ihr nicht auch?«

Glorys Flügel zuckten und über ihre steingrauen Schuppen huschten rosafarbene Wellen.

»Das habt Ihr ›gehört‹?«, wollte Tsunami wissen. »Wie? Außer unseren drei Erziehern hat das niemand gewusst. Sie haben es nicht einmal den Klauen des Friedens gesagt.«

Hinter Corals Flügel lugte Anemone hervor, die ihre blauen Augen weit aufgerissen hatte. Die Wachen der Meeresflügler traten nervös von einer Klaue auf die andere.

»Hm«, sagte Blister, während ihr Blick kurz zu Tsunami huschte. »Sagen wir mal, ich habe Freunde. Genauer gesagt, Freunde unter den Nachtflüglern.« Sie ging zu Starflight und strich langsam mit einer Kralle über seinen Hals. »Und über *dich* habe ich auch eine ganze Menge gehört.«

Der Nachtflügler-Drachling sah tatsächlich so aus, als würde er sich gleich zu Stein verwandeln und nie wieder bewegen. Wenn Tsunami nicht so weit von ihm weg gewesen wäre, hätte sie ihn getreten. *Jetzt sei doch nicht so furchtbar beeindruckt von ihr.* Wir *haben die Macht. Der Prophezeiung nach sind* wir *es, die die nächste Königin der Sandflügler auswählen, und das weiß Blister auch!*

Blister starrte auf Sunny hinunter, die die Stirn runzelte. »Wie süß«, meinte die Königin, während sie Sunny unterm Kinn kraulte. »Und du bist bestimmt das Dickerchen«, sagte sie zu Clay.

»Ähm … Ich glaube, ja«, stotterte Clay.

»Ich bin sicher, dass ihr auch schon von mir gehört habt«, sagte Blister, während sie an Königin Corals Seite zurückkehrte. Ihr Schwanz glitt wie eine Schlange über den Höhlenboden, die giftige Spitze klapperte auf dem Fels. »Aber Gerüchten und Propaganda kann man nicht immer trauen, vor allem, wenn es um so etwas Großes wie die Prophezeiung geht. Und daher fragt mich alles, was euch in den Sinn kommt. Ich helfe euch gern dabei, eure Entscheidung zu treffen – aber natürlich hoffe ich, dass sie zu meinen Gunsten ausfällt.« Ihre funkelnden Augen musterten noch einmal alle Drachlinge, dann ging ihr Blick wieder zu Königin Coral. »Coral, was gibt's zum Frühstück?«

»Lasst mich raten«, murmelte Glory. »Fisch.«

Clay blinzelte die Königin erwartungsvoll an.

»Was für eine gute Idee. Lasst uns fressen«, erwiderte Königin Coral. »Dann kannst du mir auch gleich von den neuesten Entwicklungen im Krieg berichten. Wir haben gehört, dass da etwas Merkwürdiges vor sich gehen soll. Anemone, Tsunami, kommt mit.«

Tsunami flatterte empört mit den Kiemen. Sie war doch kein Baby-Drachling mehr, den man einfach so herumkommandieren konnte. Und sie hatte nicht die Absicht, ihre Freunde schon wieder alleinzulassen.

»Lass die anderen doch auch mitkommen«, warf Blister ein, bevor Tsunami etwas sagen konnte. »Ich würde sie so wahnsinnig gern näher kennenlernen.«

Coral verzog die Schnauze, während sie die Drachlinge ansah. »Meinetwegen«, sagte sie dann zögernd.

»Das da kannst du hierlassen«, meinte Blister, während sie auf das Ei deutete.

»Nein!«, riefen Coral und Sunny gleichzeitig. Die Königin der Meeresflügler warf dem kleinen Drachling einen überraschten Blick zu.

Sunny drückte das Ei an sich. »Auf keinen Fall«, sagte sie. »Das Ei bleibt bei mir.«

Als Blister mit den Flügeln zuckte, fragte sich Tsunami, was sie wohl von neuen Drachlingen hielt, die das Leben ihrer Verbündeten gefährden konnten. Vielleicht lag es in Blisters Interesse, dafür zu sorgen, dass keine von Corals Töchtern überlebte und niemand die Königin herausfordern konnte.

Jedenfalls schien sie boshaft genug zu sein, um als Mörderin infrage zu kommen.

Aber Blister konnte unter Wasser nicht atmen und daher konnte sie sich auch keinen Zutritt zur königlichen Bruthöhle verschaffen. Natürlich war es möglich, dass sie irgendwie in die ganze Sache verwickelt war, aber sie konnte die Morde nicht selbst begangen haben. Einer der Meeresflügler musste der Täter sein.

Die Bankettahalle lag zwei Ebenen über der Küche, daher umgab sie der Geruch nach eingelegtem Fisch und gebratenen Seemöwen, als sie sich an einen niedrigen langen Tisch setzten. Königin Corals Platz war höher als alle anderen, Blisters direkt neben ihr war allerdings nicht viel tiefer.

Starflight wurde rechts von Blister hingesetzt, während Tsunami neben Anemone zur Linken ihrer Mutter saß. Auf Tsunamis anderer Seite hatte Whirlpool Platz genommen, der mit seinem Ohrring spielte, beim Fressen laut schlürfte und sich selbst dann noch in Begeisterungsstürmen über Corals letztes Buch erging, wenn niemand mehr zuhörte.

Rund um die Ebene waren Wachen der Meeresflügler postiert, dazwischen Soldaten der Sandflügler, die mit Blister zusammen angekommen waren. Die Meeresflügler stampften mit den Hinterklauen auf und zuckten mit den Schwänzen, während sie den Sandflüglern finstere Blicke zuwarfen.

Tsunami entdeckte Snail und Herring unter den Wachen. Ihre Blicke huschten nervös umher, als würden sie sich wundern, dass sie noch am Leben waren.

Weil Mutter ein Exempel statuieren möchte, vermutete Tsunami. Coral wartete vermutlich auf den richtigen Moment, um sie vor aller Augen zu bestrafen, so, wie sie das auch mit Turtle gemacht hatte.

Ihr seid nicht die Einzige, die dieses Spiel beherrscht, Eure Majestät.

»MUTTER!«, rief Tsunami in dramatischem Ton, als die Bedienungen vor jeden Drachen eine Schüssel Suppe stellten. Whirlpool neben ihr zuckte zusammen und hätte sich um ein Haar den Inhalt seiner Schüssel über den Bauch geschüttet. Selbst Königin Coral schien sich erschrocken zu haben.

»Ich muss dir etwas FURCHTBAR ENTSETZLICHES erzählen!«, verkündete Tsunami. Sie sprach mit Absicht so laut, damit jeder Drache sie hören konnte.

»Oh?«, meinte Coral. »Können wir das denn nicht nach dem Frühstück diskutieren? Auf zivilisierte Art und Weise?«

»NEIN«, rief Tsunami noch lauter als vorher. »Es ist ZU ENTSETZLICH.«

Selbst Meeresflügler, die nicht zu dem Festmahl eingeladen waren, lugten aus ihren Höhlen und steckten den Kopf aus dem See, um herauszufinden, was da los war.

»Nun ja, vielleicht –«, fing Coral an.

»IST ES DENN ZU GLAUBEN«, sagte Tsunami, »dass meine Freunde – niemand geringerer als die DRACHLINGE DER VORSEHUNG – IN KETTEN GELEGT wurden? In DEINEN HÖHLEN? Von DEINEN DRACHEN?«

»Was?«, erwiderte Coral, während sie hektisch mit den Flügeln flatterte. Sie sah höchst beunruhigt aus, allerdings wusste Tsunami nicht, ob die Nachricht sie tatsächlich überraschte, oder ob es daran lag, dass sie in aller Öffentlichkeit mit dem konfrontiert wurde, was sie getan hatte.

»Ich WEISS!«, brüllte Tsunami praktisch. »Es ist einfach UNGLAUBLICH. Aber ich bin sicher, dass *du* nichts davon gewusst hast.«

»Natürlich nicht«, beeilte sich Coral zu sagen. »So würde ich Drachlinge doch nicht behandeln. Vor allem nicht die liebsten Freunde meiner liebsten Tochter. Die Teil der Prophezeiung sind und so.«

»Und ich bin genauso sicher, dass du die Drachen bestrafen möchtest, die deine Befehle *missachtet* und meine Freunde so furchtbar behandelt haben«, fuhr Tsunami fort. »Nicht wahr?

Zum Beispiel den Drachen, der dich angelogen und gesagt hat, sie seien gut mit Essen versorgt worden.« Ihr Blick ging zu Lagoon, die gerade eine Meeresschnecke zur Schnauze führen wollte, aber mitten in der Bewegung innehielt, weil sie plötzlich begriffen hatte, was los war.

»Allerdings«, sagte die Königin. »Wachen! Werft Lagoon in einen meiner Unterwasserkerker.«

»Aber –«, stammelte Lagoon. »Aber ich habe doch nur –«

»Das nächste Mal wirst du meinen Befehlen gehorchen«, herrschte die Königin sie an. Unter ihren Flügeln blitzte ganz kurz ein Streifen auf, aber Tsunami bekam es trotzdem mit. Es war eines der Muster, die Riptide ihr beigebracht hatte.

Ruhe.

Oh, Mutter, dachte Tsunami traurig.

»Kann ich denn nicht wenigstens –« Lagoon wollte nach ihrer Schüssel Suppe greifen, als die Wachen sie wegzerrten.

»Kein Frühstück für dich«, befahl die Königin. »Denk darüber nach, wie es sich anfühlt, hungrig zu sein, wenn du in meinem Kerker sitzt.«

Tsunami war ziemlich sicher, dass Lagoon nicht lange leiden würde. Königin Coral würde sie innerhalb kürzester Zeit wieder in den Rat zurückberufen. Aber Tsunami war noch nicht fertig.

»Und RATE MAL, wer deinen Wachen befohlen hat, Clay in Ketten zu legen?«, verlangte Tsunami. Sie deutete anklagend auf Shark. »KOMMANDANT SHARK! Von allen Drachen, die dir aufs Wort gehorchen sollen, ausgerechnet er! Ist das nicht ZUTIEFST SCHOCKIEREND?«

»Das ist es«, erwiderte Coral. Tsunami glaubte, dass ihre Mutter mit den Zähnen knirschte, aber sie war gut darin, es zu verbergen. »Ich finde das *ausgesprochen* schwer zu glauben.«

»Stell dir doch mal vor, wie groß die Verzweiflung der armen Wachen war«, fuhr Tsunami fort, »als ich ihnen erklärt habe, dass *du* nie im Leben angeordnet hättest, Clay in Ketten zu legen. Sie mussten sich zwischen ihrem Kommandanten und ihrer Königin entscheiden! Natürlich haben sie sich für dich entschieden. Deshalb haben sie mir ja auch die Schlüssel für Clays Ketten gegeben. Weil sie verstanden haben, dass *du* es so gewollt hättest. Habe ich recht?«

Königin Coral sah Tsunami abschätzend an. Neben ihr leerte Blister mit einem amüsierten Ausdruck auf der Schnauze ihre Suppenschale.

»Sehr gut«, sagte Coral langsam. »Das klingt ja so, als wären diese Wachen quasi Helden.«

»Und Shark –«, drängte Tsunami.

»Ab in den Kerker mit ihm«, befahl die Königin.

Im Gegensatz zu Lagoon protestierte Shark nicht. Er knurrte die Wachen an, die sich ihm näherten, warf Tsunami einen hasserfüllten Blick zu und marschierte ohne ein Wort in Richtung Kerker.

Hervorragend, dachte Tsunami. Es war keine Garantie dafür, dass Snail und den anderen Wachen nichts passierte, aber für Königin Coral war es jetzt um einiges schwieriger geworden, sie für gestern Abend zu bestrafen.

Aber nicht nur das, denn jetzt, wo Shark im Kerker saß – selbst wenn es nur für ein oder zwei Tage war –, hatte Tsunami das Gefühl, dass sie, ihre Freunde und das Ei nicht mehr unmittelbar in Gefahr schwebten.

»Wie aufregend«, meldete sich Blister. »Aber wenn wir jetzt mit unseren morgendlichen Dramen fertig sind, würde ich euch brillante kleine Drachlinge furchtbar gern nach der Prophezeiung fragen.«

»Die kann Euch Starflight auswendig aufsagen«, sagte Tsunami. »Er ist richtig gut darin, sich solche Sachen zu merken. Und dann wiederholt er sie auch noch ständig, vor allem, wenn niemand sie hören will.« Sie grinste Starflight an und wünschte, der Nachtflügler würde ein bisschen lockerer werden. Er war starr vor Angst und schien nicht einmal fressen zu können.

»Wie grandios! Wie beeindruckend!«, jubelte Whirlpool neben ihr bewundernd. Tsunami sah ihn an und verzog die Schnauze. Jetzt, wo sie darüber nachdachte, war sie fest davon überzeugt, dass er sich großartig mit Starflight verstehen würde. Aber Starflight war nicht annähernd so schrecklich und unangenehm wie Whirlpool.

»Ich nehme an, ihr habt schon einen Plan, wie ihr diese Prophezeiung erfüllen wollt«, sagte Blister. »Ohne wird das ja wohl kaum gehen, nicht wahr?«

Ein gespanntes Schweigen legte sich über den Tisch. Überall im Palast wurden Ohren gespitzt. Auf diese Frage wollte jeder Drache in Pyrrhia die Antwort wissen.

Tsunami hatte das Gefühl, als würden Bienen unter ihren Schuppen krabbeln. Natürlich hatten sie keinen Plan. Sie waren erst vor Kurzem aus ihrem Gefängnis unter dem Berg und dann aus dem Palast der Himmelsflügler entkommen. Sie hatten kaum Zeit gehabt, Pause zu machen und nachzudenken, es hatte nicht einmal einen sicheren Ort dafür gegeben. Und nichts, was ihnen beigebracht worden war, hatte sie auf ihre Aufgabe vorbereitet.

Auch dafür ein großes Dankeschön, Klauen des Friedens, dachte sie verbittert.

Aber das konnten sie vor all diesen Drachen nicht zugeben … und ganz besonders nicht vor denen, die auf sie zählten.

»Wir arbeiten dran«, sagte sie. »Und es ist ja wohl klar, dass wir nicht zu viel verraten können.«

»Wir sind zurzeit in der Phase der Informationsbeschaffung«, sprang ihr Glory unverhofft bei.

Blister starrte Starflight erwartungsvoll an. »Aber. Wir glauben, dass *Ihr,* natürlich … ich meine, ganz klar *Ihr … ähm …* dass Ihr eine großartige … ähm … Königin sein würdet … Königin der Sandflügler. Die beiden anderen … eigentlich keine Konkurrenz … ähm … sozusagen eine ganz klare Entscheidung.«

»Starflight«, fuhr Tsunami ihn an. »Was machst du da? Du sprichst nicht für uns alle.«

»Nicht?«, wunderte sich Blister. Sie starrte Tsunami aus zusammengekniffenen Augen an. »Und wer dann?«

»Es spricht jeder für sich selbst«, warf Glory ein, bevor Tsunami antworten konnte.

»Ja, genau«, meldete sich Sunny zu Wort.

»Und wir haben noch nichts entschieden«, sagte Tsunami energisch. Sie wünschte, sie würde nah genug bei Starflight sitzen, um ihm einen Tritt zu verpassen und ihn zum Schweigen zu bringen.

»IchmusssagensiewäreschoninOrdnung«, murmelte er immer leiser werdend. Blister sah irgendwie angewidert aus.

»Du hast ganz recht, Nachtflügler«, sagte Coral, während sie Blister die Klaue tätschelte. »Sie ist eine ganz ausgezeichnete Königin.«

Blister lächelte, aber Tsunami fiel auf, dass sie ihre Klaue wegzog, sobald sie konnte. Ihr fiel auch auf, dass Blister ihre Mutter einfach »Coral« nannte, während die Königin der Meeresflügler ihre Verbündete anderen gegenüber immer als »Königin Blister« bezeichnete. Tsunami war nicht sicher, ob ihr die Art, wie die beiden miteinander umgingen, gefiel.

Tsunami wollte den Entscheidungen ihrer Mutter vertrauen. Sie *wollte* Blister mögen. Es wäre unkompliziert, Blister als Königin der Sandflügler vorzusehen. Dann könnten die Drachlinge im Königreich des Meeres bleiben und die Meeresflügler im Krieg unterstützen.

Warum wehrte sich dann alles in ihr, das zu tun?

Was an Blister fühlte sich so … falsch an?

»Oh«, sagte Königin Coral. »Blister, ich wollte es dir schon längst sagen, aber es ist etwas sehr Merkwürdiges passiert. Wir haben einen toten Himmelsflügler auf unserem Gebiet gefunden.«

Ups. Tsunami hatte den anderen immer noch nichts von Kestrels Tod erzählt. Noch etwas, worüber sie sich aufregen konnten. Sie seufzte.

»Wirklich?«, erwiderte Blister. »Das klingt für mich nach guten Nachrichten.«

Königin Coral lachte. »Du hast recht. Aber das Merkwürdige daran ist, dass das Weibchen durch die vergiftete Schwanzspitze eines Sandflüglers gestorben ist. Warum sollten ein Sandflügler und ein Himmelsflügler so weit hier draußen gegeneinander kämpfen?«

Von dem Sandflüglergift hatte Tsunami nichts gewusst. Sie erinnerte sich nur an das viele Blut an Kestrels Hals.

Tsunamis Schwanz entrollte sich, als ihr plötzlich etwas klar wurde – *Dann brauche ich mir keine Sorgen zu machen. Niemand kann uns für die Täter halten. Sunnys Schwanz ist viel zu harmlos, um jemanden zu vergiften.*

Aber dann dröhnten gleich mehrere Fragen in ihrem Kopf. Welcher Sandflügler würde Kestrel töten wollen? Sie kratzte sich verwirrt die Kiemen. Hatte Burn sie gefunden und für das bestraft, was mit Königin Scarlet geschehen war? Aber wenn es so gewesen war, was hatten die beiden dann im Gebiet der Meeresflügler zu suchen gehabt?

Blister zuckte mit den Schultern und rückte ihre Flügel zurecht. »Das ist in der Tat merkwürdig«, meinte sie.

»Ich frage mich, wer das Weibchen war«, grübelte Königin Coral. »Es hatte so sonderbare Brandnarben auf den Handflächen –«

Tsunami beugte sich an Whirlpool vorbei und wollte Sunnys Vorderklaue packen, aber es war schon zu spät. Sie konnte den entsetzten Schrei des kleinen Sandflüglers nicht mehr verhindern.

»Oh nein!«, rief Sunny. »Das hört sich an, als wäre es Kestrel! Tsunami, und wenn es tatsächlich Kestrel war?« Sie schlug die Klauen vor die Schnauze und in ihren Augen standen Tränen.

Bleiernes Schweigen legte sich über den Tisch. Jeder einzelne Drache im Palast schien Sunny und Tsunami anzustarren. Und Königin Coral sah Tsunami besonders intensiv an.

Glory und Starflight hatten vor Schreck das Maul aufgerissen.

»Tsunami?«, fragte Coral langsam. »Gibt es etwas, das du uns sagen möchtest?«

»Also gut«, sagte Tsunami sich windend. »Ja. Es tut mir leid. Ich habe sie gesehen. Es war Kestrel.«

Sunny schluchzte laut auf und vergrub ihren Kopf in den Klauen. Clay tätschelte ihr unbeholfen den Rücken.

»Euren Sandflügler scheint der Tod dieses Himmelsflüglers ja sehr mitzunehmen«, wunderte sich Blister.

»Kestrel war einer der Erzieher, bei denen wir aufgewachsen sind«, erklärte Tsunami. »Allerdings war sie nicht sehr nett, Sunny. Deine Tränen hat sie nicht verdient.«

Sunnys Flügel zitterten und sie sah nicht auf.

»Also ...« Coral beugte sich zu Tsunami. »Dann erklär mir das mal. Du hast diesen Himmelsflügler erkannt – einen Himmelsflügler, über den ich schon seit *Tagen* nachdenke – und hast es nicht für nötig befunden, uns zu sagen, wer das war. Warum?«

»Ich dachte, es würde nichts erklären, wenn du weißt, wer sie ist«, sagte Tsunami. »Ich kannte sie, aber ich habe keine Ahnung, warum sie hier draußen war, oder wer sie getötet hat.« Sie sah Glory, Starflight und Clay entschuldigend an. »Und ich wollte es zuerst meinen Freunden sagen. Kestrel war uns keine gute Mutter, aber sie war die einzige Mutter, die wir je hatten. Ich dachte, sie sollten es zuerst erfahren – und es gab einfach keine Gelegenheit, es ihnen zu sagen.«

»Das verstehe ich voll und ganz«, säuselte Blister. Sie fuhr mit einer Kralle über Corals Klaue. »Vergib ihr, Coral. Es kann sehr schockierend sein, den Kadaver eines Drachen zu sehen, den man kennt. Vor allem, wenn man ihr ein- oder zweimal im Leben vermutlich selbst die Kehle aufschlitzen wollte – stimmt's, Tsunami? Meiner Mutter gegenüber habe ich mich jedenfalls die meiste Zeit über so gefühlt.«

Tsunami hob langsam den Kopf. Ihre grünen Augen begegneten Blisters kaltem schwarzem Blick.

Woher weiß sie das?

Königin Coral hatte nur gesagt, dass Kestrel von einem Sandflügler erstochen worden sei. Tsunami ballte ihre Klauen unter dem Tisch zu Fäusten.

Woher weiß Blister, dass Kestrels Kehle zerfetzt war?

20. Kapitel

Tsunami wusste nicht, was sie tun sollte. Sollte sie vor all diesen Drachen Blister der Lüge – des Mordes – beschuldigen? Wie würde Königin Coral darauf reagieren?

Moment mal, bremste sie sich. *Denk nach. Schlag nicht sofort zu, auch wenn es das ist, was du immer tust.* Ihr Blick huschte zu Starflight. Er war klug genug, um Blisters Fehler ebenfalls zu bemerken, und tatsächlich lag jetzt ein verwirrter Ausdruck auf seiner Schnauze. Als ihre Blicke sich trafen, schüttelte er kaum merklich den Kopf.

Tsunami holte tief Luft und atmete dann langsam aus. Vielleicht hatte er recht. Sie könnte ihre Freunde in Gefahr bringen, wenn sie jetzt die Konfrontation mit Blister suchte. Abwarten und beobachten war besser. Und hoffen, dass Starflight mit seinem Riesenhirn herausfinden würde, warum in aller Welt Blister Kestrel getötet hatte.

Blisters dunkle Zunge schnellte hervor. Sie beugte sich zu Coral, lächelte Anemone an und sagte: »Wie kommen wir mit unserer Geheimwaffe voran?«

Anemone ließ den Kopf hängen und starrte betrübt den Tisch vor sich an.

»Ganz wunderbar!«, sagte Coral. Sie tätschelte Anemone den Kopf und strahlte vor Stolz. »Wir können es dir zeigen. Whirlpool, komm mit.«

Whirlpool blähte die Brust auf und erhob sich. Tsunami war gleichzeitig mit ihm aufgestanden, doch Königin Coral schüttelte den Kopf. Ihre Perlen tanzten in dem grünen Licht. »Du brauchst nicht dabei zu sein, Liebes. Das wird dich nicht interessieren.«

»Ich möchte, dass sie mitkommt«, meldete sich Anemone. »Ähm. Bitte.«

Coral und Blister wechselten einen bedeutungsvollen Blick. *Sie trauen mir nicht,* vermutete Tsunami. *Sie wollen nicht, dass ich etwas über diese »Geheimwaffe« erfahre, bis sie sicher sind, dass ich auf Blisters Seite stehe.*

Tja, Pech gehabt.

»Ich bin sicher, dass es *sehr* interessant sein wird«, sagte Tsunami mit überschwänglicher Begeisterung. »Mutter, alles, was du tust, ist interessant.«

»Bitte!«, sagte Anemone noch einmal.

»Also gut«, erwiderte Coral mit einem Seufzer. »Aber die anderen nicht.« Sie warf Clay einen misstrauischen Blick zu.

»Sie können wieder in die Höhle gehen und das Ei bewachen«, bot Tsunami an.

Königin Coral trat von einer Klaue auf die andere, als würde ihr das auch nicht gefallen. Blister klopfte mit ihrem giftigen Schwanz auf den Boden und breitete die Flügel aus. »Wollen wir?«, fragte sie ungeduldig.

Tsunami folgte Coral, Blister, Anemone und Whirlpool auf eine höher gelegene Ebene des Pavillons, auf der sie noch nicht gewesen war. Sie war wie eine große Schüssel geformt, mit niedrigen Mauern und einer leichten Neigung zur Mitte hin. Auf einer Seite waren Waffen aufgereiht: weiße, gewundene Hornspeere wie der, der an Corals Schwanz befestigt war, Brustpanzer aus

Kettengliedern, schimmernde Metallklauen wie jene, die die Zweibeiner in den Schriftrollen immer mit sich herumtrugen. Keine der Waffen sah besonders speziell oder geheim aus.

Aber – Tsunamis Blick ging noch einmal zu der Wand mit den Waffen. Der Brustpanzer … so etwas hatte der Drache getragen, der sie im Tunnel überfallen hatte. Deshalb hatte sie ihn (oder sie) nicht mit ihren Krallen verletzen können. Sie erinnerte sich daran, wie ihre Krallen über Metall geschrammt waren. Und eines der Kettenhemden war beschädigt. Die Frage war nur, wer Zugang zu dieser Ebene hatte.

Vermutlich jeder, dachte sie bedauernd.

»Darf ich?«, fragte Whirlpool beflissen und deutete auf eine Perlenkette an Corals Flügeln. Sie senkte den Flügel und gab ihm die Kette. Er marschierte in die Mitte der Ebene und legte die Perlen auf den Boden vor sich.

»Es kann losgehen.« Er rieb sich die Klauen. »Versuch mal, ob du sie dazu bringen kannst, bis zur Wand zu kriechen.«

Tsunami sah sich um. Mit wem um alles in der Welt sprach er da? Wo war die Geheimwaffe?

Anemone setzte sich neben Tsunami und seufzte. »Muss ich wirklich?«, fragte sie. »Ich finde, das ist vergeudete Zeit.« Tsunami starrte sie an.

»Üben ist nie vergeudete Zeit.« Als Whirlpool zur Ermahnung eine Kralle schwenkte, hätte Tsunami sie ihm am liebsten abgebissen.

»Aber ich will nicht wie Albatros enden«, jammerte Anemone. Sie zuckte mit den Flügeln und rückte noch näher an Tsunami heran.

»Er hat einen ganzen Pavillon aus Stein wachsen lassen, bevor er verrückt wurde und versucht hat, alle zu töten«, sagte Whirlpool herablassend. »Bevor das passiert, musst du noch viel lernen. Jetzt. Die Perlen, bitte.«

Anemone seufzte wieder. Sie streckte die Vorderklauen aus und zu Tsunamis großer Überraschung bewegte sich die Perlenkette langsam auf die Wand zu, in weiten, sich windenden Bögen wie eine Schlange.

»Heilige drei Monde«, platzte Tsunami heraus. Plötzlich ergab alles einen Sinn – die »Zauberei« in Whirlpools Titel, das Geschirr im Versunkenen Palast, das sich wie von selbst auf sie eingestellt hatte. »Anemone! Du bist ein Animare!«

Als Anemone die Klauen sinken ließ, hörte die Perlenkette auf, sich zu bewegen. »Ich weiß«, sagte sie. Ihr Schnauzenausdruck ließ darauf schließen, dass es ihr lieber gewesen wäre, wenn ihre Eltern Seegurken gewesen wären.

»Wir hatten bereits einige Animare-Drachen in der königlichen Familie«, sagte Coral stolz. »Aber das ist schon einige Generationen her. Anemone ist gerade rechtzeitig geschlüpft, um uns dabei zu helfen, diesen Krieg zu gewinnen.«

»Vorsicht«, mahnte Blister mit einem leisen Zischen.

»Sie braucht ja nicht den ganzen Plan zu erfahren, um sich denken zu können, dass ein Animare-Drache ein großer Vorteil in einer Schlacht ist«, meinte Coral. »Es gibt eine Menge wunderbarer Dinge, die wir mit dieser Macht anstellen können.«

»Ja. Seht euch das an«, sagte Whirlpool. Er nahm einen Brustpanzer aus Metall und warf ihn über den Rand der Ebene. »Fang ihn mit einem Speer!«, rief er Anemone zu.

Keiner der Speere bewegte sich. Der Brustpanzer trudelte auf den See zu.

»Tut mir leid«, meinte Anemone, die allerdings nicht so aussah, als würde es ihr leidtun. »Du hast mir nicht genug Zeit gelassen.«

»Autsch«, jaulte jemand von unten.

»Anemone«, tadelte Whirlpool mit einem lauten Seufzer. »In einer Schlacht muss man schnell reagieren.«

»Woher willst *du* das denn wissen?«, sagte Anemone. Er starrte sie mit gerunzelter Stirn an.

»Versuch es noch mal.« Königin Coral klatschte mit den Vorderklauen. »Und dieses Mal tust du, was man dir sagt, Anemone.«

Whirlpool schleuderte wieder einen flachen Metallpanzer in die Luft. Im selben Moment schoss ein Narwalspeer darauf zu und durchbohrte den Panzer.

Blister und Coral applaudierten, aber Tsunami fand es viel interessanter, dass der Speer den Panzer zurückholte und behutsam auf den Boden legte.

»Beeindruckend«, lobte Blister. »Aber nicht viel beeindruckender als das, was ich beim letzten Mal gesehen habe. Was ist mit Fortschritten? Was ist mit größeren Gegenständen? Wie lange wird dieses Training noch dauern?«

»Ich bin sicher, dass sie fast so weit ist«, sagte Königin Coral.

»Jahre. Noch viele Jahre«, sagte Anemone zur gleichen Zeit.

Blisters gespaltene schwarze Zunge schnellte hervor. Sie starrte Anemone aus zusammengekniffenen Augen an. »Coral«, sagte sie, während sie den Kopf schief legte.

»Bleibt hier«, befahl Coral. Sie entfernte sich so weit, wie die Leine des Geschirrs es zuließ, hockte sich mit ausgebreiteten Flügeln hin und begann eine geflüsterte Unterhaltung mit Blister.

Whirlpool stolzierte zu den beiden Schwestern. Anemone warf ihm einen finsteren Blick zu, und plötzlich schoss die Perlenkette, die er auf dem Boden liegen gelassen hatte, nach oben, flutschte unter seinem Bauch hindurch und flog über den Rand der Plattform. Mit einem lauten Aufschrei rannte der grüne Drache den Perlen nach und warf sich in die Tiefe.

»Davor musst du mich retten«, flüsterte Anemone schnell.

»Langweilige Lektionen mit Whirlpool?«, antwortete Tsunami. »Ja, klar. Kein Problem. Ich fange sofort damit an.«

»Nein, nicht nur das.« Anemone zog die Schnauze kraus. »Obwohl er ziemlich schrecklich ist. Er will immer nur, dass ich Gegenstände bewege. Ich kann jedes unbelebte Objekt dazu bringen, das zu tun, was ich will, und was tut er? Er verlangt: ›Lass den Speer tanzen! Und jetzt schieb den Stuhl von da nach da!‹ Ich finde, das ist eine Beleidigung.«

»Was könntest du denn sonst noch tun?«, erkundigte sich Tsunami. Sie sah zu Coral und Blister, aber die beiden hatten ihr den Rücken zugewandt und teilten ihre eigenen Geheimnisse miteinander.

»Blister zufolge sollte ich in der Lage sein, den Palast im Königreich des Himmels auf die Himmelsflügler stürzen zu lassen«, sagte Anemone leise, während sie zu ihrer großen Schwester aufsah. »Außerdem will sie, dass ich einen Speer verzaubere, damit er nach Burns Herz sucht und erst wieder stehen bleibt, wenn er sie getötet hat.«

Tsunami legte den Schwanz um ihre Klauen und versuchte zu verbergen, wie erschrocken sie war. Wenn Anemone so etwas konnte, war sie wirklich eine Geheimwaffe. Mit einer solchen Macht ließe sich der Krieg in einer Woche beenden.

»Ich weiß aber nicht, ob ich so was kann«, gab Anemone zu. »Ich habe viel zu viel Angst davor, es zu versuchen. Ich *will* es nicht mal versuchen. Jedes Mal, wenn ein Animare-Drache seine Macht benutzt, verliert er ein bisschen was von sich selbst.« Tsunamis kleine Schwester streckte ihre Klauen vor sich aus, als wäre sie nicht sicher, ob sie tatsächlich zu ihr gehörten. »Albatros war zuerst ein Prinz und ein Held, aber damals wusste man noch nicht, welchen Preis die Animare-Zauberei hat. Der Bau des Pavillons hat ihn bösartig gemacht.« Als sie ihre Klaue in die Tsunamis schob, fühlte sich ihre Haut kälter als Eis und härter als Stein an. »Ich möchte nicht, dass mir das auch passiert.«

Wie kann ich dich retten?, fragte sich Tsunami. Selbst sie fand die Art von Macht, die so schnell den Frieden herbeiführen konnte, verlockend. Aber die Angst in Anemones Augen konnte sie nicht ignorieren.

»Zuerst finde ich den Drachen, der versucht, uns zu töten«, versprach sie, während sie einen Flügel um Anemone legte. »Vielleicht nimmt dir Mutter dann das Geschirr ab und fängt an, dir mehr zu vertrauen. Vielleicht hört sie dir dann zu, wenn du ihr sagst, dass du deine Macht nicht benutzen willst.«

»Ha«, murmelte Anemone.

Tsunami wusste nicht, was sie sonst noch sagen sollte. Für Probleme mit Zauberkräften hatte sie keine Ratschläge parat. Aber sie hatte eine Menge Fragen an Anemone, und jetzt war vielleicht die einzige Gelegenheit, sie zu stellen.

»Kann ich dich noch was fragen«, sagte sie vorsichtig. »Wenn keine von Corals Töchtern überlebt, wer wird dann nach ihr Königin der Meeresflügler?«

Anemone zog ihren Schwanz zu sich und musterte angestrengt dessen Ende. »Wer weiß. Es ist, glaube ich, noch nie vorgekommen, dass eine Königin eines natürlichen Todes gestorben ist und den Thron freiwillig weitergegeben hat, jedenfalls nicht in unserem Königreich. Und wer könnte sie sonst noch herausfordern? Einmal habe ich gehört, wie Onkel Shark gesagt hat, dass vielleicht ein Sohn das Erbe antreten sollte. Aber ich vermute, es wäre wohl unsere Cousine Moray. Allerdings will sie den Thron gar nicht – sie will, dass Coral für immer Königin ist. Jedenfalls sagt sie das.«

»Glaubst du ihr denn nicht?«, fragte Tsunami.

»Mit ihr stimmt was nicht«, erwiderte Anemone. »Findest du nicht auch? Ich glaube, sie spielt das alles nur, denn niemand könnte die ganze Zeit über so reagieren und es auch tatsächlich so meinen.«

»Vielleicht«, meinte Tsunami. »Aber ich glaube, dass Shark der Mörder ist. Ich könnte wetten, dass er Moray als Königin sehen will, und wenn keine von Corals Töchtern überlebt, wird sie die nächste auf dem Thron sein.«

Anemone schnaubte. »Moray würde eher sterben, als die Königin herauszufordern.«

Tsunami bemerkte, dass Königin Coral die Flügel anlegte. »Tu jetzt erst mal so, als würdest du noch mehr Training brauchen«, flüsterte sie schnell. »Und wenn es sein muss, vermasselst du's eben. Lass sie so lange wie möglich in dem Glauben, du wärst noch nicht so weit.«

»Warum ist mir das nicht eingefallen?«, sagte Anemone mit einem Seufzer.

Königin Coral kam zu ihnen zurück und blickte sich suchend um. »Wo ist Whirlpool?«, fragte sie.

»Ich glaube, er hat was verloren«, erklärte Anemone scheinheilig.

»Königin Blister möchte, dass du versuchst –«, begann Coral, doch sie brach ab, als der Kopf des Sandflüglers plötzlich hochschnellte. Blister, die zu völliger Regungslosigkeit erstarrt war, sah nach draußen. Außer ihren Augen bewegte sich nichts an ihr. Wie hypnotisiert starrte Tsunami sie an. Auch Anemone und Coral schwiegen und warteten.

Blisters Blick wanderte langsam zu dem grünen Dach aus Blättern und Schlingpflanzen über ihnen.

Dann hörte es Tsunami auch.

Dort war etwas.

Etwas Großes.

21. Kapitel

»Ich werde die Wachen rufen«, zischte Königin Coral leise.

»Warte.« Blister hob eine Klaue. Ihre Stimme war kaum zu hören. »Wer immer das auch ist, wir wollen ihn fangen, nicht verscheuchen.« Ihr Schwanz zuckte. »Komm mit.« Fast lautlos ließ sie sich vom Rand der Ebene fallen und flog zur Klippe.

Coral und Anemone folgten ihr, Tsunami hielt sich dicht hinter ihnen. Sie wusste nicht genau, ob die Aufforderung auch ihr gegolten hatte, aber das war ihr sowieso egal.

Blister landete auf einem Felsvorsprung neben dem höchsten Wasserfall. Das Wasser strömte aus einem Loch weit über ihr, fast auf Höhe des Blätterdachs. Es stürzte in mehreren Kaskaden die Klippe hinunter, teilte sich, wenn Felsblöcke im Weg waren, und schickte kleine Wolken aus Gischt in die Luft.

Und es war laut. Laut genug, um das Flügelschlagen zu übertönen, als die vier immer höher flogen und sich dabei dicht am Wasserfall hielten.

Sie ist schlau, dachte Tsunami mit einem Blick auf Blister. *Aber warum beunruhigt mich das so?*

Am oberen Ende des Wasserfalls blieb der Sandflügler für einen Moment in der Luft stehen und musterte das Blätterdach mit seinen funkelnden schwarzen Augen. Von hier oben aus wirkten die Drachen unter ihnen wie Eidechsen, die im Pavillon herumhuschten und im See schwammen. Tsunami entdeckte

Whirlpool, der hektisch im Kreis herumpaddelte und die Vorderklauen weit ausgestreckt hatte. Er versuchte immer noch, die Perlenkette zu fangen, die ihm immer wieder entkam.

Das dichte grüne Blätterdach war mit Schlingpflanzen bewachsen, die sich im Laufe der Jahrhunderte ineinander verwoben hatten und Blätter in der Größe von Drachenklauen aufwiesen. Aus der Nähe konnte Tsunami auch kleine blaue Blüten sehen, die wie zerbrochene Eischalen geformt waren und in den kleinen, sonnenbeschienenen Lücken wuchsen.

Die Blätter bewegten sich. Zwischen den Schlingpflanzen kroch etwas herum. Und dieses Etwas war so groß wie ein Drache.

»Ein Spion«, zischte Königin Coral leise.

Plötzlich schoss Blister nach oben zwischen die Blätter, so schnell wie eine beißende Kobra. Sie schlug ihre Krallen in den versteckten Drachen und riss ihn vom Blätterdach herunter. Dann drehte sie sich um, den Drachen noch in den Fängen, und warf ihn Tsunami zu.

Erschrocken streckte Tsunami die Klauen aus, um ihn aufzufangen, und fand sich Auge in Auge mit Webs wieder.

Webs, einer der Erzieher, die von den Klauen des Friedens in die Höhle geschickt worden waren. Der Verräter, der ihr Ei aus der königlichen Bruthöhle gestohlen hatte. Der Meeresflügler, der ihr nie die Unterwassersprache beigebracht hatte.

Ihr blieb kaum Zeit, das blanke Entsetzen auf seiner Schnauze zu registrieren, als er auch schon gegen sie prallte und sie beide gegen die Felswand krachten. Webs schlug hektisch mit den Flügeln und wich zurück, während Tsunami sich wieder aufrichtete.

»Oh.« Blister klang enttäuscht. »Es ist nur ein Meeresflügler.«

»Aber nicht irgendein Meeresflügler.« Königin Coral packte

Webs am Hals und schüttelte ihn. »Das ist Webs, der größte Verräter unseres Stamms. Ich suche seit Jahren nach ihm.«

»Eure Majestät«, krächzte Webs. Er zerrte verzweifelt an den Klauen um seinen Hals. »Bitte. Ich bin gekommen, um Euch um Gnade zu bitten.«

»*Gnade*«, zischte Königin Coral. »Nach dem, was du getan hast?« Sie schüttelte ihn wieder, dieses Mal noch heftiger. »Keine Gnade für dich.« Sie warf ihn in die Luft und schmetterte mit einem grauenhaften *KNACK* ihren Schwanz gegen seine Schläfe. Webs' Körper erschlaffte, seine Augen schlossen sich, dann stürzte er nach unten, dem See entgegen.

»Webs!«, schrie Tsunami. Sie hasst ihn, weil er ihr das elende Leben in der Höhle aufgezwungen hatte. Trotzdem ging sie jetzt in einen Sturzflug über und hechtete ihm nach.

Überall im Sommerpalast blieben Drachen stehen und starrten mit offenem Maul in den Himmel, aus dem ein Drache fiel. Niemand rührte auch nur eine Klaue, um ihm zu helfen. Verzweifelt schlug Tsunami mit den Flügeln und versuchte, ihn zu erreichen. Würde er sterben, wenn er aus einer solchen Höhe auf dem Wasser aufschlug?

»Clay!«, brüllte sie. »Clay! Hilf mir.«

Sofort stürmte Clay aus ihrer Höhle heraus, blinzelnd und verwirrt, aber bereit.

»Fang ihn auf!«, brüllte Tsunami, während sie auf Webs' fallenden Körper deutete. Clay stürzte sich von der Klippe und legte sich in die Kurve, um Webs zu erreichen. Die beiden Drachen stießen in der Luft zusammen, und Clay überschlug sich, während er versuchte, sich an dem anderen Drachen festzuhalten, der schwerer und größer war als er.

Webs' Fall wurde so weit abgebremst, dass Tsunami die beiden erreichen konnte. Sie stützte Webs von der anderen Seite aus, bis seine vordere Hälfte auf Clays Rücken und seine hintere Hälfte auf ihren Schultern lag. Vorsichtig kämpften sie sich zum Pavillon hinüber, wo sie auf der ersten Ebene, die sie erreichen konnten – die Bibliothek, wie sich herausstellen sollte –, landeten und dann erschöpft zusammenbrachen.

Webs lag auf dem Boden und hatte alle viere von sich gestreckt. Sein Kopf hing schlaff auf der Seite. Aus einem seiner Ohren floss Blut.

»Wach auf«, rief Tsunami, während sie ihn unsanft schüttelte. »Komm schon, du kannst jetzt nicht sterben. Nicht, bevor ich Gelegenheit hatte, dich anzubrüllen.«

»Wo ist er hergekommen?«, fragte Clay.

Bums, bums, bums. Um sie herum landeten die anderen drei Drachlinge. Glory starrte Webs unverwandt an, während dunkelgrüne Zacken über ihre Flügel huschten. Sunny hockte sich neben ihn. Mit dem Ei vor der Brust konnte sie nicht sehr nah an ihn heranrücken, doch sie streckte eine Vorderklaue aus und berührte ihn an der Schnauze.

»Webs?«, sagte sie leise. »Was *machst* du hier?«

»Sucht die ganze Gegend ab.« Tsunami hörte Königin Corals Stimme, die Befehle bellte. »Vergewissert euch, dass nicht noch mehr Klauen des Friedens hier rumlungern.« Die Worte »Klauen des Friedens« spuckte sie geradezu aus, als hätte sie verdorbenen Fisch im Maul.

Tsunami starrte nervös zu dem Blätterdach über ihnen, wo jetzt ein drachengroßes Loch zwischen den grünen Pflanzen klaffte. Ein Sonnenstrahl war zu ihnen hereingedrungen, und sie fragte sich unwillkürlich, was sonst noch den Weg durch das Schutzdach finden würde. Hatte Blister überhaupt darüber nachgedacht, bevor sie Webs daraus hervorgezerrt hatte? Sie würde ihre Verbündeten gewiss nicht mit Absicht in Gefahr bringen … aber vielleicht waren sie für sie nicht wichtig genug, um ihre Verteidigungsmaßnahmen mit der gebotenen Sorgfalt zu behandeln.

Königin Coral kam in die Bibliothek geflogen, die Schnauze vor Wut verzerrt. Sie beugte sich über Webs, als Blister, Anemone und Moray hinter ihr auf der Ebene landeten.

»Warum willst du ihm das Leben retten?«, zischte die Königin Tsunami zu. »Nach allem, was er dir angetan hat?«

Ich weiß es nicht, dachte Tsunami. Warum wollte sie Webs nicht tot sehen? Es war reiner Instinkt gewesen, dass sie ihm nachgeflogen war. *Vielleicht will ich Riptide die Chance geben, seinen Vater kennenzulernen, die Chance, die ich nie hatte. Oder vielleicht bin ich noch nicht so weit, auch noch unseren letzten Erzieher zu verlieren.* Die meiste Zeit ihres Lebens hatte sie nur sieben Drachen gekannt und in den letzten zehn Tagen waren zwei davon gestorben. Das kam ihr mehr als genug vor.

»Ich dachte, er hätte Informationen, die wir gebrauchen könnten«, log sie. »Über die Klauen des Friedens –«

»Oder«, wurde sie von Blister unterbrochen, »vielleicht finden wir ja jetzt heraus, wie er sich in die königliche Bruthöhle geschlichen und das Ei gestohlen hat. Schlauer Drachling. Ihren Verstand muss Tsunami von dir geerbt haben.«

Königin Coral zischte und starrte Webs finster an. »Ich glaube, es könnte ganz nützlich sein, wenn wir ihn verhören«, sagte sie. »Moray, weck ihn auf.«

Moray warf sich vom Rand der Plattform und kam mit einer

großen Muschelvoll Meerwasser zurück. Ohne viel Federlesen schüttete sie Webs den Inhalt auf die Schnauze. Sunny jaulte auf und wich den Spritzern aus.

Webs hustete und spuckte und blies dann Wasser aus seinen Nüstern. Während er sich den Kopf hielt und vorsichtig sein Maul trocknete, setzte er sich langsam auf.

Sein Blick fiel zuerst auf die Drachlinge, und Tsunami bemerkte überrascht, dass er vor Freude über die ganze Schnauze strahlte. Er sah von Clay zu Glory und dann zu Starflight, als könnte er nicht glauben, dass sie am Leben waren. Als er seine Vorderklauen ausstreckte, ergriff Sunny die Krallen, die ihr am nächsten waren, und lächelte ihn an.

»Aber die Himmelsflügler«, sagte er. »Ich dachte, ihr wärt tot! Wie seid ihr –«

»Wir sind geflohen«, erklärte Glory in eisigem Ton.

»Aber die Klauen des Friedens haben damit nichts zu tun«, fügte Tsunami hinzu. »Und dieser dumme Morrowseer war uns auch keine Hilfe.«

»Es war toll«, warf Sunny ein. »Du hättest uns sehen sollen! Wir –«

»Wir erzählen dir später mehr darüber«, wurde sie von Clay unterbrochen. Sunny sah zuerst ihn an, dann die Meeresflügler, und dann machte sie das Maul zu.

Webs' Blick fiel auf Königin Coral und den mörderischen Ausdruck auf ihrer Schnauze. Blister hinter ihr zuckte bedrohlich mit dem Schwanz. Ihm schauderte, dann zuckte er zusammen, als würde ihm sein Kopf jetzt noch mehr wehtun.

»Willkommen daheim«, fauchte Coral ihn an. »Ich dachte, du wärst zu feige, um jemals wieder herzukommen.«

»Eure Majestät, ich weiß, dass ich Eurer Gnade nicht würdig bin«, sagte Webs, während er sich aufrappelte, um vor der Königin niederknien zu können. »Aber ich hatte gehört … gehofft …«

»Warum hast du eines *meiner* Eier gestohlen?«, wollte Königin Coral wissen. »Du hättest doch von jedem anderen Drachen im Königreich des Meeres eines bekommen können.«

Tsunamis Flügel zuckten. *Und das wäre dann in Ordnung gewesen? Bist du nur deshalb so wütend, weil er es von dir gestohlen hat? Und nicht, weil dadurch das Leben eines Drachlings für immer ruiniert worden ist?*

»Es musste ein Ei sein, das in der hellsten Nacht schlüpft«, sagte Webs mit zaghafter Stimme. »Und es musste zu der Prophezeiung passen – *Die Schwingen des Meeres im Ei vom dunkelsten Blau.* Ich hatte Eure Eier gesehen, als ich sie bewacht habe, bevor ich … bevor ich gegangen bin.«

»Du meinst, bevor du weggerannt bist«, fauchte Coral. »Mitten in einer Schlacht.«

Als Tsunami Webs ansah, konnte sie gar nicht glauben, dass er Riptides Vater war. Riptide war viel stärker und mutiger als dieser zitternde alte Drache.

»Ich kann mich noch gut an Tsunamis Ei erinnern«, fuhr Webs mit hängenden Flügeln fort. »Es war so blau – es musste einfach das richtige sein. Eure Majestät, es tut mir furchtbar leid«, sagte er schnell. »Aber die Prophezeiung ist so wichtig. Für etwas anderes außer den Frieden hätte ich Euch doch nicht hintergangen … ich musste den Befehlen der Klauen einfach folgen.«

»Und wie bist du in die Bruthöhle gekommen?« Corals Schwanz peitschte bedrohlich hin und her. »Ich hatte rund um die Uhr Wachen vor der Tür postiert.«

Tsunami beugte sich vor. Wenn Webs einen geheimen Eingang kannte, würde sie das mit Sicherheit auf die Spur des Drachlingsmörders bringen.

Webs ließ den Kopf hängen. »Ich habe die Wachen betäubt«, erklärte er. »Ich … ich kannte jemanden, der mir dabei geholfen hat, einen Schlaftrunk in ihr Abendessen zu schmuggeln. Sie haben geschlafen, als ich mich hineingeschlichen habe und dann mit dem Ei wieder herausgekommen bin. Es war nicht ihre Schuld.«

»Ich habe sie trotzdem getötet«, sagte Coral wegwerfend. »Und was diesen *Jemand* angeht, der dir geholfen hat – deine Frau, wie ich annehme?«

Webs zuckte zusammen.

»Darüber habe ich mich wirklich gewundert«, fuhr Coral fort. Auf ihrer Schnauze lag ein zufriedener Ausdruck, als würde sie endlich die Teile eines alten Puzzles zusammenfügen können. »Es war dumm von ihr, nicht mit dir zusammen wegzulaufen. Aber deshalb wurde sie kurze Zeit später ja auch von ihrem Posten in der Küche in den aktiven Dienst als Soldatin versetzt. Was für ein Pech, dass gleich ihre erste Schlacht so ein Blutbad war.«

Webs sah aus, als hätten seine Schuppen jeglichen Glanz verloren. Sunny stieß ein klägliches Jaulen aus, rückte näher an ihn heran und schlang ihren Schwanz um seinen. Selbst Glory schien er ein bisschen leidzutun.

Tsunami hatte nie daran gedacht, dass Webs seine Familie zurückgelassen hatte – bis sie Riptide getroffen hatte. Selbst dann hatte sie sich nicht vorstellen können, dass er seine Frau und seinen Baby-Drachling verlassen hatte. Vielleicht war Webs die Prophezeiung tatsächlich wichtiger als alles andere, wenn er bereit war, so viel dafür aufzugeben. Sie selbst hätte diese Entscheidung nicht getroffen.

»Jetzt weiß ich, dass die Drachlinge in Sicherheit sind«, sagte Webs leise. »Ihr könnt mit mir machen, was Ihr wollt.«

»Darauf kannst du dich verlassen«, knurrte Königin Coral. »Fangen wir doch gleich mal damit an. Sag mir, wo ich die Klauen des Friedens finde.«

»Warum?«, fragte Tsunami, als Webs den Kopf schüttelte. »Warum willst du sie denn finden?«

Coral zeigte sämtliche ihrer spitzen scharfen Zähne. »Rache, Liebes. Rache. Sie haben mir etwas gestohlen und damit ist noch nie jemand durchgekommen. Ich werde jeden Einzelnen von ihnen aufspüren und ausradieren.«

»Hast du denn nichts Wichtigeres zu tun?«, fragte Tsunami. »Ja, ich halte sie für ganz schreckliche Drachen mit völlig unangebrachten Vorstellungen darüber, wie man Drachlinge aufzieht, um eine Prophezeiung zu erfüllen. Aber alles, was sie wollen, ist ein Ende des Krieges. Will das nicht jeder?«

»Wir versuchen nicht, den Krieg zu *beenden*«, sagte Blister mit ihrer verschlagenen Stimme. »Wir versuchen, ihn zu *gewinnen*. Der Unterschied ist dir hoffentlich klar.«

»Aber die Klauen des Friedens zu töten, wird Euch dabei nicht helfen. Bis auf uns fünf haben sie niemandem etwas getan«, widersprach Tsunami, während sie auf die anderen Drachlinge wies.

»Genau genommen«, sagte Starflight aus heiterem Himmel, »haben sie Tsunami mit ziemlicher Sicherheit das Leben gerettet.«

Der Nachtflügler erstarrte, als sich sämtliche anwesenden

Drachen umdrehten und ihn anstarrten. Königin Coral zischte drohend. Selbst Webs sah verwirrt aus.

»Wie bitte?«, knurrte Coral.

»Na ja«, stammelte Starflight, »die … die … die anderen weiblichen Drachlinge in ihrem Gelege … sind alle gestorben. So wie alle anderen potenziellen Erbinnen gestorben sind. Wer auch immer sie tötet, Webs hat Tsunamis Ei mitgenommen, bevor der Mörder es in die Klauen bekam. Wenn sie in der Bruthöhle geschlüpft wäre, wäre sie jetzt tot. Webs – und damit auch die Klauen des Friedens – hat ihr Ei gestohlen und ihr damit das Leben gerettet. Ähm. Richtig?«

Tsunami fühlte sich wie ein Gestaltwandler, als würden ihre Knochen von ihrem Körper in einen anderen gestopft werden. *Nein. Die Klauen des Friedens haben mein Leben ruiniert. Das und nichts anderes ist die Wahrheit. Sie haben mich nicht gerettet.*

Aber tief in ihren Schuppen wusste sie, dass Starflight recht hatte. Die Klauen des Friedens hatten sie tatsächlich gerettet. Sozusagen durch Zufall. Webs hatte sie gerettet.

Sie erinnerte sich an ihre Träume, in denen sie sich immer vorgestellt hatte, wie ihr Leben gewesen wäre, wenn sie hier geschlüpft und von ihrer eigenen Mutter großgezogen worden wäre. Nichts davon wäre je geschehen. Sie wäre vorher gestorben. Man hätte ihr das Genick gebrochen, wie dem armen kleinen Drachling in der Eischale.

»Eure Majestät!« Der kleine Botendrache, den Tsunami schon einmal gesehen hatte – Urchin, wenn sie sich recht erinnerte –, purzelte aus der Luft und kam vor Königin Corals Krallen zum Stehen. Er verbeugte sich, so tief er konnte, und legte die Flügel über den Kopf. »Wir haben einen verdächtigen Drachen gefunden, der draußen herumgelungert ist. Er muss mit Webs zusammenarbeiten.«

»Bringt ihn zu mir«, knurrte Königin Coral mit einer Stimme, die von den Felswänden widerhallte.

Als Urchin nach unten auf den Tunnel zeigte, beugten sich alle über den Rand der Ebene und sahen, wie Piranha und ein Trupp Meeresflügler-Soldaten einen Drachen zum Sommerpalast zerrten. Sie hievten ihn aus dem Wasser und flogen mit ihm nach oben zur Königin. Seine mit Schwimmhäuten versehenen Klauen hingen schlaff herunter, seine Augen waren geschlossen und aus einer tiefen Klauenwunde, die sich quer über seine himmelblauen Schuppen zog, strömte Blut.

Tsunamis Magen stülpte sich wie eine Qualle von innen nach außen.

Es war Riptide.

22. Kapitel

Webs' grüne Schuppen verblassten vor Schreck fast zu Grau, als Riptide auf den Boden zwischen ihn und Königin Coral geworfen wurde.

»Nein!«, schrie er. »Er hat nichts damit zu tun! Er hatte nie Kontakt zu mir.«

Moray warf noch eine Muschelvoll Meerwasser auf Riptide, der laut stöhnte und die Klauen vor die Augen legte.

»Es stimmt«, sagte Tsunami verzweifelt. »Riptide ist nicht mit Webs hier. Er hat ... er hat mir geholfen. Bei meinem Aquatisch.« Es war die Wahrheit, trotzdem hörte es sich an wie eine Lüge, selbst für ihre Ohren.

»Whirlpool sollte dich unterrichten, nicht dieser elende Wurm da«, sagte Königin Coral mit zusammengekniffenen Augen.

»Whirlpool ist ein *grauenhafter* Lehrer«, empörte sich Tsunami. »Eine Seepocke hätte mir mehr beigebracht.«

Riptide setzte sich langsam auf. Er musterte die Schnauzen der Drachen, von denen er angestarrt wurde. Sein Blick blieb an Webs hängen und die beiden Drachen sahen sich lange an.

»Gib deinen Verrat zu«, befahl die Königin. »Schließlich liegt das bei euch in der Familie.« Sie wollte Riptide eins auf die Schnauze geben, doch er wich ihrer Klaue aus. Piranha zischte und stieß ihn mit einem Narwalspeer an.

»Tu ihm nichts«, rief Tsunami. »Bitte. Er arbeitet nicht für die

Klauen des Friedens. Das schwöre ich dir.« Überrascht sah sie, wie Riptide zusammenzuckte. Er starrte auf seine Klauen und wich ihrem Blick aus.

Hatte er ihr etwas verschwiegen?

Schon wieder?

»Werft sie beide in das neue Gefängnis«, befahl Coral mit sichtlicher Abscheu. »Später, wenn ich mich etwas gewalttätiger fühle, werden wir schon noch herausfinden, was wir über die Klauen des Friedens wissen müssen.«

»Hast du nicht noch eine Frage für sie?«, warf Blister ein. Sie hatte so lange geschwiegen, dass Tsunami zusammenzuckte, als sie die Stimme der Königin hörte.

Coral wandte den Kopf und sah den Sandflügler an.

»Warum sie alle deine Erbinnen getötet haben«, säuselte Blister. »Es liegt doch klar auf der Klaue, dass sie es gewesen sind, oder nicht?«

»Aber ja!«, platzte es aus Coral heraus. Sie starrte Webs und Riptide finster an.

»Sie haben zusammengearbeitet«, murmelte Blister. »Das ist der fulminante Höhepunkt der Geschichte.«

»Stimmt«, pflichtete Coral ihr bei.

»Nein!«, rief Tsunami. »Das ergibt keinen Sinn!«

»Genau wie bei einem deiner brillanten Krimis.« Blister ignorierte Tsunami einfach. »*Die Klauen des Mordes* zum Beispiel. Oder *Blutige Schwanzspuren*. Der war einfach genial.«

»Richtig«, stimmte ihr Coral noch heftiger zu als vorher. »Sie sind die perfekten Mörder! Es passt alles!«

»Nein, tut es nicht!«, brüllte Tsunami. »Warum sollten sie die Mörder sein? Sie haben kein Motiv!«

»Natürlich haben sie ein Motiv«, knurrte Coral. »Blister, erklär es ihr.«

»Damit Tsunami als einzige lebende Erbin zurückkehren konnte«, sagte Blister sofort. »Wenn sie alle anderen möglichen Erbinnen getötet haben, wird sie immer wertvoller. Ein Druckmittel für Verhandlungen, falls sie eines brauchen sollten. Ein mächtiges Werkzeug für den Fall, dass sie sie benutzen wollten.«

»Mich benutzt niemand«, fauchte Tsunami.

»Moment mal. Webs kann gar nicht der Mörder sein«, wandte Clay ein, der den großen braunen Kopf schief legte. »Er tötet nicht gern andere Drachen. Deshalb ist er ja auch vor Euch davongerannt.«

»Völliger Blödsinn.« Königin Coral winkte abwehrend mit der Klaue. »Er ist weggerannt, um seine eigenen Schuppen zu retten.«

»Trotzdem bin ich nicht sicher, ob diese Theorie einer genauen Überprüfung standhält«, sagte Starflight, während er vor sich ins Leere starrte, als würde er versuchen, eine mathematische Gleichung zu lösen. »Die Morde an den Prinzessinnen begannen zwei Jahre bevor er Tsunamis Ei gestohlen hat, daher hätten die Klauen des Friedens und ganz besonders Webs zu diesem Zeitpunkt noch gar nicht wissen können, dass sie ein königliches Ei stehlen würden – Webs hat damals noch nicht einmal gewusst, dass er Mitglied der Klauen werden würde. Außerdem war Webs die letzten sechs Jahre bei uns in der Höhle unter dem Berg. Er hätte nicht jedes Mal, wenn er einen Drachling ermorden wollte, hierher- und wieder zurückfliegen können.« Starflight schüttelte den Kopf. »Nein, ich fürchte, das passt alles nicht zusammen …« Als sein Blick auf Blister fiel, machte er plötzlich das Maul zu.

»Genau«, sagte Tsunami. »Das denke ich auch.«

»Dann haben eben seine Verbündeten bei den Klauen des Friedens die schmutzige Arbeit für ihn erledigt«, erwiderte Blister unbeirrt. »Coral, du weißt, dass es einen Sinn ergibt. Die Klauen des Friedens sind schon seit einer Ewigkeit deine Feinde. Da überrascht es nicht weiter, dass sie hinter den Morden stecken. Dieses Ende erklärt alles.«

Coral nickte. Ihre Klauen bewegten sich zu einer Schriftrolle in ihrer Nähe, als könnte sie es gar nicht mehr erwarten, alles aufzuschreiben.

»Warum tut Ihr das?«, wollte Tsunami wissen, während sie einen Schritt auf Blister zumachte. »Warum wollt Ihr Webs und Riptide die Morde anhängen? Ich glaube, Ihr wollt Eure eigenen Spuren verwischen.«

Blister lachte lauthals. »Mir ist es egal, was mit den Prinzessinnen der Meeresflügler geschieht«, sagte sie. »Aber ich fühle natürlich mit meiner armen Verbündeten. Ich sage ihr nur, was klar auf der Klaue liegt. Diese beiden sollten so schnell wie möglich für ihre Verbrechen hingerichtet werden.«

Du willst Webs tot sehen, dachte Tsunami. *Und du hast Kestrel getötet, da bin ich mir sicher. Aber warum?*

»Großartig, ganz großartig.« Coral klatschte mit den Klauen. »Bringt sie weg. Ihre Hinrichtung planen wir dann später.« Piranha und ihre Wachen umringten Webs und Riptide. Tsunami bekam keine Gelegenheit, noch etwas zu den beiden zu sagen, bevor sie weggeschleppt wurden, und Riptide wich ihrem Blick immer noch aus. Frustriert ballte sie die Klauen zu Fäusten.

»Ihr wisst, was das bedeutet, nicht wahr?«, fuhr Coral zufrieden fort. »Wir können das Ei wieder in die königliche Bruthöhle bringen. Jetzt ist es dort sicher.«

»Ist es nicht!«, rief Sunny. Sie legte schützend die Klauen um das Ei.

»Aber ja«, beharrte die Königin. »Jetzt, wo Webs eingesperrt ist, kann das Ei in der königlichen Bruthöhle schlüpfen. So, wie es sein soll.«

»Da irrst du dich«, widersprach Tsunami. »Ich werde das Leben dieses Drachlings auf keinen Fall riskieren, nur weil du auf diese verrückte Geschichte reingefallen bist, die Blister erfunden hat.«

Blisters pechschwarze Augen funkelten Tsunami boshaft an.

»Es wird dort absolut sicher sein.« Coral ignorierte die Anschuldigung ihrer Tochter und gestikulierte mit den Klauen. »Außerdem ist jede Königin in der Geschichte der Meeresflügler in der königlichen Bruthöhle geschlüpft.«

Beredtes Schweigen. *Ich nicht,* dachte Tsunami, und Coral dachte das mit Sicherheit auch. *Wenn ich Königin bin, wirst du das zurücknehmen,* dachte Tsunami, aber sie war nicht sicher, ob sie es auch tatsächlich so meinte. *Wollte* sie hier überhaupt noch Königin werden? Vor allem, wenn es bedeutete, sich mit Blister zu verbünden – oder mit ihr zu brechen und dann die Konsequenzen zu tragen?

Es gab nur einen Drachen, der Corals Entscheidung bezüglich des Eis ändern konnte. Als Tsunami einen Blick auf Blister warf, wurde ihr klar, dass zumindest eines stimmte: Blister war es völlig egal, was mit den Erbinnen der Meeresflügler passierte. Sie musterte ihre Krallen und sah leicht gelangweilt aus.

»In Ordnung«, sagte Tsunami, während sie die Schultern straffte. »Aber ich bleibe bei dem Ei, bis es schlüpft.«

Königin Coral legte den Kopf schief. »In der königlichen Bruthöhle«, fragte sie. »Die ganze Nacht?«

»Ich werde dafür sorgen, dass es wohlbehalten schlüpft«, versprach Tsunami. Sie warf einen Blick auf das Ei, das unter seiner weißen Schale blau und grün schimmerte. Der Drachling stand kurz vor dem Schlüpfen. Hin und wieder bewegte sich das Ei sogar in Sunnys Armen.

»Aber wenn ich den wahren Mörder erwische«, fuhr Tsunami fort, »möchte ich, dass du versprichst, Riptide und Webs freizulassen.«

»Ha«, schnaubte Coral. »Webs wird nie wieder frei sein.«

»Auch dann nicht, wenn ich deine letzte Erbin rette?«, wollte Tsunami wissen.

Coral fuhr mit ihren Krallen über den Boden. »Das brauchst du nicht«, sagte sie. »Wir haben die Mörder.«

»Dann dürfte es dir ja nicht schwerfallen zuzustimmen«, sagte Tsunami. Blister starrte sie mit kalten Augen an.

»Also gut.« Coral hob eine Klaue. »Riptide kann ich dir versprechen. Aber Webs hat zu viel angerichtet, für das er sich verantworten muss.« Tsunami fiel auf, dass Blister sich hinsetzte. Dann war es also eindeutig Webs, den sie tot sehen wollte, nicht Riptide.

Mehr konnte Tsunami im Moment nicht tun. Sie würde sich eine andere Möglichkeit überlegen müssen, um Webs zu retten.

»Aber Tsunami, wir haben doch gesagt, dass wir zusammenbleiben«, protestierte Clay. »Dort unten können wir dich nicht beschützen.«

»Und wer auch immer es auf die Eier abgesehen hat, er wird die Gelegenheit nutzen und dich auch gleich töten«, machte Glory ihr klar.

Tsunami schüttelte den Kopf und ließ ihre Klauen spielen. »Nicht, wenn ich ihn zuerst erwische.«

3. Teil:

Aus dem Ei

23. Kapitel

In der königlichen Bruthöhle war es stockdunkel und entsetzlich ruhig.

Natürlich konnte Tsunami in der Dunkelheit sehen, aber es war alles grau und ein wenig verschwommen. Die einzigen Farbkleckse waren die Eier, wenn die Drachlinge in ihnen sich bewegten. Auf der anderen Seite der Höhle konnte Tsunami die drei männlichen Eier in ihrem Gelege sehen, die sich einträchtig aneinanderlehnten. *Sie* hatten nichts zu befürchten.

Vor der Tür waren Wachen postiert, aber in der Bruthöhle war Tsunami allein. Sobald sich die Tür hinter ihr geschlossen hatte, schwamm sie an den Wänden entlang und rüttelte an allem, was vielleicht ein Hebel sein könnte. Mehrmals umkreiste sie die Statue von Orca und versuchte, Klauen, Schwanz und Sockel wegzuschieben. Doch nichts geschah. Es gab keinen Hinweis darauf, dass sich irgendwo ein geheimer Eingang befand.

Schließlich rollte sie sich neben dem Ei zusammen und ließ ihren wachsamen Blick durch den Raum schweifen.

Also gut, du Mörder, dachte sie. *Ich warte auf dich.* Auf dem Boden neben ihr lag ein Narwalspeer, auch wenn sie keine Ahnung hatte, wie man damit umging. Aber sie wollte sich nicht wieder überrumpeln lassen.

Die warmen Wasserstrahlen sprudelten lautlos aus winzigen Löchern in den Korallen und umgaben die Eier mit Hitze und kleinen Luftblasen. Tsunami war es ein bisschen *zu* heiß, aber sie wollte sich nicht von dem Ei entfernen. Sie schob vorsichtig die Schnauze darunter und überprüfte noch einmal, ob es darunter eine geheime Falltür gab, doch der Boden war so glatt und eben wie das Ei.

In der Eischale flatterte etwas einen Herzschlag lang, als der Drachling darin versuchte, seine Flügel auszustrecken. Tsunami ließ für einen Moment ihre Vorderklauen darauf ruhen. Sie fragte sich, ob Sunny recht damit gehabt hatte, dass der Drachling sie hören konnte. Sie legte ihre Schnauze an das Ei und flüsterte durch das Wasser.

»Keine Angst. Ich werde dich beschützen.«

Die winzigen Flügel flatterten noch einmal. Tsunami beugte sich vor und wünschte, dass sie in dem stillen, dunklen Raum etwas hören oder sehen würde.

Krrrrraaaaatz.

Tsunamis Kopf schoss nach oben.

Stille. Dunkelheit.

Und doch … sie hatte das unheimliche Gefühl, dass plötzlich *jemand* hier war.

Krrrrraaaaatz.

Die Schuppen zwischen Tsunamis Flügeln kribbelten, als würden ihr Spinnen den Rücken hinunterlaufen.

Sie stand auf und lockerte ihre Klauen. Die Tür zur Bruthöhle war geschlossen. Die Eier lagen regungslos da. Die einzige Bewegung im Raum war das kurze Aufblitzen der kleinen Luftblasen, die aus dem Boden strömten.

Moment mal …

Die Statue.

Hatte sie nicht gerade eben noch mit der Schnauze zur Tür gestanden?

Tsunami starrte sie an, bis ihr die Augen wehtaten.

Hatte die Statue den Kopf gedreht?

Sah sie Tsunami an?

Tsunami begann, am ganzen Körper zu zittern. Sie blinzelte und beobachtete die Statue von Orca.

Die Statue starrte sie ebenfalls an. Tsunami erinnerte sich daran, dass die Augen Saphire waren, doch umgeben von den Grautönen der Bruthöhle schimmerten sie so pechschwarz und bösartig wie die Blisters. Sie war sicher, dass die Statue mit der Schnauze zur Tür gestanden hatte, als sie hereingekommen war. Doch jetzt hatte die Statue den Kopf zu ihr und dem Ei gedreht und beobachtete sie.

Unmöglich, dachte sie, und dann –

Krratz. Krratz. Krrrratz.

Steinerne Klauen krallten sich in den Sockel.

Zwischen spitzen, haiartigen Zähnen schoss eine steinerne Zunge hervor.

Es schleicht sich niemand rein, konnte Tsunami gerade noch denken. *Die Mörderin ist schon hier. Sie war die ganze Zeit hier.*

Und dann warf sich die Statue von ihrem Sockel herunter und streckte die Klauen aus, um das Ei zu ergreifen.

Tsunami warf sich zwischen die steinerne Orca und ihre noch nicht geschlüpfte Schwester. Grüne Marmorkrallen kratzten über Tsunamis Hals, schwerer und dicker als die eines echten Drachen. Sie waren wie Felssplitter, die sich zwischen Tsunamis Schuppen bohrten und einen blutigen Riss hinterließen.

Tut mir leid, das ist gegen die Regeln, Blut in der Bruthöhle, dachte Tsunami benommen. Sie taumelte nach hinten und presste eine Klaue auf die Wunde.

Wie sollte sie gegen eine Statue kämpfen? Wie konnte man einen Drachen aus Stein besiegen?

Die Statue griff wieder an, so unbarmherzig wie die Flut des Meeres. Sie warf sich gegen Tsunami, stieß sie nach hinten und drückte sie mit ihrem gesamten Gewicht auf den Boden. Tsunami wehrte sich und versuchte, ihr die Schnauze zu zerkratzen, doch ihre Krallen schrammten einfach nur über den Marmor und taten höllisch weh dabei.

Die Statue versuchte, über sie hinwegzusteigen und sie auf dem Weg zum Ei zu zertrampeln. Eine Hinterklaue senkte sich schwer auf Tsunamis Brust, und sie spürte, wie mit einem leisen *Knack Knack Knack* einige ihrer Rippen brachen.

Du wirst dieses Ei nicht *erreichen.*

Tsunami hob den Kopf und packte mit beiden Vorderklauen die Schnauze des Drachen. Sie riss den Kopf zu sich herunter, grub ihre Krallen in die Augenhöhlen und hebelte die beiden Saphire heraus. Schimmernd und schwer fielen sie in ihre Handflächen.

Der Steindrache brüllte nicht, er brach nicht zusammen und reagierte auch nicht so, wie Tsunami dies erhofft hatte. Er spürte keinen Schmerz. Er blieb einfach stehen, drehte für einen Moment den Kopf von links nach rechts und ging dann in die Hocke, wobei er sein Gewicht gerade so lange von Tsunamis Körper nahm, dass sie sich unter ihm hervorwinden konnte.

Sie holte tief Luft und brüllte, so laut sie nur konnte, nach Hilfe. Auch wenn ihr Schrei vom Wasser gedämpft wurde, würden ihn die Wachen doch sicher hören. »HILFE! HILFE!«

Falls überhaupt noch Wachen vor der Tür postiert waren.

Königin Coral hatte ihrer Tochter versprochen, Wachen abzukommandieren. Aber Tsunami hatte das ungute Gefühl, dass sie die Meeresflügler sofort wieder weggeschickt hatte, weil sie sicher war, dass sie nicht gebraucht wurden.

Ob es nun daran lag, dass die Wachen Tsunami nicht hören konnten, oder ob sie gar nicht da waren – jedenfalls kam niemand.

Die Statue untersuchte ihre leeren Augenhöhlen und tastete den Boden um sich herum ab, als würde sie denken, ihre Augen seien versehentlich herausgefallen. Tsunami wich einen Schritt zurück und ließ die Saphire in zwei der Löcher fallen, aus denen die warmen Wasserstrahlen sprudelten. Sie konnte jeden Vorteil gebrauchen.

Vorsichtig beugte sie sich über das Ei und nahm den Narwalspeer. Ließ sich damit etwas gegen Marmor ausrichten?

Die Statue ließ ihre Zunge hervorschnellen und schmeckte das Wasser. Langsam drehte sie ihre Schnauze in Richtung Tsunami. Sie wusste, dass ein Animare-Drache die Statue verzaubert haben musste, aber sie wusste nicht, wie diese Beschwörungen funktionierten. Würde die blinde Statue jemals aufgeben? Oder würde sie einfach weitermachen, bis sie alle königlichen Erbinnen in der Bruthöhle ermordet hatte, egal ob sie sehen konnte oder nicht?

Tsunami vermutete, dass die Statue nur tötete, wenn keine Wachen in der Nähe waren – keine Königin, niemand, der Zeuge der Verbrechen wurde und sie davon abhalten konnte, wieder zuzuschlagen.

Aber Tsunami war eine Erbin. Sie war keine Zeugin. Sie war ein Ziel.

Als die Statue auf sie zukam, bebte der Boden unter dem Gewicht ihrer Klauen.

Tsunami wollte den Marmordrachen von dem Ei weglocken. Wenn sie es schaffte, die Tür zu öffnen, würde das vielleicht genügen, um die Statue wieder erstarren zu lassen. Wenn dort allerdings keine Wachen postiert waren, würde es sie vielleicht in den Palast treiben.

Doch Tsunami hatte Angst, das Ei allein zu lassen, selbst wenn es nur für einen Moment war. Die Statue war schnell. Sie brachte es sicher fertig, das Ei mit einer Klaue zu zertrümmern und ihr dann trotzdem noch nachzulaufen.

Und wenn sie versuchte, das Ei mitzunehmen, konnte sich die Statue auf sie beide werfen und es auf diese Weise zerbrechen. Im Nest war es am sichersten, allerdings nur, solange Tsunami davorstand.

Sie hob den Speer und richtete ihn auf Orca. Normale Kampfregeln galten hier nicht. Sie konnte versuchen, die Augenhöhle zu treffen, aber dahinter war kein Gehirn, das sich durchbohren ließ. Und unter den Schuppen war auch kein Herz zu finden, nicht einmal die empfindliche Stelle, die alle Drachen hatten.

Die Schnauze der Statue hob sich, die leeren Augenhöhlen waren so dunkel wie tiefe Meeresschluchten.

Konnte der Steindrache Tsunami riechen? Sie im Wasser schmecken? Oder hören?

Was auch immer die Statue da tat, sie schien selbst ohne Augen genau zu wissen, wo sie war.

Mit einem großen Satz sprang die Statue auf sie zu. Tsunami stützte den Speer auf den Boden und der Steindrache prallte mit der Brust dagegen. Ein heftiger Ruck fuhr in Tsunamis Klauen, und sie fühlte sich, als wäre sie in beide Handflächen gestochen worden. Teile des dunkelgrünen Marmors bröckelten von der Statue. *Dann ist es vielleicht möglich, sie in kleine Stücke zu zerschlagen.*

Orca griff wieder an, doch dieses Mal streckte sie die Klauen vor sich aus. Tsunami versuchte, den Speer außer Reichweite zu bringen, doch der Steindrache bekam das Narwalhorn mit beiden Vorderklauen zu fassen und entriss es ihr. Dann holte er in einem weiten Bogen mit dem Speer aus, und Tsunami musste zur Seite hechten, um nicht aufgespießt zu werden.

Der einzige Laut, den die Statue von sich gab, war das Kratzen von Stein auf Stein. Im Gegensatz zu normalen kämpfenden Drachen brüllte, brummte oder knurrte sie nicht. Sie war so grauenhaft ruhig wie der Rest der Bruthöhle.

Tsunami fragte sich, ob sie sprechen, hören oder irgendwie kommunizieren konnte.

»Kannst du mich hören?«, brüllte sie, während sie alle Vorsicht in die Strömung schlug. »Wer hat dich verzaubert?«

Statt einer Antwort schleuderte die Statue den Speer zur Seite und stürzte sich wieder auf sie. Tsunami tauchte unter ihr weg, bekam den Speer zu fassen und drehte sich um, um sich wieder vor das Ei zu stellen.

Sie konnte die Statue nicht zerschmettern, während sich diese bewegte. Der Steindrache war zu schnell und zu stark. Aber wenn sie ihn irgendwie fangen konnte …

Ihr Gegner drehte sich um und schmetterte seinen Schwanz in ihre Seite. Tsunami wurde von den Klauen gerissen, schoss durch das Wasser und prallte gegen die Wand. Ein stechender Schmerz schoss durch ihren ganzen Körper. Heftig nach Atem ringend, schleppte sie sich wieder zum Ei und stieß mit dem Speer nach der Statue, um sie zu vertreiben.

Der Steindrache griff wieder nach dem Speer. Dieses Mal hielt Tsunami ihre Waffe schräg nach oben und stach sie der Statue mit aller Kraft in das geöffnete Maul.

Der Speer blieb im Marmor stecken. Die Klauen der Statue glitten am Schaft entlang und versuchten, ihn herauszuziehen, doch er saß zu fest. Als Tsunami den Schaft zur Seite bewegte, drehte sich der Kopf des Drachen mit.

Sie sprang zu einem leeren Nest und rammte das andere Ende des Speers in eine der Nischen. Jetzt saß die Statue fest, eingeklemmt wie ein Schaf in den Klauen eines Drachen. Ihr Schwanz peitschte hin und her und ihre Klauen trommelten auf den Boden, während sie versuchte, sich zu befreien. Ihre heftig schlagenden Flügel wirbelten das Wasser derart auf, dass Tsunami Mühe hatte, sich aufrecht zu halten.

Tsunami kämpfte sich zu dem Ei zurück und hob es auf. Und in dem Moment –

Klopf, klopf, klopf.

Das Ei bekam einen Riss, dann schob sich ein kleiner grüner Kopf heraus. Dunkelgrüne Augen blinzelten Tsunami an.

Tsunami lächelte und schaltete ein paar kleine Streifen an ihrer Schnauze ein. Nichts Helles; sie wollte die Kleine nicht blenden. Sie wollte nur Hallo sagen.

Die Statue wand sich zuckend hin und her und schlug den Boden kaputt. Tsunami hatte Angst, dass sie sich gleich befreien würde. Sie hielt den Drachling fest und schwamm, so schnell sie konnte, zur Tür. Als sie sie mit einem Klauentritt öffnete, stellte sie fest, dass tatsächlich keine Wachen davor postiert waren.

Doch als die Tür sich öffnete, erstarrte die Statue.

Tsunami drehte sich um und sah sie an.

Wer auch immer den Zauber gesprochen hatte, hatte nicht gewollt, dass jemand einen Blick in die Höhle warf und die Statue bei ihrer blutigen Arbeit erwischte. Tsunami vermutete, dass der Zauber den Marmordrachen auch alarmierte, wenn jemand den Gang hinunterkam, sodass er normalerweise Zeit genug hatte, auf den Sockel zurückzukehren. Die Statue sollte so lange wie nur irgendwie möglich Drachlinge ermorden.

Damit ist jetzt Schluss, dachte Tsunami grimmig.

Selbst Königin Coral würde sich der Wahrheit nicht mehr verschließen können, wenn sie die Statue so sah. Die marmorne Orca, die früher so gelassen und majestätisch auf ihrem Sockel gesessen hatte, war jetzt von einem Speer in Kampfhaltung aufgespießt. Die Klauen hatte sie drohend ausgestreckt, die Zähne waren gefletscht. Coral würde Gewissheit haben und nicht leugnen können, dass dies die Mörderin war, die sich all die Jahre in der Bruthöhle versteckt hatte.

Die Frage war nur … wer hatte die Statue verzaubert? Natürlich kam nur ein Animare-Drache infrage. Aber Anemone konnte es nicht sein, denn sie war noch gar nicht geschlüpft, als die Morde begonnen hatten.

Tsunami hatte eine neue Theorie. *Es hatte bereits einige Animare-Drachen in der königlichen Familie gegeben.*

Aber wenn Shark oder Moray diese Art von Macht hatten, würden sie noch mehr damit anstellen. Sie würden sie benutzen, um Schlachten zu schlagen, die Gunst der Königin zu gewinnen, die Geheimwaffe zu sein, die sie so dringend brauchte. Wenn es Sharks Ziel war, seine Tochter auf den Thron zu setzen, hätte er diese Art von Zauberei benutzt, um Coral selbst loszuwerden, anstatt ihre Drachlinge zu ermorden.

Und wenn Moray der Animare-Drache war, hätte sie der Königin ihre Macht schon vor langer Zeit angeboten, damit Coral sich ihrer nach Belieben bedienen konnte.

Nein, es war ein anderer Drache aus der Königsfamilie. Tsunami war ganz sicher.

Sie ging in die Bruthöhle zurück, ließ aber die Tür offen. Plötzlich fiel ihr etwas ein, was Coral gesagt hatte. *Meine erste Tochter. Sie war eine sehr begabte Bildhauerin.*

Als Tsunami den frisch geschlüpften Drachling in ihren Nacken setzte, zuckte sie zusammen, weil heftige Schmerzen durch ihre Kiemen schossen.

Orca ist zwar schon viele Jahre tot, aber sie hat ein tödliches Geschenk hinterlassen.

Vorsichtig trat sie über die Nester und starrte dem Marmordrachen auf die Schnauze.

Leer. Leblos. Nur noch eine Statue.

Eine Statue, die sie und Coral zerschmettern würden, bis sie nur noch aus Millionen winziger Steinchen bestand.

Orcas Waffe würde nie wieder einen Drachling töten oder ein Ei zertrümmern. Es war vorbei.

24. Kapitel

Durch das Blätterdach drang helles Morgenlicht herein, das grüne Sonnenstrahlen auf den Pavillon schickte. Tsunami lüftete ihre Flügel, froh darüber, dass sie nicht an der Ratssitzung mit Blister teilnehmen musste, die gerade dort oben stattfand. Nach dem Kampf in der Bruthöhle am Abend vorher brauchte Tsunami eine Pause. Von intriganten Drachenköniginnen und Kriegsplänen hatte sie fürs Erste genug.

Der kleine smaragdgrüne Drachling tollte über den Strand, wirbelte mit den Klauen den Sand auf und blieb vor Überraschung wie angewurzelt stehen, als er ihm in die Nase stieg. Er nieste so heftig, dass er einen Purzelbaum nach hinten machte. Dann setzte er sich auf und warf Tsunami einen entrüsteten Blick zu.

»Na ja, dann hör eben auf, dir Sand in die Nase zu stecken«, schlug Tsunami vor.

Ihre kleine Schwester schüttelte sich, entdeckte eine winzige Krabbe im Sand und warf sich mit einem großen Satz auf das Tier. Als die Krabbe in ihrem Loch verschwand, starrte der Drachling verwundert auf seine leeren Krallen.

»Wie heißt sie denn?«, fragte Sunny, während sie sich kurz an Tsunamis Seite lehnte. Tsunami war unendlich erleichtert. Sunny hatte ihr vergeben – oder vergessen, dass sie eigentlich wütend auf sie war. So oder so, Tsunami war beides recht.

»Ich bin gerade dabei, den perfekten Namen für sie zu finden«, erklärte Tsunami. »Mutter hat gesagt, dass ich das entscheiden darf.«

Der Drachling, der gerade ein Loch grub, hob den Kopf. Seine Schnauze war mit Sand bedeckt, was aussah, als hätte er einen Schnurrbart.

»Vielleicht solltest du sie Walross nennen«, schlug Glory vor, die in lautes Gekicher ausbrach.

»Sie ist kein Walross!«, protestierte Tsunami. »Sie ist viel würdevoller!«

Der Drachling sprang einem Insekt nach, verlor das Gleichgewicht und landete mit dem Kopf voraus im Sand, den Schwanz kerzengerade nach oben gereckt. Dann flatterte er wild mit den Flügeln, bis Sunny ihn behutsam aufrichtete.

»Oh ja«, meinte Glory. »Sehr würdevoll.«

»Sie ist richtig niedlich«, warf Clay ein. »Ich glaube, sie hat deine Schnauze, Tsunami.«

Zufrieden schnalzte Tsunami mit dem Schwanz. Als sie sich umsah, fiel ihr auf, dass Starflight etwas abseits von den übrigen Drachlingen saß. Mit einem bangen Ausdruck auf der Schnauze starrte er den Pavillon vor ihnen an und ließ Sand durch seine Krallen rieseln.

Glory bemerkte, dass sie ihn ansah. Sie beugte sich vor und stupste den Nachtflügler kräftig in die Rippen.

»Was ist mit dir los?«, wollte Glory wissen. »Warum kriechst du ständig um Blister rum und leckst ihr die Krallen?«

»Das tue ich nicht!«, protestierte er.

»Doch, tust du«, sagte Tsunami, während Starflight ihrem Blick auswich.

»Ich finde, sie wäre eine gute Königin. Das ist alles«, murmelte er.

»Nein, findest du nicht«, widersprach Glory. »Als wir noch in der Höhle unter dem Berg waren, hast du gesagt, sie sei ziemlich böse und würde wahrscheinlich schon finstere Pläne für ganz Pyrrhia schmieden.«

»Stimmt, das hast du gesagt«, pflichtete Clay ihr bei. Er bohrte ein Loch in den Sand, damit der Drachling hineinklettern konnte. »Daran kann ich mich erinnern.«

Starflight sah ihn verärgert an. »*Daran* kannst du dich erinnern?«

»Also – warum bist du dann plötzlich sooooo begeistert von ihr?«, fragte Tsunami. Ihre kleine Schwester purzelte in das Loch und sprang dann wieder heraus, während sie heftig mit den Flügeln schlug, um den Sand abzuschütteln.

»Blister ist klug«, stammelte Starflight. »Sie ist … ähm … sie ist besser als Burn oder Blaze.«

»Ich mag sie nicht«, sagte Sunny zu Tsunamis Überraschung.

»Wirklich?« Starflight ließ die Flügel hängen.

Sunny schüttelte den Kopf. »Sie hat ›süß‹ zu mir gesagt, als wäre das alles, was man über mich wissen muss.«

»Aber du bist doch süß«, sagte Clay, während er ihr den Kopf tätschelte.

»Ich finde, es trifft dich ziemlich gut«, stimmte Tsunami ihm zu. Sunny machte ein finsteres Gesicht, was Tsunami wiederum ziemlich niedlich fand. »Aber ich mag sie auch nicht. Und ich traue ihr nicht. Ich glaube, wir werden uns Blaze ansehen müssen. Vielleicht sind die Geschichten über ihre mangelnde Intelligenz ja übertrieben.«

»Das bezweifle ich«, erwiderte Starflight mürrisch.

»Dann können wir jetzt gehen?«, fragte Glory an Tsunami gerichtet. »Und nach Blaze suchen? Du meinst, wir sind hier fertig?«

Selbst der Baby-Drachling hörte für einen Moment zu graben auf, um Tsunami anzusehen. Sie bekam Gewissensbisse, als sie den erwartungsvollen Schnauzenausdruck ihrer Freunde bemerkte. Ihr war gar nicht aufgefallen, wie sehr sie sich wünschten, das Königreich des Meeres wieder zu verlassen.

Als Tsunami Flügelschläge über sich hörte, hoben alle den Kopf und sahen, wie Coral, Anemone, Blister und Moray vom Pavillon des Sommerpalastes angeflogen kamen.

Der grüne Drachling flitzte zu Anemone, sobald diese gelandet war, und warf sich auf eine ihrer Klauen. Anemone lachte und drehte ihn auf den Rücken. Ihre kleine Schwester jaulte, kämpfte sich wieder hoch und begann, an Anemones Hinterklaue hochzuklettern.

»Hast du schon einen Namen für sie ausgesucht?«, fragte Anemone ihre große Schwester.

»Was hältst du von Auklet?«, sagte Tsunami.

»Das ist eine Gattung der Meeresvögel«, informierte Starflight Clay mit seiner Alleswisserstimme.

»Oh«, meinte Clay. »Cool. Ich meine, das habe ich gewusst.«

Tsunami gefiel der Ausdruck auf der Schnauze ihrer Mutter, als diese die beiden spielenden Schwestern beobachtete. Sie sah stolz, fürsorglich und glücklich aus. Tsunami hatte sich nicht in ihr getäuscht: Königin Coral würde ihre Töchter nie töten, auch wenn eine von ihnen eines Tages ihren Platz einnehmen würde. Sie sorgte sich um sie, vielleicht ein bisschen zu viel, aber das fand Tsunami immer noch besser als Gleichgültigkeit.

Sie fragte sich, ob Blister oder Burn Drachlinge hatten. Starflight würde es wissen; es musste irgendwo in den Schriftrollen stehen. Tsunami hatte das Gefühl, als würde Blister ohne zu zögern ihre eigenen Drachlinge töten, wenn sie der Meinung war, es sei notwendig. Ihre glitzernden schwarzen Augen verbargen mehr Geheimnisse und Pläne, als Tsunami erfahren wollte.

»Orcas Statue wurde zerstört«, sagte Königin Coral mit einem tiefen Seufzer. »Der Marmordrache war so schön. Sie war so begabt. Ich kann einfach nicht glauben, dass sie mir ihre Animare-Fähigkeiten verheimlicht hat. Sie hätte doch auch mit Whirlpool trainieren können.«

»Wow. Da hat sie aber was verpasst«, sagte Tsunami, während sie Anemone zublinzelte.

»Wir werden alles untersuchen müssen, was sie je geschaffen hat«, meinte Coral nachdenklich. »Um uns zu vergewissern, dass es nicht irgendwo noch ein paar verzauberte Statuen gibt.«

»Und wir sind sicher, dass es Orca war, ja?«, erkundigte sich Tsunami. »Niemand sonst im Palast könnte ein Animare-Drache sein?« Sie konnte nicht verhindern, dass ihr Blick zu Moray huschte, die sie finster anstarrte.

Coral schüttelte den Kopf. »Bevor wir die Statue zerstört haben, hat Anemone sie wiederbelebt und ihr befohlen, uns zu sagen, von wem sie verzaubert wurde. Sie sagte ›Orca‹, ganz eindeutig.« Sie seufzte wieder. »Orca hat die Statue geschaffen und in der Bruthöhle aufgestellt, kurz bevor sie mich herausforderte. Sie hat wohl geglaubt, den Kampf zu gewinnen, und deshalb eine Methode ersonnen, um ihre möglichen Herausforderer loszuwerden.«

»Das erklärt auch ihre letzten Worte an Euch«, zischte Moray.

»Ja«, meinte Coral traurig. »Sie sagte: ›Ich habe alles falsch gemacht. Du wirst für immer regieren, nicht wahr, Mutter? Du solltest mir danken. Jetzt kann dich niemand mehr aufhalten.‹« Die Königin sah zu Anemone und Auklet, die im Sand spielten. Dann strich sie Anemone mit einem wehmütigen Ausdruck auf der Schnauze über den Kopf.

»Aber –«, begann Clay zögernd. »Wenn Orca die Mörderin war, wer hat dann Tsunami im Tunnel überfallen?«

Königin Coral zuckte mit den Flügeln. »Irgendwann werden wir den Täter schon noch erwischen«, sagte sie. »So ist es in den Geschichten immer.«

Anemone warf Tsunami einen frustrierten Blick zu.

Tsunami war immer noch der Meinung, dass Shark der Angreifer gewesen sein musste. Er saß nicht mehr im Gefängnis und ging äußerst schlecht gelaunt im Sommerpalast auf Patrouille. Und er war alles andere als erfreut und hilfsbereit gewesen, als sie mit blutenden Kiemen und dem Drachling in den Klauen aus der Bruthöhle getaumelt war. Sie hob die Klaue und berührte den Seetangverband an ihrem Hals. Wenn sie sich bewegte, taten ihre Rippen weh, aber die Heiler sagten, sie brauche einfach nur eine Ruhepause, damit die Knochenbrüche heilen konnten.

Eine Ruhepause! Die Drachen der Vorsehung haben keine Zeit für eine Ruhepause!, dachte sie bedauernd.

»Wir wissen jetzt, wer die Morde begangen hat«, erinnerte Tsunami ihre Mutter, »und du hast versprochen, Riptide freizulassen.«

»Ich weiß«, erwiderte die Königin. »Aber ich weiß noch nicht so richtig, was ich mit ihm machen soll. In meinem Königreich kann er wirklich nicht bleiben. Er wird schon zu diesen Klauen des Friedens kriechen und herausfinden müssen, ob sie ihn wiederhaben wollen.«

»Vielleicht kann er ja mit uns kommen«, sagte Tsunami. Dann machte sie die Schnauze zu. Aber es war schon zu spät. Coral und Blister starrten sie so durchdringend an, dass sie ein ungutes Gefühl bekam.

»Mit euch?«, sagte Coral langsam. »Wollt ihr irgendwohin?«

»Wir … ich … ja … ich glaube, wir sollten gehen«, erwiderte Tsunami. Sie spürte, wie ihre Freunde hinter ihr zusammenrückten. »Ich gehöre hier nicht hin, Mutter. Ich wollte, aber … ich mache nur Ärger, und ich tue nicht das, wozu ich geschlüpft bin. Ich beherrsche die Unterwassersprache nicht. Ich verstehe den Rat nicht. Du hast jetzt zwei Töchter, die eines Tages großartige Königinnen sein werden.« Sie nickte Anemone zu. »Aber mein Schicksal führt mich an einen anderen Ort. Ich muss den Krieg beenden. Mit meinen Freunden zusammen.«

»Und wie wollt ihr das machen?«, fragte Blister leise.

»Ich weiß nicht«, gab Tsunami zu. »Aber uns wird schon was einfallen.«

»Wir haben uns überlegt, dass wir Blaze kennenlernen sollten«, warf Clay ein. »Nur, um fair zu sein.«

Oh, Clay, halt die Schnauze, dachte Tsunami, während sie innerlich zusammenzuckte.

»Aber das ändert nichts daran, wie wir … ich meine, dass wir denken, Ihr seid –«, beeilte sich Starflight zu sagen. Als ihn Tsunamis unheilvoller Blick traf, schwieg er sofort.

»Nein«, sagte Blister. Das Rautenmuster auf ihrem Rücken krümmte sich, als sie näher kam. »Niemand wird gehen.«

»Ihr habt uns gar nichts zu sagen«, widersprach Tsunami.

»Ihr werdet euch für *mich* entscheiden«, zischte Blister. »Die Na– die Klauen des Friedens wollen *mich* als Königin.«

»Oh?«, warf Glory ein. »Wissen sie das auch?«

»Es ist sowieso nicht ihre Entscheidung!«, sagte Tsunami.

»Euer Leben könnte ab jetzt so einfach sein«, fuhr Blister fort. »Ihr braucht nur allen zu sagen, dass die Drachlinge mich zur nächsten Königin der Sandflügler auserwählt haben. Und das könnt ihr sehr gut von hier aus, wo ich euch im Auge behalten kann.«

»Wo Ihr uns gefangen halten könnt, meint Ihr wohl«, entgegnete Tsunami wütend. »Das hatten wir schon mal, vielen Dank auch. Mutter, sag ihr, dass du mir das nicht antun würdest.«

Königin Coral warf Blister einen beunruhigten Blick zu. »Meine Liebe, ich bin sicher, dass sie dich auch nach einer Begegnung mit Blaze zur Königin bestimmen werden. Für *sie* würde sich doch niemand entscheiden, nicht in einer Million Jahren.«

»Vielleicht, aber dazu müssen sie erst einmal lange genug leben«, antwortete Blister sofort. »Coral, du weißt besser als jeder andere, wie gefährlich es da draußen ist. Erinnere dich nur daran, was mit Gill passiert ist. Wenn wir die Drachlinge hierbehalten, können wir sie schützen.«

»Oh, das klingt logisch.« Coral klang erleichtert. »Sie hat recht, Tsunami. Bleibt einfach hier, dann werden wir uns gut um euch kümmern.«

Tsunami warf einen Blick auf ihre Freunde. Starflight sah so depressiv aus wie immer, aber die anderen schauten sie erwartungsvoll an. Sie vertrauten darauf, dass Tsunami sie von hier wegbringen würde.

»Das ist auch nicht der richtige Ort für meine Freunde«, versuchte es Tsunami noch einmal. »Glory möchte nach Hause – stimmt's, Glory? Und Sunny sollte ihre Eltern suchen. Es ist nicht fair, dass ich das alles tun konnte, und sie nicht. Wir müssen einfach –« Sie straffte die Flügel. »Wir müssen gehen, und wenn ihr versucht, uns aufzuhalten, seid ihr auch nicht besser als die Klauen des Friedens oder Königin Scarlet.«

Blister warf Starflight einen finsteren Blick zu. »Nachtflügler, hast du denn nichts dazu zu sagen?«

Er starrte verlegen auf seine Krallen und antwortete nicht.

Sie gab ein lautes Zischen von sich. »Zu nichts zu gebrauchen. Mit euch stimmt tatsächlich was nicht. Aber jetzt habe ich euch und ich werde euch nicht gehen lassen.« Blister wandte sich an Coral. »Wirf sie alle in dein Gefängnis.«

»Das würde sie nicht tun«, protestierte Tsunami. »Mutter? Stimmt's? Das würdest du nicht tun?«

»Es erleichtert dir deine Entscheidung vielleicht«, zischte Blister, »wenn du weißt, *wer* deinen Gemahl in der Arena der Himmelsflügler getötet hat.«

Tsunami hatte das Gefühl, als würden sich ihre Schuppen in Eis verwandeln. Es war so weit. Der Moment war gekommen, in dem ihre Geheimnisse enthüllt wurden und sie bekam, was sie verdiente.

Corals Kiemen flatterten und ihre Augen weiteten sich. »Was sagst du da?«

»Du weißt, dass er in der Arena gestorben ist«, meinte Blister. »Aber weißt du auch, wer sein Gegner war? Der Drache, der das Leben aus ihm herausgerissen hat?«

»Vielleicht solltet Ihr auch wissen«, warf Starflight plötzlich ein, »dass Blister Kestrel getötet hat und Euch deshalb angelogen hat. Und dass sie Webs aus ihren eigenen Gründen tot sehen will und dass ihr Eure Töchter völlig egal sind.«

Blister wölbte den Hals wie eine Kobra und zischte ihn an. Starflight schlug die Flügel über dem Kopf zusammen, als erwarte er, dass sie gleich mit ihrem Schwanz zustach. »Das wird dir noch leidtun, du nichtsnutziger Nachtflügler«, war alles, was sie sagte.

Coral legte die Flügel um Anemone und Auklet und wich einen Schritt zurück, hin zum Wasser. Ihr Blick ging von Blister zu Tsunami, als wäre sie nicht sicher, wem sie noch vertrauen konnte.

»Hör nicht auf sie, Coral«, sagte Blister. »Es sind doch nur Drachlinge. Und Drachlinge wissen nie, was das Beste für sie ist.«

»Ich glaube, wir können ziemlich sicher sein, dass *Gefängnis* nicht ganz oben auf unserer Liste steht«, fuhr Tsunami sie an.

Aus Blisters Schnauze quoll Rauch. Tsunami fragte sich, was Coral tun würde, wenn der Sandflügler die Drachlinge der Vorsehung vor ihren Augen angriff.

»Ich weiß nicht, was hier los ist«, sagte Coral, während sie die Streifen an ihrem Schwanz aufblinken ließ. Aus einer der Höhlen erschien ein Trupp Wachen der Meeresflügler. »Aber zu eurer eigenen Sicherheit, Tsunami, werdet ihr erst einmal hierbleiben.«

»Mutter!«, schrie Tsunami. Sie schlug einer der Wachen mit ihrem Schwanz auf die Schnauze und knurrte eine andere mit gefletschten Zähnen an. »Denk doch ausnahmsweise einmal selber! Lass uns gehen!«

Doch Königin Coral wandte sich ab und wich auch Blisters Blick aus. Sie hob Auklet mit einer ihrer Klauen hoch und flog mit ihren Töchtern zum Pavillon zurück.

Tsunami wehrte sich gegen die Wachen, doch es waren zu viele, und ihre Rippen taten immer noch höllisch weh von dem Kampf mit der Statue. Einer nach dem anderen wurden die Drachlinge überwältigt und in das Gefängnis gezerrt, in dem am Tag zuvor Riptide und Webs verschwunden waren.

Von allen Ebenen des Pavillons starrten Meeresflügler auf sie hinunter. Tsunami war noch nie so gedemütigt worden. Die Drachlinge der Vorsehung wurden herumgeschleppt wie Gold und Edelsteine, die jemand seinem Schatz hinzufügen wollte.

Sie waren in das Königreich des Meeres gekommen, um Schutz zu suchen. Doch jetzt waren sie wieder Gefangene.

25. Kapitel

Das Gefängnis lag hoch oben auf einer Klippe, nicht weit vom Blätterdach entfernt. Tsunami hatte ihm bis jetzt nicht viel Aufmerksamkeit geschenkt; sie hatte lediglich gesehen, dass Riptide und Webs hierher gebracht worden waren. Doch als die Wachen jetzt mit ihnen zu der Höhle flogen, bemerkte sie, dass ein sonderbares blaues Leuchten und ein merkwürdiges Knistern aus dem Innern zu ihnen drang.

Spitze Speere stießen sie in den Höhleneingang. Sie spürte feuchten Fels unter ihren Krallen. Als sich ihre Augen an das Halbdunkel gewöhnt hatten, sah sie einen schmalen Weg, der in die riesige Höhle vor ihnen führte.

Das war nicht das Unterwassergefängnis, in das Lagoon und Shark geschickt worden waren. Hier sperrte Königin Coral die wirklich gefährlichen Drachen weg. Unter anderem – wie Tsunami klar wurde, während sie weitergetrieben wurden – mehrere Kriegsgefangene. Sie sah mindestens drei Himmelsflügler, die Feuer auf ihre Wärter spuckten. Ein Eisflügler lag mit ausgebreiteten Flügeln auf dem Boden und hechelte mit heraushängender Zunge, weil er die Hitze nicht ertrug. Zwei Sandflügler hatte man zusammen in einen Käfig gesteckt; der eine hatte sich eingerollt und die Augen geschlossen, der andere ging auf und ab und fletschte die Zähne.

Es gab sogar einen riesigen Erdflügler, der mit den gleichen

Ketten gefesselt war wie Clay vorher. Der weibliche Drache legte neugierig den Kopf schief, als Clay vorbeigeschleppt wurde.

Doch das Sonderbarste an dem Gefängnis waren weder die Drachenhäftlinge noch die gewaltige Größe der Höhle.

Es waren die Käfige.

Es gab keine Gitterstäbe und auch keine Türen. Stattdessen war jeder Gefangene von einem mit Wasser gefüllten Kanal umgeben, der zwei Drachen breit war und um die Felsinseln herum verlief – einige waren groß genug für mehrere Drachen, andere dagegen boten kaum Platz genug für einen. Aus Furchen in der Decke stürzte Wasser nach unten in die Kanäle und bildete nasse, rauschende Wände um die Inseln herum.

Und sämtliche Wasserwände und Gräben leuchteten in dem gleichen hellen Blau und gaben das gleiche zischende Knistern von sich. Die gefangenen Drachen zuckten vor jedem Wassertropfen zurück, der sich zu ihnen verirrte, und achteten darauf, ihre Schwänze stets auf trockenem Boden zu behalten.

Der Weg wand sich wie eine lange Brücke zwischen den Inseln entlang. Die Decke über ihnen war mit Glühwürmchen bedeckt, die ein unheimliches Licht auf die sonderbaren Gefängniszellen warfen.

Tsunami reckte den Hals, um einen Blick in die Gräben werfen zu können. Wovor hatten die Gefangenen solche Angst?

An einigen Stellen pulsierten schillernde violette Quallen, die das Licht der Glühwürmchen verstärkten. Tsunami wusste, dass ihre Tentakel einen brennenden Schmerz hervorrufen konnten, aber das war mit Sicherheit nicht schlimm genug, um die Gefangenen an Ort und Stelle zu halten. Sie an ihrer Stelle (*und bald würde es so sein,* dachte sie) würde einfach durch die Wasserwand springen, durch den Graben marschieren und sich den Weg nach draußen freikämpfen, egal, wie viele Quallen im Wasser schwebten.

Plötzlich entdeckte sie in einem der Kanäle einen dunkelgrünen Schatten. Er war so lang wie ein Zweibeiner und so dick wie ein Drachenschwanz, ohne Arme, Beine oder Flügel. Als sie die Kreatur mit zusammengekniffenen Augen anstarrte, kam ganz in der Nähe eine zweite an die Wasseroberfläche, und Tsunami sah flüchtig einen flachen Kopf mit tief liegenden, toten Augen. Am Ende der Schnauze weiteten sich Nüstern und dann versank die Kreatur auch schon wieder im Wasser. An der Stelle, an der sie gewesen war, zischten und blubberten einen Moment lang Luftblasen.

Sunny drückte sich zitternd an Clay, die graugrünen Augen vor Angst weit aufgerissen. Als Tsunami sich nach Starflight umsah, stellte sie fest, dass auch er die Käfige aufmerksam musterte. Vielleicht wusste er ja, was hier vor sich ging.

Webs oder Riptide konnte sie nicht entdecken, denn die Drachlinge wurden so schnell weitergetrieben, dass es schwer war, die wenigen gefangenen Meeresflügler zu erkennen. Dazu kam noch, dass die Wasserwände die besonderen Merkmale der Drachen verzerrten.

Schließlich blieben die Wachen vor einer der größten Gefängnisinseln stehen. Auch diese war von einem Graben umgeben, aber hier kam kein Wasser aus der Decke. Tsunami sah auch nichts im Graben schwimmen.

»Rüber mit euch«, knurrte eine der Wachen. »Alle.«

»Und wenn wir das nicht tun?«, fragte Tsunami.

»Dann bekommt jeder von euch einen eigenen Käfig.«

Sofort sprang Clay über den Wassergraben. Seine Krallen schrammten über den harten Felsboden, als er mit einem schweren Plumps auf der anderen Seite landete. Er drehte sich um und fing Sunny auf, die ihm hinterherhüpfte. Starflight folgte, dann Glory und schließlich Tsunami, die sich widerstrebend mit einigen Flügelschlägen in die Luft erhob und dann neben ihren Freunden aufkam.

Eine andere Wache zog an einer Kette an der Wand. Im Fels rasselte und ächzte etwas, als die Glieder der Kette durch ihre Klauen glitten. Tsunami beugte sich vor und sah, wie sich in der unter Wasser liegenden Wand des Grabens eine kleine Tür öffnete. Drei der fetten grünen Kreaturen schlängelten sich hindurch und starrten sie mit ihren unheimlichen toten Augen an.

Über ihren Köpfen war ein lautes Rauschen zu hören, und Klauen rissen sie vom Rand der Insel weg, als das Wasser von oben kam. Tsunami drehte sich um und stellte fest, dass es Starflight war, der sie von der Kante weggezerrt hatte. Er ließ sie los und reckte den Kopf, um sich den Wasserfall anzusehen, von dem sie jetzt umgeben waren. Dann legte er nervös seine Krallenspitzen aneinander.

»Was sind denn das für gruselige Dinger im Wasser?«, fragte Tsunami ihn.

»Ich glaube … ich glaube, das sind Zitteraale«, antwortete er.

»Oh, brrrr.« Glory schüttelte ihre Flügel, als wären sie voller Käfer. »Die Schriftrollen über diese Viecher haben bei mir monatelang für Albträume gesorgt.«

Sunny wickelte ihren Schwanz um Clays Vorderklauen, als würde sie versuchen, ihm noch näher zu kommen. »Was ist ein Zitteraal?«, wollte sie wissen.

»Wenn man sie berührt, fühlt es sich an, als würde man vom Blitz getroffen werden«, erklärte Starflight. Hinter ihnen schoss mit einem lauten Zischen ein blaues, Funken sprühendes Licht den Wasserfall hinauf und verschwand dann wieder. Vor Schreck zuckten alle Drachlinge zusammen.

»Oder als würden einen zehn von diesen ätzenden Quallen gleichzeitig anfallen«, fügte Glory hinzu.

»Und es kann stark genug sein, um einen Drachen zu töten«, sagte Starflight. »Vor allem in Salzwasser, und wenn die Aale so groß sind wie die da unten.«

»Dann ist das Wasser um uns herum –«, begann Tsunami.

»Es kann jederzeit mit den tödlichen Blitzen aufgeladen werden«, fuhr Starflight mit seiner Erklärung fort. »Nicht die ganze Zeit über – aber wenn sie wütend oder hungrig sind, geben sie vermutlich häufiger Blitze ab, die dann auf einen übertragen werden können, auch wenn man das Wasser nur berührt. Selbst wenn es einen nur zusammenzucken lässt, würde es schon sehr wehtun.«

Tsunami starrte mit gerunzelter Stirn auf die Wasserwand vor ihr. Auf der anderen Seite konnte sie die verschwommenen Umrisse der Wachen sehen, die gerade gingen. Offenbar vertrauten sie darauf, dass ihre scheußlichen Gefängniszellen genügten, um die Drachlinge an Ort und Stelle zu halten.

»Ich kann nicht glauben, dass wir schon wieder im Gefängnis sitzen«, seufzte Clay. »Warum passiert uns das dauernd?«

»Ich *weiß*!«, stimmte Sunny zu. »Vertraut denn niemand der Prophezeiung? Wenn die Drachen daran glauben, warum verlassen sie sich dann nicht darauf, dass wir das Richtige tun?«

»Jeder versucht, die Prophezeiung so wahr werden zu lassen,

wie *er* das will«, sagte Tsunami. Sie drehte sich im Kreis, hatte aber nicht genug Platz, um sich richtig bewegen zu können, ohne dass Flügel oder Schwanz das Wasser berührten. Mit einem wütenden Knurren hockte sie sich hin. »Es wäre *nicht schlecht*, wenn diese dumme *Prophezeiung* etwas *mehr* darüber sagen würde, *was* eigentlich geschehen soll.«

»Warum hast du nicht dein Gift benutzt, als sie uns gepackt haben?«, fragte der Nachtflügler Glory.

»Das werde ich schon noch«, antwortete der Regenflügler energisch. »Ich warte nur auf den richtigen Moment.«

»Ich glaube, das ist schlau«, meinte Tsunami. »Auch mit Glorys Todesspucke hätten wir es vermutlich nicht mit dem ganzen Palast aufnehmen können, und es hätte außerdem dafür gesorgt, dass wir unsere beste Geheimwaffe verraten hätten.«

Glory sah überrascht aus. »Danke«, sagte sie. »Allerdings habe ich etwas dagegen, dass du es ›Todesspucke‹ nennst.«

»Vielleicht heute Abend.« Tsunami sprach leiser. »Wenn fast alle im Palast schlafen. Vielleicht können wir uns dann den Weg nach draußen freikämpfen.«

»Durch das Wasser, das uns vielleicht töten wird?«, fragte Sunny. »Was kann Todesspucke gegen Blitzaale ausrichten?«

»Zitteraale«, wurde sie von Starflight korrigiert.

»Wir sagen NICHT TODESSPUCKE DAZU«, rief Glory.

»Oder –« Tsunami musste an die Wachen denken, die ihr die Schlüssel gegeben hatten. »Vielleicht können wir jemanden überreden, uns gehen zu lassen.«

»Der Plan gefällt mir«, sagte Clay, während er heftig nickte.

»Mir gefällt der Plan, bei dem wir auf dem Weg hier raus jedem Drachen die Augen zerfließen lassen«, meinte Glory.

»Mit Todesspucke«, warf Sunny ein. Als Glory ihr einen wütenden Blick zuwarf, vergrub sie den Kopf in Clays Flügeln, um ihr Kichern zu verstecken.

»Heilige drei *Monde,* Glory«, entsetzte sich Tsunami. »Das ist ja *grauenhaft.*«

»Was ist denn los?«, fragte Glory. »Was ist mit dem Meeresflügler passiert, der sich aus allem herausgekämpft hat?«

»Ich kämpfe immer noch«, erwiderte Tsunami. Als plötzlich ein Bild von Gill durch ihren Kopf huschte, lief ihr ein Schauder über den Rücken. »Ich will damit nur sagen, dass es eine ganze Menge Wachen gibt, die auf unserer Seite sind. Ich wette, wir können jemanden finden, der uns hilft.«

Sunny hob die Schnauze. »Habt ihr das gehört?«

»Was?«, fragte Starflight.

Der kleine Sandflügler schüttelte den Kopf. »Das Wasser rauscht so laut, dass ich mir nicht sicher bin.«

»Vermutlich nichts«, sagte Tsunami. »Jedenfalls nichts, was uns helfen würde.« Sunny starrte sie mit gerunzelter Stirn an.

»Da kommt jemand«, bemerkte Glory. Die Drachlinge sahen, wie sich jemand näherte, der hinter dem Wasserfall aber nur als heller, unscharfer Fleck zu erkennen war.

»War es das, was du gehört hast?«, wurde Sunny von Starflight gefragt.

Der kleine Sandflügler schüttelte den Kopf und sah verwirrt aus.

Als der Drache sich näherte, kam Tsunami die Farbe der Schuppen irgendwie bekannt vor. Aber das konnte doch nicht –

»Anemone?«, rief sie.

»Da seid ihr ja!« Anemone eilte zu ihrem Käfig. Sie ging so

nah wie möglich an den Graben und das knisternde Wasser heran. Tsunami wünschte, sie könnte die Klauen ausstrecken und die Flügel um ihre kleine Schwester legen.

»Du bist ja gar nicht mehr angeleint!«, rief sie.

»Ich weiß. Ist das nicht toll?« Anemone breitete die Flügel aus und strahlte. »Es ist nur für eine Weile.« Sie zerrte an dem Geschirr, das immer noch um ihren Oberkörper lag. »Später komme ich wieder an die Leine. Aber Mutter sagte, ich könne ein bisschen herumfliegen, während Auklet *ihr* Geschirr angepasst bekommt, solange ich den Sommerpalast nicht verlasse. Wenn ich mir nicht solche Sorgen um euch machen würde, wäre das der glücklichste Tag meines Lebens.«

»Kannst du uns befreien?«, fragte Clay erwartungsvoll.

»Und dann kommst du mit uns«, schlug Tsunami vor. »Wir werden dich nie zwingen, deine Macht zu benutzen, das verspreche ich.«

Anemone schüttelte den Kopf. »Ich wünschte, ich könnte mitkommen. Aber Coral und Blister werden schon wütend genug sein, die Drachlinge der Vorsehung zu verlieren. Denkt doch mal drüber nach – wenn auch noch ihre Geheimwaffe verschwindet, werden sie euch jagen wie Haie.«

»Das ist ein Argument«, pflichtete ihr Starflight mit seiner Jetzt-seien-wir-doch-alle-mal-vernünftig-Stimme bei.

»Das ist mir egal«, widersprach Tsunami. »Es ist mir egal, ob jeder Drache in Pyrrhia nach uns sucht. Wir werden dich beschützen.«

Anemone rückte die Flügel zurecht. Selbst durch das Wasser hindurch konnte Tsunami den traurigen Ausdruck auf ihrer Schnauze erkennen. »Ich glaube … ich glaube nicht, dass ich schon so weit bin, mein Leben so zu leben, wie Webs das getan hat. Ich könnte nie wieder nach Hause kommen«, erklärte sie. »Ich würde Auklet vermissen und ich glaube, die Meeresflügler brauchen mich hier. Ich glaube, Mutter braucht mich, damit sie auch mal eine andere Stimme hört als die von Blister.«

Tsunami wusste, dass das alles sehr logisch war, trotzdem ließ es ihre Schuppen jucken, als ihr klar wurde, dass sie ihre Schwester, die sie gerade erst kennengelernt hatte, zurücklassen musste.

»Also gut«, meinte Clay. »Aber du lässt uns doch trotzdem frei, ja?«

»Sie würden wissen, dass sie es war«, gab Glory zu bedenken.

»Das stimmt«, pflichtete Tsunami ihr bei. »Es ist zu gefährlich.«

»Es gibt noch etwas anderes, das ich für euch tun wollte«, sagte Anemone. Als sie die Vorderklauen hob, stellte Tsunami fest, dass ihre kleine Schwester einen strahlend weißen Narwalspeer festhielt.

»Speer«, sagte Anemone mit feierlicher Stimme, »finde den Drachen, der Tsunami im Eingangstunnel überfallen hat, und bring ihn oder sie zu uns.« Als sie den Speer losließ, flog er den Weg entlang und aus der Höhle hinaus.

Die anderen Drachlingen starrten sie ehrfürchtig an.

»Ist das tatsächlich möglich?«, fragte Clay. »Funktioniert das wirklich?«

»Wir werden sehen«, erwiderte Anemone, während sie die Klauen aneinanderpresste.

»Das hättest du nicht tun müssen«, sagte Tsunami besorgt. »Alles in Ordnung mit dir?«

»Mir ist nur ein bisschen kalt«, antwortete Anemone. Sie rieb ihren Schwanz zwischen den Klauen, was von einem sonderbar kratzenden Geräusch begleitet wurde.

Sie warteten. Und warteten.

Und schließlich sahen sie, wie jemand den Weg herunterkam und auf sie zutaumelte. Der Speer schien in der Dunkelheit zu leuchten, während er den Drachen in Rücken, Flügel und Schwanz pikste und ihn vor sich her trieb.

»Autsch«, hallte es durch die Höhle. »Was soll das … warum bin ich … autsch! … was … autsch! Aufhören! Autsch! Das werde ich der Königin … AUTSCH!«

»Coral ist das jedenfalls nicht«, sagte Glory.

»Und Shark auch nicht«, meinte Tsunami. Sie kratzte sich verwirrt an den Hörnern. Sie war so sicher gewesen, dass es Shark war.

»Moray auch nicht.« Anemone stand auf, als der Drache sich näherte.

Der Speer bugsierte den Drachen neben Anemone, an den Rand des Wassergrabens.

Es war Whirlpool.

26. Kapitel

»Whirlpool?« Tsunami war fassungslos. »Warum willst *du* mich töten?« Sie hatte immer gedacht, er sei viel zu langweilig, um infrage zu kommen.

»Blödsinn«, sagte der grüne Drache in überheblichem Ton. »Ich würde doch nie –« Der Speer pikste ihn wieder, dieses Mal etwas heftiger. »*Autsch.* Du meine Güte. Anemone, ich hatte ja keine Ahnung, dass du über derart mächtige Zauberkräfte verfügst. Ich muss ein brillanter Lehrer sein. Natürlich wäre ich noch mehr beeindruckt, wenn der Speer nicht *mich* stechen würde. AUTSCH.«

Anemone trat verlegen von einer Klaue auf die andere. »Ich hätte nicht gedacht, dass du es bist«, sagte sie.

»Wir sollten Königin Blister sofort darüber informieren, welche Fortschritte du gemacht hast«, säuselte Whirlpool mit seiner aalglatten Stimme. »Sie wird außerordentlich erfreut sein.«

»Untersteh dich«, fuhr Tsunami ihn an.

»Glaubst du wirklich, dass ich dich bedrohlich finde, wenn du dort drin hockst?«, fragte er.

»Wenn du Königin Blister auch nur ein Sterbenswörtchen verrätst, erzähle ich Mutter, dass du versucht hast, mich zu töten«, warnte sie ihn. »Dann werden wir schon sehen, was sie dazu sagt.«

Er zuckte mit den Flügeln und hob die Klaue, um mit seinem

goldenen Ohrring zu spielen. »Sie wird es vermutlich höchst bewundernswert finden. Schließlich habe ich ja nur dafür gesorgt, dass unsere allerliebste Anemone Königin wird.«

»Ich?« Anemones Flügel zuckten. »Du magst mich doch nicht einmal besonders. Warum tust du das für mich?«

»Ganz ehrlich – *sie* will ich nicht heiraten«, erwiderte Whirlpool, während er auf Tsunami zeigte.

»Wow«, mischte sich Glory ein. »Das war jetzt auch auf meiner Liste mit Gründen dafür, warum ich jemanden töten würde.«

»Keine Angst«, fuhr Tsunami ihn an. »Ich würde mich lieber von Tigerhaien zerreißen lassen, als dich zu heiraten.«

»Aber ich will unbedingt König werden«, sagte Whirlpool. »Daher dachte ich, wenn ich dich aus dem Weg räume, würde ich dadurch meine Chancen auf eine Heirat mit einer mir genehmen Tochter erhöhen.«

»Ich will dich auch nicht heiraten!«, rief Anemone.

»Du hast da eigentlich kein Mitspracherecht«, sagte Whirlpool, während er einen Schritt nach hinten zum Höhlenausgang machte. »Sobald ich Königin Coral und Königin Blister erzählt habe, was du kannst, werden mir die beiden so dankbar sein, dass ich alles bekomme, was ich haben will. Aber dann wirst du natürlich vollauf damit beschäftigt sein, deine Macht einzusetzen, um den Krieg zu gewinnen. Was du vermutlich nicht überleben wirst. Daher sollte ich wohl eher um die Hand Auklets bitten.« Er legte die Klaue an die Schnauze, als würde er darüber nachdenken.

»Du kannst es ihnen nicht sagen!«, brüllte Tsunami. Sie sollte doch Anemone davor beschützen, auf diese Art benutzt zu werden. Es war das Einzige, worum ihre Schwester sie gebeten hatte –

und stattdessen würde es jetzt ihre Schuld sein, wenn Anemone zum Spielball in Blisters Klauen wurde.

Sie machte einen Satz auf den Wasserfall zu, doch Clay reagierte schnell genug und hielt sie fest. Vor ihnen knisterte blaues Licht und unter ihnen rotteten sich die Aale bedrohlich zusammen wie ein Klumpen Seetang.

Aber Anemone auf der anderen Seite des Wasserfalls bewegte sich ebenfalls. Sie griff sich den in der Luft schwebenden Speer, drehte sich blitzschnell um und schmetterte Whirlpool den Schaft an den Kopf.

Er taumelte nach vorn und brach dann ohne einen Laut zusammen. Seine Flügel kippten zur Seite, sodass er das Gleichgewicht verlor, dann fiel sein Körper in den Graben mit den Zitteraalen.

Anemone jaulte vor Angst und ließ ihre Waffe fallen. Sie streckte die Klauen nach dem Wasser aus … aber es war zu spät.

Ein greller blauer Blitz schoss an der rauschenden Wasserwand entlang nach oben. Tsunami wich zurück und alle fünf Drachlinge drängten sich in der Mitte der Insel zusammen. An der Stelle, an der Whirlpool verschwunden war, brodelte und schäumte das Wasser. Dicke grüne Schwänze peitschten durch die Luftblasen, und Funken flogen, als würden mehrere Blitze gleichzeitig einschlagen.

Als Sunny die Klauen vor die Augen schlug, legte Clay den Flügel um sie. Tsunami wünschte, sie könnte das Gleiche für Anemone tun – ihre kleine Schwester auf der anderen Seite des Grabens sah wie versteinert aus und rührte sich nicht vom Fleck.

Die Blitze ließen allmählich nach und das blaue Leuchten huschte nur noch gelegentlich über die Wasserwand.

Und dann hörte es auf.

Tsunami konnte die Aale sehen, die sich immer noch um einen großen, dunklen Schatten am Boden des Grabens scharten. Doch mit ihrer Raserei war es jetzt vorbei, und vermutlich konnte sie sich glücklich schätzen, dass sich nicht so genau erkennen ließ, was sie jetzt taten.

»Anemone!«, rief sie. »Alles in Ordnung mit dir?«

Anemone antwortete nicht. Ihre verschwommene Silhouette rührte sich nicht, als wäre sie eine von Orcas Statuen.

»Ich weiß nicht so genau, ob ich dir das sagen sollte«, meldete sich Starflight, »aber jetzt könntest du vermutlich durch das Wasser gehen.«

Tsunami wirbelte herum und starrte ihn an. »Wirklich? Warum?«

Er zeigte auf die Aale. »Nach einem solchen Blitz brauchen sie eine Weile, um sich wieder aufzuladen. *Glaube* ich jedenfalls. Für mindestens ein oder zwei Minuten dürften sie nicht in der Lage sein, Blitze abzugeben. Warte –«, fügte er noch hinzu, als Tsunami ihre Flügel ausbreitete. »Ich weiß es nicht genau. Diese Schriftrollen habe ich nicht so oft gelesen wie die über Drachen. Es tut mir leid.« Starflight ließ seinen schwarzen Kopf hängen. »Vermutlich ist es das Risiko nicht wert. Ich würde nicht auf mich hören.«

»Aber Starflight, du weißt doch immer alles«, warf Sunny ein. »Ich bin sicher, dass du recht hast.«

»Ich könnte hindurchgehen und den Wasserfall abstellen«, schlug Tsunami vor. »Dann müsste nur ich es riskieren.«

Starflight sah richtig elend aus. »Aber es war meine Idee«, sagte er. »Und wenn ich mich irren könnte, sollte dann nicht besser ich –«

Armer Starflight. Tsunami schlang ihren Schwanz um seinen. Sie wusste, dass er versuchte, tapfer zu sein. Aber für solche Sachen war sie die Expertin, nicht er.

»Sei nicht albern«, sagte sie. »Das ist mein Königreich. Wenn hier jemand etwas Verrücktes tut, dann ich.«

»Kannst du dich noch erinnern, was in den Schriftrollen über Zitteraale stand?«, fragte Clay an Glory gewandt.

Der Regenflügler hob leicht die Flügel an. »Ich glaube, es war sehr allgemein gehalten«, erwiderte er. »Es kann vorkommen, dass ihnen für kurze Zeit die Kraft ausgeht, aber ich weiß nicht, ob das auch für diese Aale gilt, oder wie lange es dauert.«

Denk nach. Verhalte dich mehr wie Starflight. Sei nicht so impulsiv, dachte Tsunami. Andererseits … *was, wenn das unsere einzige Chance für eine Flucht ist?* Sie warf einen Blick auf Anemone. *Außerdem muss ich ihr helfen.*

Aber wenn ich sterbe, was wird dann aus den anderen?

Plötzlich musste sie an die Ratsversammlung ihrer Mutter denken. »Also gut«, sagte sie dann. »Wir stimmen ab.«

»Heilige drei Monde«, meinte Glory. »Jetzt mal im Ernst – was hast du mit der echten Tsunami gemacht?«

»*Beeilt euch.*« Tsunami sah wieder zu dem Wasserfall hin, der immer noch ruhig dahinfloss.

»Ich glaube Starflight«, sagte Sunny. »Ich denke, du kannst es schaffen. Ganz bestimmt.«

»Ich nicht«, meinte Starflight bedrückt. »Ich bin dafür, dass es niemand versucht, nur, um auf Nummer sicher zu gehen.«

»*Ich* will jedenfalls hier raus«, sagte Glory. »Und ich bin bereit, Tsunamis starrsinnige Schuppen dafür zu riskieren.« Sie warf Tsunami ein breites Grinsen zu.

Clay schüttelte langsam den Kopf. »Ich weiß nicht. Tsunami, du bist viel zu wichtig für uns. Ich glaube nicht, dass du es versuchen solltest.«

»Tja, das hilft mir nicht weiter«, schnaubte Tsunami. »Jetzt muss ich es trotzdem allein entscheiden. Ihr seid mir schöne Ratsmitglieder.« Aber mit diesem Ergebnis hatte sie schon gerechnet. Und sie hatte allen zugehört und wusste jetzt, was sie tun wollte.

Sie holte tief Luft, drehte sich um und warf sich mit einem großen Satz auf die Wand aus Wasser. Es fühlte sich an, als würde sie in einen eisig kalten Hagelschauer hineinlaufen. Eiskörner prasselten auf ihre Schnauze und die fest zusammengekniffenen Augen, bohrten sich durch den Seetangverband hindurch in ihre Kiemen und trommelten auf ihre gebrochenen Rippen. Sie machte sich auf einen stechenden Schmerz gefasst, doch einen Moment später rutschten ihre Krallen über den Felsboden.

Tsunami öffnete die Augen, als sie zum Stehen kam. Sie hatte es mit unversehrten Schuppen auf die andere Seite des Wassergrabens geschafft.

Sie packte Anemone an den Schultern und schüttelte den blassen kleinen Drachen, bis er den Kopf hob und ihr in die Augen sah.

»Du musst hier raus«, drängte Tsunami. »Wir werden fliehen, und ich will nicht, dass es so aussieht, als hättest du etwas damit zu tun. Such Mutter und bleib in ihrer Nähe, damit sie dich sehen kann und du ein Alibi hast. Alles klar? Hast du mich verstanden?«

»Aber sieh doch, was ich getan habe«, flüsterte Anemone, während sie auf den Graben zeigte.

»Du hast das nicht mit Absicht getan«, erwiderte Tsunami. In ihrem Kopf hörte sie wieder das Geräusch brechender Drachenknochen. »Anemone, es war ein Unfall – du hast ihn nicht in den Graben gestoßen! Und wenn es nicht passiert wäre, hättest du unzählige Drachen mit deiner Macht töten müssen. Denk doch einmal daran! Jetzt kannst du Mutter sagen, dass deine Kräfte ohne Lehrer immer schwächer werden. Tu so, als ob dir alles misslingt. Und sorge dafür, dass sie glaubt, du wärst noch nicht so weit und würdest noch sehr lange üben müssen.«

»Aber eines Tages –«, fing Anemone an.

»Eines Tages, und zwar sehr bald, wird dieser Krieg vorbei sein. Wir werden ihn beenden. Vertrau mir.« Tsunami drückte Anemones Vorderklauen. »Und jetzt raus mit dir.«

»Viel Glück«, flüsterte Anemone.

Tsunami legte die Flügel um ihre kleine Schwester. »Das wünsche ich dir auch.«

Anemone rannte zum Ausgang der Höhle. Ihre hellen Flügel flatterten wie Motten, als sie verschwand.

Tsunami eilte zu der Kette an der Felswand. Die Wache hatte daran gezogen – konnte sie sie irgendwie wieder nach oben bringen? Als sie versuchte, die Kette in verschiedene Richtungen zu ziehen, spürte sie, wie sie ihr ruckartig entglitt. Aus der Decke kam ein lautes Klirren, und sie hielt für einen Moment inne und sah zu dem Weg hin, den die Wachen vorhin genommen hatten. Waren am Eingang Wachen postiert? Was, wenn sie den Lärm hörten?

»Hey, du«, krächzte eine heisere Stimme. Tsunami zuckte zusammen und sah sich um.

Ein magerer Sandflügler beobachtete sie von seiner Gefängnisinsel aus. Selbst durch den Wasserfall hindurch fiel Tsunami das dunkle Glitzern in seinen Augen auf. »Das könntest du für mich auch tun«, zischte er. »Lass mich frei!«

Tsunami drehte sich um und zog wieder an der Kette. Sie wusste nicht, was Corals Gefangenen bevorstand, aber sie wusste auch nicht, warum sie hier waren, oder ob sie es verdient hatten, hier zu sitzen.

Bis auf zwei von ihnen.

Irgendwo in dieser Höhle wurden Riptide und Webs gefangen gehalten und warteten womöglich auf ihre Hinrichtung. Tsunami musste sie finden.

Über ihrem Kopf ertönte ein ohrenbetäubend lautes Geräusch, das wie eine Art metallisches Ächzen klang, und dann versiegte plötzlich die Wasserwand, die ihre Freunde umgab. Als sie dastanden und auf die Decke über sich starrten, herrschte für kurze Zeit völlige Stille in der Höhle.

Dann kam Bewegung in die Drachlinge. Sunny sprang zuerst und flatterte mit einigen Flügelschlägen über den Graben, dann folgten nacheinander die anderen. Tsunami drängte sich an ihren Freunden vorbei, damit sie auf dem Weg vorangehen konnte.

»Und was ist mit mir?«, brüllte der gefangene Sandflügler.

»Ich muss Riptide und Webs finden«, sagte Tsunami zu den anderen. »Hat sie jemand von euch beim Reingehen gesehen?«

»Ja, ich«, meldete sich Clay. »Sie sitzen zusammen auf einer Insel, in der Nähe des Eingangs.«

Die fünf eilten den Weg entlang. Tsunami legte ihre Flügel an und versuchte, nicht zu den knisternden blauen Wasserwänden oder den lauernden Aalen zu sehen.

Als sie die letzte Biegung des Weges hinter sich hatten, sahen sie das grünliche Licht des Sommerpalastes vor sich. Tsunami entdeckte die Wachen zuerst. Sie stieß ihre Freunde in die Schatten zurück.

Nur drei, dachte sie. Auf einem Felsvorsprung vor dem Eingang der Höhle standen drei Wachen, die sich miteinander unterhielten und ihre Speere von Klaue zu Klaue warfen. Sie sahen nicht sehr bedrohlich aus. Und vielleicht waren sie insgeheim auch auf der Seite der Drachlinge, schließlich hatten sie ja Anemone vorbeigelassen, damit sie Tsunami besuchen konnte.

Wenn es sich irgendwie verhindern ließ, wollte Tsunami nicht gegen die Wachen kämpfen. Sie wollte nicht noch mehr Meeresflüglerblut vergießen, nie wieder.

»Dort drüben«, flüsterte ihr Clay ins Ohr. Er deutete über ihre Schulter. »Die Insel da, kurz hinter dem Eingang.«

Tsunami entdeckte die beiden blauen Silhouetten, die sich hinter dem Vorhang aus Wasser bewegten. Und sie sah eine Kette, die an der Felswand neben der Insel hing. Wenn sie die Kette erreichen konnte, ohne dass die Wachen es bemerkten, und es dann schaffte, den Mechanismus in der Decke zu bewegen, ohne dass die Wachen es hörten, würden Riptide und Webs mit den Drachlingen zusammen entkommen können.

»Da ist es wieder«, flüsterte Sunny. »Hört ihr das denn nicht?«

»Was denn?«, flüsterte Clay zurück.

»Ich weiß nicht«, sagte Sunny. »Ich höre es schon die ganze Zeit – es klingt wie Flügelschlagen.«

»Im Palast fliegen doch ständig Meeresflügler herum«, meinte Glory.

»Ja, schon«, erwiderte Sunny. »Aber das hier ist größer und kommt von weiter oben – ach, ich weiß es einfach nicht.«

»Mach dir keine Sorgen«, sagte Tsunami. »Ich bin sicher, dass du dir das nur einbildest.«

Sunny stampfte mit der Hinterklaue auf und reckte den Hals zum Eingang. »Nein, ich bin ganz sicher«, sagte sie energisch. »Ich höre Flügelschläge über dem Blätterdach. Und zwar jede Menge.«

»Sunny –«, fing Tsunami an, aber dann schoss Clays Kopf nach oben und unmittelbar darauf auch der von Starflight.

»Ich glaube, sie hat recht«, sagte Clay.

Tsunami schnappte nach Luft, als ihr klar wurde, was das zu bedeuten hatte. »Ihr denkt doch wohl nicht, dass –«

Starflights Schwanz zuckte. »Ich rieche Feuer.«

Tsunami hatte keine Zeit mehr, um nachzudenken oder sich die logischste Erklärung einfallen zu lassen. Sie brach aus ihrem Versteck hervor und rannte auf die Wachen zu.

»Passt auf!«, brüllte sie. »Warnt den Palast!«

Alle drei Wachen zuckten zusammen und zwei von ihnen ließen vor Schreck ihre Speere in die Tiefe fallen. Sie starrten Tsunami an, als hätten ihre Hörner Feuer gefangen.

»Bewegt euch!«, schrie sie. Tsunami stieß sie zur Seite, stellte sich auf den Felsvorsprung und brüllte: »Meeresflügler! Mutter! Passt auf! Wir werden angegriffen!«

Und dann durchschlug die erste Brandbombe das Blätterdach.

27. Kapitel

Panik.

Schreie.

Obwohl der Palast auf allen Seiten von Wasser umgeben war, fing er erstaunlich schnell Feuer.

Große Teile des Blätterdachs stürzten ein und ließen brennende Zweige, Blätter und Trümmerteile auf den Sommerpalast herabregnen. Tsunami sah, wie Drachen, deren Flügel in Flammen standen, auf den See zuflogen und vor Schmerzen brüllten.

Die Brandbomben waren nur brennende Baumstämme, aber sie richteten entsetzliche Verwüstungen an, als sie in den Pavillon einschlugen und Meeresflügler vom Himmel holten.

»Die Himmelsflügler haben uns gefunden«, sagte eine der Wachen, während sie entsetzt nach oben blickte. Noch während sie das sagte, sahen sie alle ein Geschwader roter und orangefarbener Drachen über sich hinwegfliegen, die noch mehr Bomben warfen und Feuer auf das Blätterdach spuckten.

»Aber wie?«, fragte die zweite Wache.

Tsunami musste an das Loch denken, das im Blätterdach zurückgeblieben war, als Blister Webs von den Zweigen heruntergerissen hatte. Hatte es gereicht, um die Himmelsflügler herzuführen? So schnell? Wie groß war die Chance, dass ein Späher das Loch entdeckte, Bericht erstattete und die Truppen sammelte, für einen Angriff, der nur einen Tag später stattfand?

Es musste etwas anderes sein.

Als sie nach unten sah, bemerkte sie, dass das Wasser des Sees brodelte und schäumte, da zahllose Drachen in panischer Angst versuchten, in den Tunnel zu gelangen. Nur ein Weg hinein bedeutete auch nur einen Weg hinaus, und der Tunnel war nicht groß genug für alle auf einmal. Bei dem Gedanken daran, dass so viele Drachen auf engstem Raum zusammengedrängt waren, wurde ihr übel.

Es gab noch einen Weg nach draußen – aber durch das Blätterdach und geradewegs in die Klauen der Himmelsflügler zu fliegen, war vielleicht gleichbedeutend mit Selbstmord.

Tsunami suchte in der Masse der Drachen nach ihrer Mutter, aber sie konnte nirgends Perlenketten oder Flügel in dem richtigen Farbton sehen. Wenigstens war Coral nicht eine der Gestalten mit verkohlten Flügeln, die leblos im Wasser trieben.

Auch Blister war nirgendwo zu sehen.

Shark schoss an Tsunami vorbei und brüllte Befehle. Die meisten Drachen schienen so von panischem Schrecken ergriffen zu sein, dass sie ihm gar nicht zuhörten, doch ein paar sammelten sich und folgten ihm in den Himmel. Sie würden zahlenmäßig unterlegen sein, dachte Tsunami. Sie hatten sicher keine Chance.

Als sie einen Schritt auf den Abgrund zumachte, spürte sie, wie jemand sie am Schwanz packte.

»Tu's nicht«, sagte Clay, während er sie zurückriss. »Ich weiß, dass du kämpfen willst, aber wir können dich nicht verlieren.«

Tsunami blieb stehen. Jeder Muskel in ihrem Körper wollte dort oben sein, um die Schnauzen der Himmelsflügler zu zerkratzen und sie vom Himmel zu holen. *Das wäre dein erster Impuls gewesen*, dachte sie.

Oder sie hörte auf ihre Freunde.

Sie wandte sich an die Wachen, die alle drei vor Angst zitterten und das brennende Blätterdach über sich anstarrten. »Geht«, sagte sie. »Die Verteidigung des Palastes ist wichtiger, als die Gefangenen zu bewachen.«

»Aber –«, protestierte eine der Wachen. »Wir können doch nicht –«

»Ihr müsst euch retten«, erwiderte Tsunami. »Und wir auch. Vertraut mir. Das Schicksal will, dass die Drachlinge der Vorsehung das hier überleben.«

Die Wachen blieben nicht, um mit ihr zu diskutieren. Sie ließen sich von dem Felsvorsprung fallen, und Tsunami sah, dass eine von ihnen nach unten flog und sich in das Gedränge vor dem Tunnel stürzte, doch die beiden anderen flogen nach oben, um an der Seite ihres Kommandanten zu kämpfen.

Tsunami drehte sich um und rannte zu der Gefängnisinsel, auf der Webs und Riptide festsaßen. Clay war schon dort und fummelte an der Kette herum. Sie zeigte ihm, in welche Richtung er ziehen musste.

»Könnt ihr mich hören?«, rief sie den Gefangenen zu. »Wir bringen euch hier raus. Macht euch bereit wegzufliegen.«

»Tsunami?« Riptides Stimme ging in dem Rumpeln und Klirren unter, mit dem sich der Mechanismus in der Decke bewegte. Plötzlich hörte das Wasser zu fließen auf und Tsunami stand direkt vor dem himmelblauen Meeresflügler.

Er lächelte sie an.

»Hallo«, sagte sie. »Die Drachlinge der Vorsehung haben eine Schwäche für dramatische Rettungsaktionen. Bist du beeindruckt?«

»Sehr«, erwiderte er, während er über den Graben hüpfte und neben ihr landete. Webs sprang ihm nach und kam unbeholfen auf dem Felsboden auf. Es war kein gutes Zeichen, dass aus seinem Ohr immer noch Blut rann.

Zwei weitere brennende Baumstämme flogen an ihnen vorbei und von unten drangen noch mehr Schreie zu ihnen herauf. Riptide breitete die Flügel aus. Er sah verwirrt und entsetzt aus.

»Der Palast wird angegriffen«, erklärte Tsunami. »Das macht unsere Flucht etwas kompliziert, aber –«

»Warte«, sagte Riptide, während er eine ihrer Klauen nahm. »Tsunami. Ich muss dir etwas sagen. Ich … ich arbeite tatsächlich für die Klauen des Friedens.«

Tsunami starrte ihn an. Ihre Mutter hatte *recht* gehabt? Er arbeitete für die Drachen, die ihr Leben ruiniert hatten? Sie hatte die Klauen des Friedens immer gehasst. Wie hatte sie auf einen von ihnen hereinfallen können?

»Hör mir bitte zu. Ich habe mich ihnen angeschlossen, weil ich mehr über meinen Vater herausfinden wollte, aber sie wollten mir nichts sagen, außer, dass er in Sicherheit war.« Er starrte den Boden vor seinen Klauen an. »Ich arbeite seit ein paar Jahren für sie und gebe Informationen über die Meeresflügler an sie weiter.«

Das klingt für mich wie Verrat, dachte Tsunami, obwohl sie nicht so genau wusste, was sie schlimmer fand – den Verrat an ihrem Stamm, oder den Verrat an ihr.

»Du hast die schlechte Angewohnheit, mir Dinge von entscheidender Bedeutung zu verschweigen«, sagte sie.

»Ich weiß. Es tut mir leid. Ich hatte mich gerade mit einem ihrer Agenten getroffen, als ich dich kennengelernt habe.« Tsunami erinnerte sich an den Drachen mit den schwarzen Spiralen auf den Schuppen. »Er sagte zu mir, ich solle aufpassen, ob die Drachlinge der Vorsehung im Königreich des Meeres auftauchen.«

Tsunami entzog ihm ihre Klaue. Riptide hatte so getan, als würde es ihn überraschen, dass es die Klauen des Friedens tatsächlich gab. Er hatte vorgegeben, nichts über die Drachlinge der Vorsehung zu wissen.

Er war eindeutig ein guter Schauspieler, sonst hätte er nicht so viele Jahre bei seinem Stamm leben können, ohne sein Geheimnis preiszugeben. Konnte sie überhaupt irgendetwas glauben, was er zu ihr gesagt hatte?

Als Riptide sich bewegte, sickerte Blut aus einer klaffenden Wunde an seiner Seite. »Ich bin in der Nähe geblieben, um dafür zu sorgen, dass dir und den anderen Drachlingen nichts passiert.« Er breitete die Flügel aus und hielt Tsunami seine Vorderklauen hin. »Es tut mir leid, dass ich dir nicht die Wahrheit sagen konnte. Ich dachte, du würdest mir nicht trauen, wenn du es weißt.«

Was das anging, hatte er recht. Aber *jetzt* traute sie ihm auch nicht unbedingt.

Vor dem Höhleneingang ertönte ein gewaltiges Donnern, als etwas in den Pavillon krachte.

»Wir müssen weg«, sagte Glory, die plötzlich hinter Tsunami stand. Als sie ausnahmsweise einmal keine spitze Bemerkung nachschob, fragte sich Tsunami, ob der Regenflügler Riptides Geständnis gehört hatte.

»Ähm«, sagte Clays Stimme hinter ihnen. »Tsunami? Webs? Kennen wir diesen Drachen?«

Als sie sich umdrehten, sahen sie einen großen Erdflügler im Eingang der Höhle stehen. Es war ein Weibchen, dessen braune Flügel rußverschmiert waren. Einer seiner Mundwinkel wurde von einer großen Narbe zu einer sonderbaren Grimasse verzerrt.

Webs zuckte vor Überraschung mit dem Schwanz. »Ich kenne sie«, sagte er. »Sie ist Mitglied der Klauen des Friedens. Und sie hat mir das Leben gerettet. Crocodile! Was machst du denn hier?«

Crocodile grinste. »Armer Webs. Du hast dich mal wieder geirrt.« Sie betrat die Höhle und warf den Drachlingen einen prüfenden Blick zu. »Das sind die Bälger, von denen die Klauen besessen sind? Ziemlich mager.« Ihr Schwanz peitschte hin und her. »Aber die Himmelsflügler wollen euch sowieso wiederhaben. Ich nehme an, damit die nächste Königin mit euch spielen kann.«

»Königin Scarlet ist tot?«, platzte Glory heraus. »Bist du sicher?«

»Du arbeitest doch nicht für die Himmelsflügler!«, rief Webs zur gleichen Zeit.

»Aber natürlich tue ich das«, erwiderte Crocodile. »Wer hätte gedacht, dass es derart lohnend sein würde, die Klauen des Friedens zu unterwandern? Ich hätte nie gedacht, dass ich die Chance bekommen würde, einem dummen Meeresflügler zu dem geheimen Palast zu folgen, den wir schon seit Jahren gesucht haben.«

Webs wurde blass und ließ die Flügel hängen, als er von seinen Schuldgefühlen niedergedrückt wurde.

»Und jetzt noch die Drachlinge der Vorsehung«, fuhr Crocodile fort. »Ich werde mit Sicherheit befördert werden.«

»Ist Königin Scarlet wirklich tot?«, fragte Glory noch einmal.

»Niemand weiß es«, erwiderte Crocodile mit einem Flügelzucken. »Anscheinend ist sie verschwunden. Und niemand weiß genau, was mit ihr passiert ist. Jeder erzählt etwas anderes.«

»Da hast du aber Glück«, sagte Glory, »du wirst es nämlich gleich herausfinden.« Sie riss das Maul auf und spuckte dem Erdflügler ihr schwarzes Gift genau in die Augen.

Crocodile heulte vor Schmerz laut auf und kippte nach hinten, sodass ihre Flügel an den Höhlenwänden entlangschrammten. Dann fuhr sie mit den Krallen über ihre Schnauze, doch die Säure fraß sich bereits in ihre Schuppen. Laut schreiend rannte sie aus der Höhle, ließ sich in die Tiefe fallen und schoss auf den See zu.

»Weg hier!«, brüllte Tsunami, während sie ihre Flügel ausbreitete.

Die fünf Drachlinge, Riptide und Webs stürmten aus der Höhle. Unter ihnen versuchten immer noch zahllose Drachen, sich in den Tunnel zu zwängen, und die Masse aus Flügeln und Schuppen am Ausgang schien nicht kleiner geworden zu sein.

»Dort kommen wir nicht raus«, sagte Starflight.

»Wir werden es durch das Blätterdach versuchen müssen«, sagte Tsunami. Als sie den Kopf hoben, sahen sie, wie drei rote Drachen vorbeischossen und Feuer spuckten.

»Der Plan gefällt mir auch nicht«, sagte Starflight kleinlaut.

Endlich entdeckte Tsunami ihre Mutter. Königin Coral stand am Rand der Bibliotheksebene und warf noch einen letzten Blick auf ihre Schriftrollen. Sie brannten zwar noch nicht, waren aber das am leichtesten entzündliche Material im Palast. Wenn sie in Flammen aufgingen, würde ihr Rauch durch sämtliche Ebenen des Palastes ziehen und noch mehr Drachen töten.

Den kleinsten ihrer Drachlinge hatte die Königin fest an ihre Brust gedrückt. Anemone stand am Rand der Ebene, ohne Geschirr, und wartete.

Während die Drachlinge zum Palast hinüberstarrten, begann Königin Coral, ihre Schriftrollen über den Rand der Ebene ins Wasser zu werfen. Nach einem Moment folgte Anemone ihrem Beispiel, und die Königin hielt kurz inne, um ihrer Tochter liebevoll über den Kopf zu streichen.

Sie kann eine gute Mutter sein, dachte Tsunami traurig. *Und eine gute Königin.* Sie fragte sich, ob es ein Pyrrhia gab, in dem sie alle zusammen als Familie hätten leben können, sie und Coral und Gill und Anemone und Auklet, ganz normal und glücklich, ohne dass Drachen versuchten, sich gegenseitig umzubringen.

Dafür war es jetzt zu spät. Sie hatte eine neue Familie, die alles andere als normal war und sie mehr als jeder andere brauchte.

Sie flogen nach oben zu den zerfetzten Überresten des Blätterdachs. Als ein brennender Baumstamm auf sie zukam, riss Tsunami Glory aus dessen Flugbahn. Er prallte gegen den Pavillon, setzte dann seinen Weg nach unten fort und ließ noch einen Drachen in Flammen aufgehen.

»Sunny«, rief Tsunami. »Starflight. Bleibt unter Clays Flügeln.« Clay streckte seine feuerfesten Flügel noch ein Stück und die beiden Drachlinge suchten darunter Schutz.

Tsunami überholte die anderen, um den Himmel draußen auszukundschaften. Als sie an den rauchenden Blättern vorbeiflog, wäre sie um ein Haar mit einem Himmelsflügler zusammengestoßen. Er hielt einen Baumstamm in den Klauen und wollte ihn gerade in Brand setzen, um ihn dann auf den Palast fallen zu lassen. Aber Tsunami schleuderte ihn zur Seite und donnerte ihm ihren Schwanz in den Bauch. Der Baumstamm entglitt seinen Krallen und fiel ins Meer, der Drache nahm den gleichen Weg.

Fünf weitere Himmelsflügler flogen in Formation heran, um den nächsten Angriff zu starten. Links von sich entdeckte Tsunami ein Geschwader großer Erdflügler, die zahllose Baumstämme mit sich trugen. Die Himmelsflügler schossen auf sie zu, nahmen sich einige der Baumstämme und flogen zum Palast zurück, um sie dort in Brand zu setzen.

Tsunami zischte vor Wut. Das war ein brutaler, sorgfältig geplanter Angriff auf einen Palast voller Drachlinge und unschuldiger Zivilisten. An diesem Kampf war nichts fair oder ehrenhaft.

Im Himmel rechts von ihr kämpften Shark und seine Meeresflügler gegen eine weitere Gruppe Himmelsflügler. Feuer flammte auf, scharfe Krallen trafen auf Schuppen. Sie wollte sich ihnen anschließen. Sie wollte unbedingt dort drüben sein und die Eindringlinge abwehren, die es gewagt hatten, den Palast ihrer Familie anzugreifen. Das war die Art von Kampf, den sie hinterher nicht bereuen würde.

Doch jetzt flogen die anderen Drachlinge zu ihr. Tsunami konnte ihre Freunde nicht alleinlassen.

»Da lang«, rief sie, während sie mit dem Kopf auf den Bereich des Himmels wies, in dem am wenigsten gekämpft wurde. Vom Stand der Sonne her vermutete sie, dass es Süden war – Süden, zum Festland hin, was genau die Richtung war, in die sie wollten.

Sofort schoss Glory an ihr vorbei. Als der Regenflügler den offenen Himmel erreicht hatte, wurden seine Schuppen hellblau, weiß und golden, und er verschwand im Nichts. Tsunami konnte nicht einmal ein Kräuseln in der Luft sehen, als Glory davonflog.

Dann kam Clay, der seine Flügel weit ausbreitete, um Sunny und Starflight abzuschirmen. Ein kämpfender Himmelsflügler entdeckte sie und drehte in ihre Richtung ab. Tsunami stürzte sich auf ihn, packte ihn an der Schnauze und versetzte ihm einen Tritt in den Bauch, so fest sie konnte. Der Himmelsflügler trat zurück, was stechende Schmerzen durch Tsunamis gebrochene Rippen schießen ließ. Tsunamis Klauen rutschten ab, und der Himmelsflügler schickte Clay einen Flammenstoß hinterher, der ihn am Rücken traf.

Als die Hitze an seinen Schuppen entlangfuhr, ging ein heftiges Zittern durch Clays Körper, doch er schlug weiter mit den Flügeln und setzte seinen Weg fort. Glory und Sunny war nichts passiert. Der Himmelsflügler blinzelte erstaunt, als Clays Flügel sich wieder braun färbten, anstatt schwarz zu werden oder mit schmerzhaften Brandwunden überzogen zu sein.

»Überraschung«, rief Tsunami und schlug ihm mit der Faust in die Schnauze.

Der Himmelsflügler sackte in sich zusammen und stürzte auf das Meer zu, wo er mit einem lauten Platschen aufschlug und zwischen den Wellen verschwand.

Riptide schoss aus dem Blätterdach hervor und vergewisserte sich dann, dass Webs dicht hinter ihm war. Als Tsunami kehrtmachte, um weiter nach Süden zu fliegen, hörte sie, wie Riptide ihren Namen rief.

»Ich muss ihnen helfen«, rief er, während er mit dem Schwanz auf die kämpfenden Meeresflügler wies.

»Aber sie werden dich wieder ins Gefängnis stecken«, protestierte Tsunami. »Sie werden dich bestrafen, weil du geflohen bist.«

»Vielleicht«, sagte er. »Wahrscheinlich. Aber ich muss helfen. Das ist mein Zuhause.«

Sie wusste ganz genau, wie es ihm jetzt ging.

»Tsunami –« Er zögerte. »Es tut mir wirklich leid. Ich hoffe, das nächste Mal … na ja, ich hoffe, es wird ein nächstes Mal geben. Wenn alles besser ist. Für alle von uns.«

Das hoffte sie auch. Sie war sich nicht sicher, ob sie ihm vergeben konnte, doch sie wollte die Chance haben, es zu versuchen. Sie wollte, dass er den Krieg überlebte, und sie wollte ihn wiedersehen, in einer Welt ohne die Klauen des Friedens, ohne Prophezeiungen, ohne Geheimnisse, über die man sich Gedanken machen musste.

Aber sie hatte keine Zeit, um ihm das alles zu sagen. Tsunami blinkte eines der Muster, die er ihr beigebracht hatte. *In Ordnung.* Dann fügte sie noch *Tintenfischhirn* hinzu. Riptide lächelte, bevor er sich umdrehte und davonflog, mitten in das dichteste Kampfgetümmel.

Webs und Tsunami drehten zusammen nach Süden ab und flogen Seite an Seite weiter.

Plötzlich hörte Tsunami Flügelschläge dicht hinter sich. Sie drehte sich gerade noch rechtzeitig um, um zu sehen, wie Blister aus dem Blätterdach hervorschoss und Webs am Schwanz packte. Mit einem kräftigen Ruck zog sie ihn zu sich und bewegte ihre giftige Schwanzspitze auf seine Brust zu.

Laut schreiend warf sich Tsunami auf die beiden und fegte den Sandflügler zur Seite. Clay kam ihr zu Hilfe und versetzte der Königin einen kräftigen Tritt. Blister zischte wütend und drehte nach unten ab. Gegen alle Drachlinge gleichzeitig hatte auch sie keine Chance. Tsunami packte Webs an den Vorderklauen und zerrte ihn mit sich.

Webs stöhnte leise.

»Hat sie dich erwischt?«, wollte Tsunami wissen.

»Mein Herz hat sie nicht getroffen«, erwiderte er, »aber –« Er hob den Flügel und zeigte ihr eine nässende Schramme an seinem Schwanzansatz. »Es ist trotzdem noch giftig«, erklärte er.

»Wir finden schon eine Möglichkeit, das wieder in Ordnung zu bringen«, sagte Tsunami. »Flieg einfach weiter, bis wir Land erreichen.«

Als Tsunami noch einmal einen Blick zurückwarf, sah sie Blister, die in der Luft schwebte und sie beobachtete. Ihre kalten schwarzen Augen folgten Tsunami bis zum Horizont.

28. Kapitel

Tsunami stand wieder einmal auf einem Strand.

Dieses Mal war es lange nach Sonnenuntergang und am Himmel funkelten kleine Sterne wie die vereinzelten silbernen Schuppen auf der Unterseite von Starflights Flügeln. Tsunami starrte auf die Wellen, die um ihre Hinterklauen spülten.

Sie fragte sich, ob sie Riptide je wiedersehen würde. Oder Anemone oder Auklet oder ihre Mutter.

»Ich weiß, dass es dunkel ist«, sagte Starflight etwas verlegen hinter ihr, »aber –«

Tsunami seufzte. »Aber wir sollten unter den Bäumen bleiben.« Sie stand auf und folgte ihm in den Wald, während sie den Sand aus ihren Krallen schüttelte. »Ich *versuche* ja, mehr wie du zu sein«, sagte sie zu ihm. »Ich versuche, innezuhalten und nachzudenken und meinen Kopf zu benutzen und so, aber manchmal macht es mich einfach verrückt.«

Starflight stolperte über eine Baumwurzel. Dann drehte er sich um und starrte sie an. »Du versuchst, mehr wie ich zu sein?«, wiederholte er. »Aber warum denn? Ich wünschte, ich wäre so wie du! Vor allem tapfer und mutig.«

Tsunami streifte ihn kurz mit ihren Flügeln. »So, wie du bist, bist du schon in Ordnung«, meinte sie. »Schließlich muss es auch jemanden geben, der viel nachdenkt und vorsichtig ist. Und du hast Blister ziemlich wütend gemacht – dafür braucht man eine

Menge Mut. Außerdem glaube ich nicht, dass diese Gruppe zwei von mir ertragen würde.« Im schwachen Schein des Mondlichts konnte sie erkennen, dass ein zaghaftes Lächeln über seine Schnauze huschte.

Webs lag auf einem Polster aus Moos. Sein flacher, schneller Atem hörte sich nicht gut an. Neben ihm hatte sich Sunny zusammengerollt, damit sie ihn mit ihren Schuppen wärmen konnte. Glory und Clay starrten auf den Kratzer an seinen Schuppen, der immer noch nässte und sich an den Rändern langsam schwarz färbte.

»Wir brauchen Hilfe«, sagte Clay besorgt. »Ich habe keine Ahnung, was ich machen soll.«

»Wer könnte wissen, wie man jemanden heilt, der von einem Sandflügler vergiftet wurde?«, fragte Glory. »Sandflügler, vermute ich mal«, gab sie sich dann selbst die Antwort. »Aber ich weiß nicht, wo wir einen finden, dem wir vertrauen können.«

»Bei den Klauen des Friedens?«, schlug Starflight skeptisch vor.

»Ich kann nicht wieder zu ihnen zurück«, sagte Webs. »Und ihr solltet das lieber auch nicht tun.«

Tsunami legte den Kopf schief und sah ihn neugierig an. Nach all den Jahren, in denen Webs den Klauen treu ergeben gewesen und jedem ihrer Befehle gefolgt war, änderte er plötzlich seine Meinung?

»Crocodile war eine Spionin, die sich bei den Klauen eingeschlichen hat«, erklärte er, als er ihren Blick bemerkte. »Es könnte noch andere Spione geben. Ich weiß nicht, wem ihr vertrauen könnt und wem nicht.«

»Ach, wirklich? Selbst die ›guten‹ Drachen haben ihre eigenen

Pläne für uns«, erwiderte Tsunami, die an ihre Mutter denken musste.

»Ich hoffe wirklich, dass Blaze besser ist als die beiden anderen«, warf Sunny ein.

Starflight zuckte zusammen, sagte aber nichts. »Sie ist vermutlich bei den Eisflüglern«, meinte er, »aber dieses Mal müssen wir sehr, sehr vorsichtig sein.«

»Ja«, stimmte Clay ihm zu. »Ich bin dafür, dass wir uns *nie wieder* einsperren lassen.«

»Vielleicht sollten wir es mit einem anderen Ansatz versuchen«, schlug Glory vor. »Vielleicht sollten wir dieses Mal nicht einfach so reinplatzen und brüllen ›Wir sind die Drachlinge der Vorsehung! Wir sind etwas ganz Besonderes! Wir würden hervorragende Gefangene abgeben!‹ Nur so eine Idee.«

»Weißt du, was wir tun sollen?«, fragte Sunny den verwundeten Meeresflügler. »Haben die Klauen einen Plan, wie wir die Prophezeiung erfüllen können?«

»Falls sie einen haben«, erwiderte Webs, »haben sie mir nichts davon gesagt.«

»Na großartig«, murmelte Glory. Tsunami sah sie an. Die Schuppen des Regenflüglers hatten sich an den dunklen Wald um sie herum angepasst und waren schwarz und dunkelgrün. Plötzlich hatte sie eine Idee.

»Ich glaube, ich weiß, wer Webs vielleicht helfen könnte«, sagte Tsunami.

»Wer?«, fragte Clay.

»Die Regenflügler«, antwortete sie. Glory drehte sich um und sah sie scharf an. »Denkt doch einmal darüber nach«, fuhr Tsunami fort. »Die Regenflügler haben auch ein Gift. Und deshalb müssen sie wissen, was man tut, wenn man aus Versehen den falschen Drachen damit erwischt.«

»Stimmt«, pflichtete Starflight ihr bei. »Selbst wenn es sich um eine andere Art von Gift handelt, ist das trotzdem ein guter Ansatz.«

»Dann können wir auch gleich nach Glorys Familie suchen«, sagte Tsunami. »Was meiner Meinung nach nur gerecht ist.«

Der Ausdruck auf Glorys Schnauze war nichtssagend, doch ihre Schuppen überzogen sich an einigen Stellen mit einem Hauch von Rosa. Das bedeutete wohl, dass Glory glücklich war, denn diese Farbe sahen sie bei dem Regenflügler nicht sehr oft.

»Seid ihr ... seid ihr sicher?«, fragte Glory. »Ich meine, dass wir das als Nächstes tun sollen?«

»Absolut«, erwiderte Sunny. »Wir sollten nach deinem Zuhause suchen, Glory.«

»Es ist bestimmt wunderschön dort«, sagte Clay in seiner einfachen, herzlichen Art. »Und deine Familie wird so froh sein, dass du kommst.«

Webs stöhnte leise, aber als sie sich umdrehten und ihn ansahen, schloss er die Augen, als wäre er eingeschlafen. Tsunami war sicher, dass er nur so tat, aber bei dem, was sie als Nächstes taten, hatte er sowieso kein Mitspracherecht.

»Außerdem ist es von hier aus näher zu den Regenflüglern als zu den meisten anderen Stämmen«, gab Starflight zu bedenken. »Wir müssen zwar am Rand des Erdflüglergebiets vorbei, aber der Regenwald müsste im Prinzip südwestlich von hier sein.«

»Das weiß ich«, erwiderte Glory mürrisch. »Starflight, du bist nicht der Einzige, der Landkarten auswendig lernen kann.«

»Perfekt«, meinte Tsunami. »Dann machen wir das so.«

»Nachdem wir uns ausgeruht haben?«, fragte Sunny erwartungsvoll.

Tsunami traute sich zu, die ganze Nacht weiterzufliegen, wenn es sein musste. Sie wollte möglichst viel Abstand zwischen die Drachlinge und Blister bringen. Sie wollte ihre Freunde den ganzen Weg bis zum Regenwald vor sich herscheuchen, ohne auch nur ein einziges Mal anzuhalten.

Aber als sie Sunnys müde Augen und Starflights hängende Flügel sah, kauerte sie sich dicht neben Webs' Schwanz auf den Boden. »Nachdem wir uns ausgeruht haben«, stimmte sie zu.

Mit einem erleichterten Seufzer legte sich Sunny wieder hin. Kurze Zeit später sah Tsunami an den regelmäßigen Atemzügen des kleinen Sandflüglers, dass er tief und fest schlief.

Clay ließ sich neben Tsunami auf die Erde plumpsen und legte seinen Schwanz über ihren. »Es tut mir leid wegen deiner Mutter«, sagte er. »Und wegen des Palastes. Und Blister. Und Whirlpool. Und Riptide. Und –«

»Schon gut, ich hab's verstanden. Danke«, unterbrach ihn Tsunami. Dann stupste sie ihn zärtlich an.

»Ich hoffe, sie überstehen den Angriff«, sagte er leise.

»Ich auch«, erwiderte sie. »Aber im Versunkenen Palast werden sie in Sicherheit sein. Wenigstens können sie woandershin.« Sie überlegte einen Moment. »Und ich glaube, dass Anemone eines Tages eine gute Königin sein wird. Sie hat viele gute Eigenschaften von Coral geerbt, aber im Unterschied zu ihr denkt sie für sich selbst, obwohl sie noch so jung ist. Je älter sie wird, desto stärker und unabhängiger wird sie sein.«

»Wenn sie dir auch nur ein bisschen ähnlich ist, wird ›unabhängig‹ eine Untertreibung sein«, warf Glory ein. Sie kuschelte sich an Clays andere Seite und er legte einen seiner Flügel über sie. Starflight hatte sich neben Sunny niedergelassen und hatte seine Augen geschlossen.

»Das Königreich des Meeres war sowieso nicht der richtige Platz für mich«, sagte Tsunami, vielleicht in der Hoffnung, es sich selbst glauben zu machen.

»Was ist denn jetzt mit deinem großartigen königlichen Erbe?«, neckte Glory. »Du wolltest doch die beste Königin aller Zeiten werden.«

»Na ja«, erwiderte Tsunami mit einem Flügelzucken, »wahrscheinlich werde ich mich damit begnügen müssen, über euch zu herrschen.«

»Ha!«, meinte Glory, aber der übliche sarkastische Unterton fehlte dieses Mal. Gelbe Kreise wanderten über ihre Flügel, dann streckte sie eine Klaue aus und stupste Tsunamis Flügel an. »Versuchen kannst du's ja.«

Das werde ich, dachte Tsunami, *aber nicht, weil ich mich für die Größte halte und glaube, dass ihr alle auf mich hören solltet. Ich werde weiter versuchen, eure Anführerin zu sein, weil ich euch nur so beschützen kann. Und vielleicht werde ich auch manchmal auf euch hören müssen, so wie Mutter auf ihren Rat hört. Und manchmal werde ich nicht genau das tun können, was ich tun will.*

Aber selbst wenn Tsunami wütend auf ihre Freunde war, wusste sie doch, dass sie ihnen vertrauen konnte. Und *sie* musste die Art von Drache sein, dem sie vertrauen konnten.

Sie starrte in den Himmel, an dem zwei bleiche, geisterhaft leuchtende Monde hingen.

Es gab Wichtigeres, als Königin zu werden.

Den Krieg zu beenden, war eines davon. Wenn die fünf die

Einzigen waren, die das schaffen konnten – dann war das vielleicht das, was sie tun mussten, egal, ob Tsunami an Schicksal glaubte oder nicht.

Sie rutschte noch ein bisschen näher an ihre Freunde heran. Inzwischen schliefen alle tief und fest.

Dann war das Königreich des Meeres doch nicht mein Zuhause, dachte sie. *Ich frage mich, ob ich jemals eines haben werde.*

Epilog

»Tja«, sagte Morrowseer. »Das lief jetzt nicht gerade wie geplant.«

»Du hast da so einiges nicht erwähnt«, erwiderte Blister seelenruhig. »Zum Beispiel die Tatsache, dass deine fünf Drachlinge die reinsten Nervensägen sind.« Sie legte den Schwanz über ihre Klauen und faltete ihre Flügel zusammen.

»Ja, stimmt«, meinte der Nachtflügler. »Aber du hättest ja versuchen können, ein bisschen netter zu ihnen zu sein.« Er starrte auf die verkohlten Überreste des Sommerpalastes hinunter.

»Wenigstens ist Webs tot«, sagte er.

»Inzwischen dürfte er das sein«, antwortete sie, während sich ihr Schwanz auf und ab bewegte.

»Königin Coral hat überlebt?«, erkundigte er sich.

»Ja, und ihre beiden Bälger auch«, sagte Blister. »Es käme mir nicht so gelegen, wenn sie gestorben wäre.« Sie fletschte die Zähne und zischte leise. »Jetzt versteckt sie sich natürlich im Versunkenen Palast, wo ich sie nicht erreichen kann. Und sie behauptet beharrlich, dass meine Geheimwaffe erst in ein paar Jahren einsatzfähig sein wird. Seit sie das mit ihrer erstgeschlüpften Tochter herausgefunden hat, ist sie richtig überempfindlich geworden, was Animare-Zauberei angeht – als würde sie lieber die Zauberkräfte ihres kleinen Drachlings verkümmern lassen, nur um zu verhindern, dass er einen Hang zum Töten entwickelt.«

Blister seufzte eine kleine Flamme aus ihren Nüstern. »Das war nicht unbedingt meine Lieblingswoche in diesem Krieg.«

Sie schlug nach einem brennenden Ast. »Also, Nachtflügler, sagen wir einfach, ich hoffe um deinetwillen, dass du mir Neuigkeiten bringst, die ich auch hören will.«

»Es gibt noch einen Plan B«, sagte Morrowseer, »aber ich bin mir nicht so sicher, ob er dir gefallen wird.« Er breitete die Flügel aus und winkte einem grünen Drachen, der am Himmel über ihnen seine Kreise zog.

Der Meeresflügler landete vorsichtig auf dem schroff abfallenden Felsvorsprung. Die verkohlten Schlingpflanzen zerfielen unter seinen Klauen zu Asche. Als er einen Blick nach unten auf den Palast warf, erschauerte er. Morrowseer fiel auf, dass er gebührenden Abstand zu Blister hielt. Vielleicht hatte er gehört, was mit Kestrel geschehen war.

»Das ist Nautilus«, erklärte Morrowseer. »Einer der Anführer der Klauen des Friedens. Nautilus, erkläre der Königin unseren Ersatzplan.«

»Der möglichen nächsten Königin«, korrigierte Nautilus. Als Blister ihren giftigen Schwanz hob, wich er nervös zurück. »Ähm«, sagte er schnell, »wir haben … eine ganze Reihe von *Alternativen.*«

Blisters schwarze Augen funkelten interessiert. »Alternativen?«, meinte sie. »Ach ja? Sieh an, sieh an! Ich wusste gar nicht, dass die Klauen des Friedens so hinterhältig sein können.«

Nautilus runzelte die Stirn. »Wir sehen das eher als Planung für unvorhergesehene Fälle«, erwiderte er. »Schließlich müssen wir alles tun, was notwendig ist, um die Prophezeiung wahr werden zu lassen.«

»Oder halbwegs wahr«, warf Morrowseer ein.

»Verstehe«, sagte Blister. »Schließlich weiß man nie, wie Drachlinge reagieren. Ihr seid sehr weise.«

»Nun ja«, meinte Nautilus selbstgefällig. »Eigentlich war es ja *meine* Idee.«

»Aber natürlich«, sagte sie. »Sehr schlau. Wir reden von falschen Drachlingen, ja?«

»Aber …«, brummelte Morrowseer.

»Ja«, meinte Nautilus. Sein Schwanz zuckte. »Aber. Sie sind … ähm … nicht ganz perfekt.«

»Hmm«, sagte Blister. »Schlimmer als die anderen? Ist das überhaupt möglich?«

»Na ja … anders. Sonst hätten wir natürlich von Anfang an auf sie gesetzt«, erklärte Nautilus.

»Ich will nur wissen, ob sie tun, was man ihnen sagt«, erkundigte sich Blister.

»Hm.« Nautilus zog die Schnauze kraus und starrte in den Himmel. »Vielleicht?«

»Das klingt sehr vielversprechend«, meinte Blister trocken. »Ich kann es gar nicht erwarten, sie kennenzulernen.«

»Vielleicht können wir die besten Kandidaten aus jeder Gruppe nehmen«, schlug Morrowseer vor. »Den Regenflügler müssen wir natürlich töten. Und mit dem ursprünglichen Erdflügler dürften wir arbeiten können.«

»Euer Nachtflügler ist zu nichts zu gebrauchen«, sagte Blister. »Das ist der schlechteste Verräter, den ich je gesehen habe.«

Morrowseer schüttelte den Kopf. »Das ist sehr enttäuschend. Unsere eigenen Drachlinge töten wir nicht gern, aber –« Er seufzte. »Wenn es sein muss.«

»Ähm«, sagte Nautilus, »zuerst solltet ihr unsere andere Möglichkeit kennenlernen. Nicht, dass ich mich einmischen will. Nur ein Vorschlag.«

»Und den Meeresflügler töten wir auf jeden Fall«, fauchte Blister.

Nautilus flatterte entsetzt mit den Flügeln und wich zurück.

»Dich doch nicht«, sagte sie genervt. »Na ja, jedenfalls nicht jetzt sofort.«

»Ich dachte, Tsunami hätte das Zeug dazu«, murmelte Morrowseer.

»Oh ja, das Zeug dazu, mir mächtig auf die Nerven zu gehen«, knurrte Blister. »Nein, sie muss auf jeden Fall weg.«

»Ich setze sofort ein paar Drachen auf sie an«, versprach Morrowseer. »Mitten in einem Krieg ist es überraschend einfach, Mörder zu finden.«

»Gut.« Blister schnalzte drohend mit dem Schwanz. »Diese Drachlinge müssen wissen, dass sie nicht so wertvoll sind, wie sie glauben. Man kann jeden ersetzen.« Sie lächelte mit sämtlichen Zähnen. »Schließlich … gibt es mehr als nur eine Möglichkeit, eine Prophezeiung zu erfüllen.«

Tui T. Sutherland gehört zum berühmten Autorenteam von Erin Hunter (*Warrior Cats* und *Seekers*), und schreibt auch gemeinsam mit ihrer Schwester Kari Sutherland (*Magic Park*). Aufgewachsen in Südamerika, ist Tui in ihrer Kindheit schon an viele exotische Orte gereist. Sie liebt Tiere über alles, besonders Drachen, Greifen und Hunde. Heute lebt sie mit ihrer Familie in Massachusetts.

Die Drachlinge kommen, um die Welt zu retten

Die fünf Drachlinge Clay, Tsunami, Glory, Starflight und Sunny haben eine schwere Aufgabe: Einer alten Prophezeiung zufolge sind sie dazu auserwählt, den Krieg, der seit Jahrzehnten zwischen den verfeindeten Drachenstämmen in Pyrrhia tobt, zu beenden. Zu ihrem eigenen Schutz werden sie von den Friedensrebellen versteckt vor der Außenwelt aufgezogen und für den Kampf ausgebildet. Doch die bösen Drachenköniginnen Blaze, Blister und Burn setzen alles daran, das Eintreten der Prophezeiung zu verhindern, und eröffnen die Jagd auf die jungen Drachen …

Band 1
ISBN 978-3-7855-8087-5

Der friedfertige Erddrache Clay ist wirklich kein geborener Held, denn Kämpfen ist so gar nicht seine Stärke. Doch als das Versteck der jungen Drachen entdeckt wird, muss Clay seinen ganzen Mut zusammennehmen, um sich und seine Freunde vor der bösen Drachenkönigin des Himmels zu beschützen. Ein spannendes Abenteuer beginnt, und auf die Freunde wartet eine lange Reise, in der sie nicht nur enger zusammenwachsen, sondern auch ihre eigenen Stärken entdecken …

WILLKOMMEN IM MAGISCHEN TIERPARK

ISBN 978-3-7855-7829-2

Eigentlich hat sich Logan einen Hund gewünscht. Aber das, was da gerade unter seinem Bett liegt, ist auch nicht schlecht: Flauschige Federn, goldene Flügel, lange Löwenkrallen – wer braucht schon einen Hund, wenn er einen echten Greifen haben kann. Vor allem, wenn der Greif Skworp heißt, eine Vorliebe für Frikadellen hat und in der Lage ist, seinen Namen zu rülpsen! Doch schnell merkt Logan, dass sich hinter dem kleinen Greifen ein unvorstellbares Geheimnis verbirgt – und dass Skworp in großer Gefahr schwebt.

Loewe

Die Suche nach der goldenen Gans

ISBN 978-3-7855-7830-8

Die goldene Gans ist verschwunden und es sind nur ein paar Federn von ihr geblieben. Hat etwa einer der Drachen sie als Abendessen verspeist? Tatsächlich, Drache Scratch hat zweifellos ein schlechtes Gewissen. Aber wieso sind ausgerechnet an diesem Abend die Überwachungskameras ausgefallen und wer hat die anderen Vögel betäubt? Das kann doch unmöglich das Werk eines Drachen sein! Aber die Schutzbehörde FABA will den Drachen töten lassen. Logan und seinen Freunden bleiben nur vier Tage Zeit, um den wahren Täter zu finden.

Loewe